人猿泰山全译精编插画系列（全25种）

人猿泰山
之
假面大盗

［美国］埃德加·赖斯·巴勒斯/著
郭　锐/译

Tarzan and the Jewels of Opar
by Rice Burroughs

图书在版编目（CIP）数据

人猿泰山之假面大盗 /（美）埃德加·赖斯·巴勒斯著；郭锐译. -- 上海：上海文艺出版社，2018
（人猿泰山全译精编插画系列）
ISBN 978-7-5321-6725-8

Ⅰ.①人… Ⅱ.①埃… ②郭… Ⅲ.①长篇小说－美国－现代 Ⅳ.①I712.45

中国版本图书馆CIP数据核字（2018）第106459号

书　　名：人猿泰山之假面大盗
著　　者：[美国] 埃德加·赖斯·巴勒斯
译　　者：郭　锐
责任编辑：詹明瑜
装帧设计：周　睿
责任督印：张　凯

出　　版：上海文艺出版社
出　　品：上海故事会文化传媒有限公司
（200020　上海市绍兴路74号　www.storychina.cn）
发　　行：上海文艺出版社发行中心
（上海市绍兴路50号）
印　　刷：上海中华印刷有限公司
开　　本：889毫米×1194毫米　1/32　印张7.375
版　　次：2018年7月第1版　2018年7月第1次印刷
ＩＳＢＮ：978-7-5321-6725-8/I·5368
定　　价：25.00元

版权所有·不准翻印

上海故事会文化传媒有限公司 出品（00791）www.storychina.cn

上海故事会文化传媒有限公司所有图书可办理邮购，免收邮费（挂号除外）
汇款地址：上海市绍兴路74号（200020）　收款人：上海故事会文化传媒有限公司出版发行部
联系电话：021-64338113
如发现本书有质量问题，请与印刷厂质量科联系 T：021-60829062

人猿泰山全译精编插画系列（全25种）
编　委　会

总　策　划：夏一鸣

主　　编：黄禄善

副 主 编：高　健

编辑成员

（按姓氏笔画为序排列）

田　芳　朱崟滢　李震宇　张雅君

胡　捷　高　健　夏一鸣　黄禄善　詹明瑜　蔡美凤

百年文学经典 文化传播之最
人猿泰山驰骋的奇幻世界

黄禄善

美国文学史上不乏这样的作家：他们生前得不到学术界承认，死后多年也不为批评家看好，然而他们却写出了最受欢迎的作品，享有最大范围的读者。本书作者埃德加·赖斯·巴勒斯即是这样一位作家。自1912年至1950年，他一共出版了一百多本书，这些书涉及多个通俗小说门类，而且十分畅销，其中不少被译成多种文字，在世界各地广为流传。当代科幻小说大师亚瑟·克拉克曾如此表达对他的敬仰："埃德加·赖斯·巴勒斯具有重要地位。是巴勒斯，激起了我的创作兴趣。"另一位著名通俗小说家雷·布莱德伯利也说："埃德加·赖斯·巴勒斯也许可以称为世界历史上最有影响力的作家。"然而，正是这个被众人交口称誉的作家，对前来采访的记者说："我不认为我的作品是'文学'。"而且，面对众多书迷的"如何走上文学道路"的提问，他也只是轻描淡写地回答："那是因为我需要钱。我35岁时，生活中的一切尝试都宣告失败，只好开始搞创作。"

确实，埃德加·赖斯·巴勒斯在从事文学创作前，有过一段十分坎坷的生活经历。他于1875年9月1日出生在美国芝加哥，父亲是南北战争期间入伍的老兵，后退役经商。儿时的巴勒斯对未来充满了幻想，曾对人夸口说父亲是中国皇帝的军事顾问，自己住在北京紫禁城，并在那里一直待到10岁才回国。但是，后来的事实表明，这一良好愿望只不过是一团泡影。从密歇根军事学院毕业后，他在美国骑兵部队服役，不久即为谋生四处奔波。他先后尝试了许多工作，包括警察和推销商，但均不成功。1900年，他和青梅竹马的女友结婚，之后两人育有两儿一女。接下来的日子，埃德加·赖斯·巴勒斯是在贫困中度过的。为了养家糊口，他开始替通俗小说杂志撰稿。他的第一部小说《在火星的卫星下》于1912年分六集在《故事大观》连载。这部小说即刻获得了成功，为他赢得了初步的声誉。同年，他又在《故事大观》推出了第二部小说，亦即首部"泰山"小说。这部小说获得了更大成功。从此，他名声大振，稿约不断，平均每年出版数部书。第二次世界大战期间，他以66岁的高龄奔赴南太平洋，当了战地记者。1950年3月19日，埃德加·赖斯·巴勒斯因心力衰竭在美国逝世。

埃德加·赖斯·巴勒斯是美国文学史上第一个重要的通俗小说家。他一生所创作的通俗小说主要有四大系列。第一个是"火星系列"，包括《火星公主》《火星众神》和《火星军魁》。该"三部曲"主要讲述一位能超越死亡界限、神秘莫测的地球人约翰·卡特在火星上的种种冒险经历。第二个系列为"佩鲁塞塔历险记"，共有七部。开首是《在地心里》，以后各部依次是《佩鲁塞塔》《佩鲁塞塔的塔纳》《泰山在地心里》《返回石器时代》《恐惧之地》《野蛮的佩鲁塞塔》，主要讲述主人公佩鲁塞塔在钻探地下矿藏时，不小心将地壳钻穿，并惊讶地发现地球核心像一个空心葫芦，那里住着许多原始人，还有许多古生动物和植物。1932年，《宝库》杂志开始连载埃德加·赖斯·巴勒斯的第三个系列，也即"金星系列"的首部小说《金星上的海盗》。该小说由"火星系列"衍生而出，但情节编排完全不同。主人公卡森·内皮尔生在印度，由一位年迈的神秘主义者抚养成人，并被教给各种魔法，由此开始了金星上的冒险经历。该系列的其余三部小说是《金星上的迷失》《金星上的卡森》和《金星上的逃脱》。第五部已经动笔，但因"二战"爆发而搁浅。

尽管埃德加·赖斯·巴勒斯的"火星系列""佩鲁塞塔历险记"和"金星系列"奠定了他的美国早期重要通俗小说作家的地位，但他成就最大、影响也最大的是第四个系列，也即"人猿泰山系列"。该系列始于1912年的《传奇诞生》，终于1947年的《落难军团》，外加去世后出版的《不速之客》，以及根据遗稿整理的《黄金迷城》，总共有25种之多。中心人物泰山是一个英国贵族后裔，幼年失去双亲，由母猿卡拉抚养长大。少年泰山不仅学会了在西非原始森林的生存本领，还具有人类特有的聪慧。凭着这一人类特性，他懂得利用工具猎取食物，并从生父遗留下来的看图识字课本上认识了不少英文词汇。随着时光流逝，他邂逅美国探险家的女儿简·波特，于是生活发生急剧变化，平添了无数波折。接下来的《英雄归来》《孤岛求生》等续集中，泰山已与简·波特结合，生了一个儿子，并依靠猿人和大象的帮助，成了林中之王，又通过一个非洲巫师的秘方，获取了长生不老之术。再后来，在《绝地反击》《智斗恐龙》《大战狮人》《神秘豹人》等续集中，这位英雄开始了种种令人惊叹的冒险，足迹遍及整个西非原始森林、湮没的大陆。

从小说类型看，"人猿泰山系列"当属奇幻小说。西方最早的奇幻小说为英雄奇幻小说，这类小说发端于古希腊荷马史诗《伊利亚特》和《奥德赛》，成形于19世纪末英国小说家威廉·莫里斯的《世界那边的森林》，其主要模式是表现单个或群体男性主人公在奇幻世界的冒险经历。他们多为传奇式人物，有的出身卑微，必须经过一番奋斗才能赢得下属的尊敬；有的是落难王子，必须经过一番曲折才能恢复原有的地位。在冒险中，他们往往会遭遇各种超自然邪恶势力，但经过激烈较量，正义战胜邪恶，一切以美好告终。人猿泰山显然属于"落难王子"型主人公。他本属英国贵族后裔，却无端降生在无名孤岛，并险些丧命。在人迹罕至的西非原始森林，他与野兽为伍，经历了难以想象的生存危机。终于，他一天天长大，先后战胜大猩猩和狮子，又打死猿王哥查，并最终成为身强力壮、智慧超群的丛林之王。值得注意的是，埃德加·赖斯·巴勒斯在描写人猿泰山的这些经历时，并没有简单地套用英雄奇幻小说的模式，而是融入了自己的创造。一方面，他删去了"魔法""仙女""精灵"等超自然因素；另一方面，又增加了较多的现实主义成分。人们在阅读故事时，并不觉得是在虚无缥缈的奇幻天地漫步，而是仿佛置身栩栩如生的现实主义世界。正因为如此，"人猿泰山系列"比一般的纯英雄奇幻小说显得更生动、更令人震撼。

毋庸置疑，人猿泰山驰骋的奇幻世界是"人猿泰山系列"的又一大亮点。在构筑这一虚拟背景时，埃德加·赖斯·巴勒斯显然借鉴了亨利·哈格德的创作手法。亨利·哈格德是19世纪英国著名小说家，自80年代中期起，他根据自己在非洲的探险经历，创作了一系列以"遗忘的年代、湮没的城市"为特征的奇幻作品。譬如《所罗门王的宝藏》，述说一个名叫阿兰的猎手在两千多年前的奇幻王国觅宝，几经曲折，终遂心愿。又如《她》，主人公是非洲一个奇幻原始部落的女统治者，她精通巫术，具有铁的统治手腕，但对爱情的执着酿成了她一生最大的悲剧。"人猿泰山系列"的故事场景设置在人迹罕至的原始森林，在那里，虎啸猿鸣，弱肉强食，险象环生。正是在这一极端恶劣的环境中，泰山进行了种种惊心动魄的冒险。在后来的续篇中，埃德加·赖斯·巴勒斯还让泰山的足迹走出西非原始森林，到了传说中的亚特兰蒂斯、废弃的亚马逊古城，甚至神秘的太平洋玛雅群岛。所有这些埃德加·赖斯·巴勒斯笔下的荒岛僻壤，与《所罗门王的宝藏》《她》中"遗忘的年代，湮没的城市"如出一辙。

如果说，亨利·哈格德的"遗忘的年代，湮没的城市"给"人猿泰山系列"提供了诡奇的故事场景，那么给这个场景输血补液的则是西方脍炙人口的动物小说。据埃德加·赖斯·巴勒斯的传记，儿时的他曾因体弱多病辍学，并由此阅读了大量西方文学著作，尤其是鲁德亚德·吉卜林的《丛林故事》、欧内斯特·西顿的《野生动物集》、杰克·伦敦的《野性的呼唤》。这些小说集动物故事、探险故事、寓言故事、爱情故事、神秘故事于一体,给埃德加·赖斯·巴勒斯以深刻印象。事实上,他在出道之前,为了给自己的侄儿、侄女逗乐,还写了一些类似的童话故事,其中一篇还在《黑马连环漫画》上刊登。西方动物小说所表现的是达尔文和斯宾塞的"物竞天择""适者生存",体现了自然主义创作观。以杰克·伦敦的《野性的呼唤》为例,主要角色布克原是法官的看家狗,过着养尊处优的生活。但有一天,它被盗卖,并辗转来到冰天雪地的阿拉斯加,当起了运输工具。在那里,布克感到自然法则无处不在:狗像狼一般争斗,死亡者立刻被同类吃掉。但它很快学会了生存,原始的野性和狡诈开始显现,并咬死了凶残的领头狗,最终为主人复仇,加入了荒野的狼群。"人猿泰山系列"尽管将"弱肉强食"的雪橇狗变换成了虎、狮、猿以及由猿抚养长大的泰山,但这些人猿、半人半兽之间的殊死争斗同样表现出"生存斗争"的残忍。特别是泰山攀山越岭、腾掠树梢,战胜对手后仰天发出的一声长啸,同杰克·伦敦笔下布克回到河边纪念它的恩主被射杀时的长嚎简直有异曲同工之妙。

鉴于"人猿泰山系列"成书之前曾在《故事大观》《宝库》等杂志连载,不可避免地带有杂志文学的某些缺陷,如情节雷同、形象单调,等等。历来的文论家正是根据这些否定"人猿泰山"的文学价值,否定埃德加·赖斯·巴勒斯的文学地位。但"二战"以后,尤其是20世纪70年代之后,随着西方通俗文化热的兴起,学术界对于"泰山"小说的看法有了转变,许多研究者都给予积极评价,肯定埃德加·赖斯·巴勒斯的美国奇幻小说鼻祖地位。而且,"读者接受"是评价一部作品的最佳试金石。"人猿泰山系列"刚一问世,即征服了美国无数读者,不久又迅速跨出国界,流向英国、加拿大和整个西方。尤其在芬兰,读者简直到了如痴如醉的地步。一本本英文原著被译成芬兰语,一版再版,很快取代其他本土小说,成为最佳畅销书。更有甚者,许多西方作家,包括芬兰、阿根廷、以色列以及部分阿拉伯国家的作家,在埃德加·赖斯·巴勒斯去世后，模拟他的套路，创作起了这样那样的"后泰山小说"。世纪之交，埃德加·赖斯·巴勒斯的"人猿泰山系列"再度在西方发酵，以劳雷尔·汉密尔顿、尼尔·盖曼、乔·凯·罗琳为代表的一大批作家，基于他的"泰山"小说模式，并结合其他通俗小说要素，推出了许多新时代的奇幻小说——城市奇幻小说，并创造了这类小说连续数年高踞《纽约时报》畅销书排行榜的奇观。而且，自1918年起，"泰山"小说即被搬上银幕。以后随着续集的不断问世，每年都有新的"泰山"影片上映和电视剧播放，所改编的影视版本之多，持续时间之长，观众场面之火爆，创西方影视传播界之"最"。2016年，华纳兄弟影业又推出了由大卫·叶茨导演、亚历山大·斯卡斯加德等众多知名演员加盟的真人3D版好莱坞大片《泰山归来：险战丛林》。21世纪头十年，伴随迪士尼同名舞台剧和故事软件的开发，"泰山"游戏又迅速占领电脑虚拟世界，成为风靡全球的少年儿童宠爱对象。此外，西方各国还有形形色色的"泰山"广播剧、"泰山"动漫、"泰山"玩偶，等等。总之，今天的"泰山"早已超出了一个普通小说人物概念，成了西方社会的一种文化符号、一种文化象征。

优秀的文化遗产是不分国界的。为了帮助中国广大读者欣赏埃德加·赖斯·巴勒斯、读懂埃德加·赖斯·巴勒斯，了解当今风靡整个西方的奇幻小说的先驱，上海故事会文化传媒有限公司组织翻译了这套"人猿泰山系列"，这也将是国内第一套完整的"人猿泰山系列"。译者多为沪上高校翻译专业教师，翻译时力求原汁原味、文字流畅，与此同时，予以精编、插画。相信他们的努力会得到认可。

目 录

前言	人猿泰山驰骋的奇幻世界	1
1	落入敌手	001
2	重返欧帕	010
3	丛林呼唤	015
4	预言应验	022
5	神的祭坛	030
6	突袭庄园	038
7	璀璨珠宝	047
8	逃离欧帕	053
9	偷窃珠宝	060
10	觅得珠宝	071
11	回归野性	079
12	祭司复仇	088

13	判处酷刑	093
14	柔肠寸断	104
15	逃亡之路	112
16	统领人猿	124
17	命悬一线	135
18	珠宝之战	144
19	林中野兽	156
20	再次被虏	168
21	全力出逃	179
22	重拾记忆	191
23	惊魂一夜	202
24	重返家园	213

人物介绍

泰山：已回归人类，拥有英国勋爵身份，刚毅又略带野性，因庄园危机重返欧帕城寻宝。

简·克莱顿：泰山的妻子，肤白貌美，勇敢而有智慧。

艾伯特·沃泊尔：比利时军官，生性贪婪，在金钱面前丧失自我。

艾哈迈德·泽克：阿拉伯人，营地恶霸，作恶多端。

阿卜杜勒·穆拉克：非洲土著军官，奉命搜寻阿拉伯人艾哈迈德·泽克的下落，后觊觎黄金财富而沦落。

拉：古欧帕城女祭司，深爱泰山，并由爱生恨，后被泰山感化。

巴苏里：瓦兹瑞首领，泰山忠诚的部下，有勇有谋，帮泰山重建非洲家园。

莫干比：丛林岛勇士，追随泰山多年，与他一起经历各种冒险。

查克：年轻体壮的类人猿，想象力丰富，对人类有极强的"模仿"渴望。

塔格莱：成年类人猿，生性忧郁，脾气暴躁，有很强的战斗力。

Chapter 1

落入敌手

艾伯特·沃泊尔本是一位比利时陆军中尉,任职期间因一己私欲犯错获罪,但非常幸运的是他并没被处死,而是被送到了刚果哨所服役。起初,他非常庆幸自己可以死里逃生,躲过一劫,也非常感激上天的眷顾及朋友的帮助。可是,六个月来,孤苦伶仃的生活悄无声息地改变了一切,沃泊尔反复揣度自己的遭遇,他一遍又一遍地唾弃这鸟不拉屎的刚果,整个人变得自怨自艾,几近崩溃。最后,他甚至开始憎恨那群把他送到这儿的人,那群他曾经感恩戴德的恩人们。

沃泊尔无数次梦到布鲁塞尔轻松愉快的生活,他喜欢这座繁华的都市,怀念那里的高楼林立、车水马龙,很可惜一切都过去了。不过,他并没有自我反思检讨过去的行径,而是渐渐把所有怨恨全都算在顶头上司头上,他心想:要不是他们,自己不会落得如此地步。

除了饱受环境破败之苦外,沃泊尔还格外瞧不上自己的上级。在他看来,这位刚果上尉沉默寡言,冷酷无情,从不关心下属;可即使这样,那些黑人士兵仍对他唯命是从,这令沃泊尔十分唾弃。

平时,一到晚上,士兵们就坐在屋里的阳台上,低头抽着烟,一坐就是几个小时。大家伙儿都并未感到任何异常,只有沃泊尔眼里总是闪着一团无法遏制的怒火。在他看来,上尉的沉默寡言就是瞧不起他的一种表现,他甚至认为上尉一定是知道自己不堪的过去才表现得如此冷厉,这使他的厌恶之情与日俱增,甚至达到一种癫狂的状态。其实这都是沃泊尔自尊心作祟,总是幻想着上级对他的种种轻蔑与谩骂,怒火在胸中不断翻腾。

直到一天晚上,他终于爆发了,突然冒出了杀人的念头。沃泊尔摸出左轮手枪压在屁股下面,眉头紧皱,喘着粗气,眯缝着眼睛,大喊道:"我是一名军人,一名绅士!我再也不想忍受你无端的侮辱!我告诉你,你的死期到了,你这头猪!"随后一跃而起。

上尉一脸惊诧,感到莫名其妙,大家你看看我我看看你,都惊呆了。但很快,上尉还是平复了心情,他猜测初来乍到的年轻人在这种恶劣的环境中,很可能是耐不住内心的寂寞,容易产生暴躁的情绪。看着沃泊尔满脸涨红、气急败坏的样子,更加笃定他是在闹情绪,打算上前安慰安慰。

上尉缓缓走过去,伸出手,打算拍拍沃泊尔肩膀,同时抿了抿嘴,刚想说点什么。但沃泊尔却以为上尉是冲上来要教训自己,便迅速将枪口瞄准上尉心脏的位置,还没等他走过来,就狠狠开了一枪。上尉就这样直挺挺地倒在冰冷的阳台上,没发出一丝呻吟,死了。沃泊尔瞬间感觉到脑子嗡嗡直响,头晕目眩,傻傻站在那儿,呆呆地看着眼前这一幕,周围的一切仿佛都要将他吞噬。他扑棱着眼睛看着,他竟然杀死了上尉,天啊!这可是犯法的啊!

落入敌手 | 003

一时间，士兵们凄厉的尖叫声回荡在沃泊尔耳边，中间夹杂着仓促的脚步声。士兵们从四面八方雷霆般冲过来，他们要抓住沃泊尔，就算不就地处死，也会把他送到刚果的军事法庭，让他接受更公正的制裁。

沃泊尔不想死，他从未像现在这样渴望生命。那些士兵步步逼近，沃泊尔环顾四周，手足无措，大脑一片混沌，不知道自己还能干什么，他想寻找一些蛛丝马迹为自己洗清罪名，可无论怎样也想不出什么杀人的正当理由，这一具冰冷的尸体就摆在眼前啊！

沃泊尔心如死灰，整个人陷入无尽的绝望中，他打了个激灵，脑海中唯一的念想就是赶快逃走，除了逃跑没有任何办法！紧接着便撒腿往反方向跑去，手里紧紧握着枪，这可是他最后一根救命稻草！门口的哨兵大声呵斥他停下来，可在这种无以名状的恐惧之下，他不想与哨兵废话，更顾不得用钱来收买。他边跑边利落地举起手枪，一枪解决了眼前的麻烦。逃跑前，他还不忘卷走哨兵的步枪和弹药，之后迅速冲出这个地狱般的牢笼，消失在昏暗的丛林深处。

沃泊尔就这样跑了一夜，潜入了荒野深处，精疲力竭，四周时不时传来狮子低沉的嘶吼，沃泊尔吓得一身冷汗，两腿颤得厉害，心中莫大的恐惧令他踌躇不前。但他马上又回过神来，装满子弹扛起步枪继续向前，他深知比起狰狞狂野的狮子，更可怕的是背后的敌人！

天渐渐破晓，黎明终于来临，但沃泊尔仍拖着疲惫的身躯缓慢前行。"绝不能被捕……绝不能被捕……"短短五个字如同复读机般不断在他脑海里重复着，这种恐惧使原本的饥饿与疲倦统统烟消云散。沃泊尔不敢有丝毫懈怠，他不遗余力地向前跑，甚至不敢停下来填填肚子喝口水。长时间的奔波,沃泊尔的体力几乎透支到了极限,他踉踉跄跄,踉踉跄跄……终于,消耗殆尽之后,他倒下了。他不知道自己到底跑了多久,只知道此刻自己已经用尽全力,再也走不动了。

就在这时,艾哈迈德·泽克带着一队阿拉伯人经过,他们发现了沃泊尔,更一眼认出这个人穿的是比利时的军装,部下们打算直接刺死这个混蛋,比利时人可是他们长久以来最憎恶的宿敌,但艾哈迈德却不这样想,在处死沃泊尔之前,他更想先撬开他的嘴,搞清楚这人为啥沦落到这儿,获取更多有效信息。

艾哈迈德下令把沃泊尔带到自己的帐篷里,此时此刻沃泊尔沦为了一名毫无尊严的阶下囚,阿拉伯人对他如奴隶一般,恶狠狠地往他嘴里塞了些食物和葡萄酒,粗暴的摇晃让他清醒过来。沃泊尔逐渐恢复意识,无力地睁开双眼,眼前是一群陌生的黑人,他微微向外望去,发现不远处站着的竟是阿拉伯士兵。

帐篷外的那个阿拉伯人看到他苏醒了,便昂首阔步地走进来。

"我是艾哈迈德·泽克,你是谁?老实交代,你跑到我的领地来干什么?你的军队呢?有多少人?他们驻扎在哪儿?"

"什么?他竟然是艾哈迈德·泽克?"沃泊尔脸色煞白,整个人狠狠抽搐了一下,内心早已是一片翻江倒海。"这个人神共愤的杀人恶魔,十足的刽子手!天啊!阿拉伯人与欧洲人一直水火不容,艾哈迈德·泽克恨极了欧洲人,特别是比利时人。近几年,驻扎在比属刚果的比利时军队一直带兵搜捕艾哈迈德·泽克及其部下,这早把他惹毛了,可现在竟落在他手里,这该如何是好啊?"

看着眼前的艾哈迈德·泽克,沃泊尔忽然晃过神来,似乎看到一丝希望。他想到,这人恨透了比利时人,他做梦都想赶尽杀绝比利时人,而此刻,自己也被比利时驱逐出境,沦为亡命之徒。

那么眼前的艾哈迈德不就是可以依靠的最强大的力量吗？他们拥有共同的敌人啊，没错，这真是一个难得活命的好机会！

"久仰久仰，"沃泊尔故作镇定地盯着艾哈迈德，"我一直在寻找您，打算投奔您呢！跟你说实话，我现在恨透了比利时人，他们阴险狡诈，背叛了我！整个军队正大肆搜捕我的下落，他们打算杀了我！我知道您同我一样痛恨这群恶棍，并且只有您才能保护我，只要您保我活命，我愿意留下来誓死效忠，从今以后，您的命令就是我存在的意义，您的敌人就是我的敌人！我受过专业训练，行军作战完全不在话下，是一名合格的军人，这一点您大可放心。"

艾哈迈德·泽克怔住了，陷入了沉思，他反复琢磨比利时人的话到底可不可信？这种情形下，他很有可能为了活命撒谎，万一他是地方派来的卧底怎么办呢？但若他没有撒谎，那真是天上掉馅饼，美事一桩了。目前，军队的军事力量十分薄弱，尤其是缺少这种受过军事训练的白人士兵，况且他还不是普通士兵，这可是一名欧洲军官啊！

艾哈迈德·泽克时而眉头紧蹙，时而笑意盈盈，这令沃泊尔倒吸一口冷气，心脏仿佛被巨石压住，嘴巴忍不住地颤抖，他搞不懂艾哈迈德·泽克在想什么，也不知道下一秒又会发生什么。

"我警告你，一旦让我发现你撒了谎，我一定毫不犹豫地杀了你！保住你的小命不是什么难事，不过你真的愿意为我效命？除了护你安全外，你还有什么要求？"

"没错，这本就是我该做的！如果您还需要我做其他事情，只要在我能力范围内，您尽管提！至于其他要求嘛，目前我是没有任何想法的，倘若之后我能为军队立功，您记得犒劳犒劳我就行！"沃泊尔两眼放光，这一刻他看到了生的希望。当然，他们两个很快谈拢了，曾经赫赫有名的比利时中尉艾伯特·沃泊尔摇身一变，成了臭名昭著艾哈迈德·泽克队伍的一分子，自此他也干起贩卖象牙、黑人奴隶的勾当。

几个月下来，沃泊尔同那些野蛮的阿拉伯人一样，极端凶残地烧杀抢夺。艾哈迈德·泽克暗自窃喜，他对沃泊尔鹰一般矍矍的目光以及心狠手辣的做派相当满意，慢慢开始信任眼前这个欧洲人，逐渐放宽了对他的戒备。

艾哈迈德·泽克给了沃泊尔最大限度的自由，也开始将他看作自己靠得住的心腹，而比利时人也靠自己"卓越"的表现，成为阿拉伯人的得力干将。一段时间后，阿拉伯人将自己闷在心里筹划已久的事儿告诉了沃泊尔，他之前一心想实现这个阴险的计划，只是苦于没有合适的机会，现在好了，如果这个欧洲人能帮忙，事情就好办多了！

看着这白皮肤的欧洲人，艾哈迈德·泽克似乎已经嗅到了成功的味道，嘴角划过一丝窃笑，贼眉鼠眼地问道："对了，你听说过泰山这个人吗？"

沃泊尔摇了摇头："嗯……我听过这个名字，但并没见过他。"

"没见过没关系，我现在告诉你就好了，他就是一个爱管闲事的混蛋！我们必须想办法干掉他，这样不仅能有大把大把的钞票，而且再也不必为之后的买卖担惊受怕了。"艾哈迈德·泽克咬牙切齿，"你不知道，这么多年来，他一直给我们找麻烦，总是袭击、扰乱我们的部队。不仅如此，他还屡次带领经济富足地区的当地人反抗我们，鬼知道被他搞砸了多少笔大大小小的生意，他的存在着实削弱了我们的财力。但泰山非常富有，如果可以想个法子，敲他一笔，分一杯羹，我们也就不必再煞费苦心找他报仇了，当然他的那些金子也正好可以弥补一下我们之前生意上的损失。你不觉得这是个一箭双雕的好主意吗？"

沃泊尔陷入沉思，随手打开镶有珠宝的小烟盒，拿了一根，抽起来。"怎样才能让他心甘情愿地奉上金银财宝呢？这太难了，你有办法？"

"哈哈哈，不难不难，他有一位肤白貌美的妻子，人们都说她简直惊为天人。"艾哈迈德·泽克挑着眉，抿了抿嘴，"想从泰山这里分一杯羹确实很难，不过，若从他妻子身上下手，还是很好办的。"

沃泊尔低着头，"吧嗒吧嗒"地抽烟，仅存的那一丝良知让他无比反感眼前的阿拉伯人，反感这个阴险的计划，把这个女人卖了，让她成为奴隶？天啊，这是多么邪恶的想法啊！他抬起头，瞥了一眼艾哈迈德·泽克，艾哈迈德·泽克眯缝着双眼直勾勾地盯着他，看样子是在等他答复。沃泊尔一眼看出阿拉伯人似乎看出了自己对这个计划的唾弃，但是他该如何表示反对呢？他真的能表示反对吗？真是不敢想象如果不照办，艾哈迈德·泽克会怎样惩罚他。他的命可是完全掌握在这个野蛮人手里啊，如果激怒了艾哈迈德·泽克，自己以后恐怕会活得连条狗都不如。很快，沃泊尔从刚刚的"善良"中抽离出来，他是多么渴望活下来啊，艾哈迈德·泽克对他来说就是救命稻草，可是那女人算什么东西？她不过是一个欧洲人，一个再普通不过的人罢了。沃泊尔心中愤愤不平：那我呢？我现在什么都不是！他们这些白人全都反对我，都要置我于死地，这欧洲女人本来就是我的天敌，我为什么要同情怜悯她！不管了，毁了她！为了活命，不顾一切也要毁了她！

艾哈迈德·泽克一脸不悦，耐着性子反问道："怎么了？你到底在犹豫什么？"

这么久以来，沃泊尔早已学会了察言观色，不紧不慢地向艾哈迈德·泽克解释:"这有什么好犹豫的,我只是在想如何增加我们的胜算。你想,我是白皮肤欧洲人,自然有很大机会接近他们,这一点是毋庸置疑的。当然,你身边也绝没有比我更合适的人选了!你也知道这计划极其危险,我可以配合你出色地完成任务,但你也要答应,事成之后得给我相应的报酬。"

艾哈迈德·泽克欣慰地笑了,心想:沃泊尔还是不错的,真是合我胃口。

他拍了拍沃泊尔肩膀,哈哈一笑:"没问题,你放心,沃泊尔,少不了你小子的!"说着便拉着沃泊尔进了他那顶看起来超级豪华的帐篷,坐在软绵绵的毯子上。深夜里,周围一片死寂,两个人压着嗓子嘀嘀咕咕,商量着如何行动。就这样过了一夜,第二天,太阳缓缓升起,阳光透过门帘洒进帐篷里,恍惚间沃泊尔这欧洲人竟越发得像是个阿拉伯人了,无论从身高、外形,还是他一直模仿首领的服装等等都淋漓尽致地展现了阿拉伯人的特点,不知道的人还以为是两个阿拉伯人在彻夜交谈呢。

沃泊尔回到自己的帐篷后,便开始倒腾他那压箱底的比利时制服,仔仔细细检查衣服,抹去一切行军打仗的痕迹,心想绝不能露出任何破绽,让别人看出来他是名军人。服装就这样搞定了,艾哈迈德·泽克又从以往的战利品中翻出了欧洲人惯用的头盔和马鞍。不仅如此,艾哈迈德·泽克还在自己的队伍中,精挑细选了一批人追随沃泊尔,假扮成门房、守卫和民兵,很快一个整装待发的旅行队便诞生了,艾哈迈德·泽克看着眼前声势浩大的队伍,频频点头,真是笑得合不拢嘴了!

Chapter 2

重返欧帕

　　泰山去非洲巡视了两周，现在正悠闲地返回庄园。他家和西北森林间有一片平原，这一天，他忽然瞅见一队人马穿过这片林子，向西北方走去。

　　泰山迅速拉紧缰绳，盯着那些人，看他们从隐蔽的沼泽地里慢慢走出来。那个戴白色头盔的领队在阳光的映射下格外显眼，泰山一眼认出这是一名流浪的欧洲猎人，此刻肯定是想寻求帮助。于是松开缰绳，缓缓前进，迎接这陌生的客人。

　　半小时后，泰山带着朱利·弗柯特回家，并向他介绍了自己的夫人。

　　"唉，我们彻底迷路了。"弗柯特非常绝望地说，"大家之前从未来过这儿。之前几个向导陪同我们穿过了前一个村庄，可他们对这个地区也不太了解，甚至还不如我们呢。两天前，我们走散了，一路跌跌撞撞，如此困境中能得到您的救助，真的是太幸运了！

如果没有您，我们真是要走投无路了！"

弗柯特一行人决定暂住几天，休息休息再上路。泰山一向热情好客，之后会派向导为他们指路，带他们安全返回目的地。

沃泊尔伪装成法国绅士弗柯特，以此名义欺骗泰山，讨好他们夫妇，这对沃泊尔来说确实不是什么难事。但是，他明白，逗留的时间越久，成功的希望就越渺茫。

目前的情况并不乐观，格雷斯托克夫人从不单独离家去很远的地方，并且泰山的追随者又大多是英勇善战、忠心耿耿的瓦兹瑞勇士。这样看来，似乎不可能通过真枪实战硬碰硬或软磨硬泡的贿赂来完成任务。

一个星期过去了，一切都毫无进展，沃泊尔急得像热锅上的蚂蚁。就在心灰意冷之时，沃泊尔听到一个小道消息，这给他带来了新希望。于是他迅速转移注意力，全身心投入他的新计划，这新计划简直太诱人了，可比绑架女人换赎金赚得多得多了！

那天邮差送来信件后，泰山就把自己关在书房，整个下午都不停地拆信、读信、回信……晚饭时，比利时人注意到他似乎格外焦虑，心烦意乱地随便扒拉了几口，便匆匆离开了，格雷斯托克夫人似乎也觉察到了丈夫的不快，马上起身与沃泊尔寒暄一番后急忙追了上去。沃泊尔心想一定是发生了什么，露出一副小人得志的面孔，一个人静静地坐在阳台上。房间里发出窸窸窣窣的声音，这是个难得的好机会，一定要搞清楚到底怎么了。沃泊尔竖起耳朵，仔细听他们谈话的内容。他悄悄从椅子上站起来，蹑手蹑脚地走到窗边，躲进茂密灌木丛的阴影里，趴在卧室窗子下面窃听两人对话。

空气就像凝结了一般，沃泊尔耳朵紧紧贴着窗子，表面看起来波澜不惊，内心早已狂喜不已。泰山说的字字句句都让他心潮澎湃，越是这样，他听得越仔细，绝不放过任何信息。格雷斯托克夫人同他一样，也在房间里认真听着泰山娓娓道来。

"我一直很担心部落的稳定，"格雷斯托克夫人眉头紧皱，"但他们竟会如此涣散，竟然会损失这么大一笔巨款，这太难以置信了，是不是部落里有内奸？"

"的确，我也怀疑有猫腻。"泰山答道，"但现在说什么都没用了，结果都是一样的——已经失去了这一切，现在看来，如果想重建家业，除了重返欧帕城之外，没有更好的法子了。"

"什么？绝不可以，泰山！"格雷斯托克夫人浑身发抖，着急地喊着，"难道就没有别的办法吗？我不想让你再次潜入那座可怕的城市，泰山你听我说，我宁愿一辈子在贫穷中度过，也不希望你冒险回欧帕城。"

泰山看着妻子着急的样子，摸着她的脸，笑了笑："亲爱的，你不必这么紧张，我完全可以照顾好自己，并且还有瓦兹瑞勇士们呢，他们会好好保护我的，放心，我保证毫发无损，平平安安地回来。"

尽管如此，格雷斯托克夫人仍难以平复自己的心情，又一次提醒泰山："难道你忘了上次去欧帕城的教训了吗？关键时刻，他们还不是仓皇而逃，留下你一个人单打独斗、与命运抗衡！"

"哎呀，夫人啊，他们不会再那样做了。"泰山一脸轻松地解释，"在那之后他们已经非常懊悔了，勇士们并没有丢下我不管，我挣扎地走出来时正好遇到他们了，他们正想方设法冲进去营救我呢，所以勇士们绝不是贪生怕死之人，放心好了。"

格雷斯托克夫人眉头紧蹙："可是……可是我相信一定会有其他解决办法的，别去欧帕城了，泰山，别去了，好吗？"

"简，想恢复我们原有的产业，除了去欧帕城之外，再没有更稳妥、更方便的办法了。"泰山镇定自若,"我一定会格外小心的,你放心,简。好在欧帕的土著人不会知道我又回到那里,事实上,他们根本就不知道这些珠宝的存在,对它们的价值更是一无所知。所以此程还是很安全的,你就放心吧!"

泰山的语气十分强硬,格雷斯托克夫人意识到,再争论下去也是徒劳,便不再劝说。

沃泊尔就这样心惊胆战地听了一会儿,他确信自己已经掌握了偷宝的关键信息后,便回到了阳台。他坐在那里思绪乱飞,"吧嗒吧嗒"地猛抽了几根香烟后离开了。

第二天吃早饭时,沃泊尔假惺惺地表示非常感谢泰山夫妇近期的照顾,整支队伍已经休整得差不多了,打算这两天出发上路。他请求泰山允许自己在瓦兹瑞地区打猎,泰山欣然同意了。

比利时人沃泊尔花了两天时间好好准备了一番,在瓦兹瑞向导的陪同下,开始了所谓的狩猎之旅。没走多久,沃泊尔就假装生病,借着生病的幌子下令驻扎休息,等完全康复后再出发。整个队伍离格雷斯托克庄园并不远,沃泊尔便趁机遣散了瓦兹瑞向导,并告诉他们,等自己病情好转能上路时再麻烦他们带路。瓦兹瑞勇士一走,沃泊尔马上召唤艾哈迈德·泽克的一名黑人亲信到帐篷里,派他潜入庄园,探查泰山是否已经离开,死死盯住他,一有消息立即回来禀报。

第二天一大早,沃泊尔派出去的那个探子便带着消息快马加鞭赶回来报告说,泰山黎明前就带领五十名瓦兹瑞勇士向东南方向出发了。沃泊尔一听到这个消息,就马上给艾哈迈德·泽克写了一封长信,迫不及待地把消息传出去。沃泊尔把亲信叫到身边,千叮咛万嘱咐,一定要派个靠得住的人,马不停蹄地把信件送到艾哈迈德·泽克手中,并交代手下:"现在你要做的就是留在营地等待艾哈迈德·泽克和我的进一步指示。如果有人从英国人庄园里过来，就告诉他我在帐篷里躺着，病得很严重，不方便见任何人。现在，你给我找六个门房和六个民兵，记住，一定要找最强壮、最勇敢的人，我将带领他们尾随这些英国人，去看看那些所谓的金子珠宝到底藏在哪儿！"

泰山脱掉繁琐的衣服，裹上一块狮皮腰布，以他最热衷的原始方式全副武装自己，带着忠诚的瓦兹瑞勇士浩浩荡荡地走向了"死亡之城"欧帕。而那万恶的叛变者——沃泊尔，也带着一票人，耐着性子鬼鬼祟祟地跟踪、尾随泰山，晚上就在泰山身后扎营。

与此同时，艾哈迈德·泽克接到消息后，也兴冲冲地带领手下向南出发，虎视眈眈地奔向泰山的庄园。对泰山来说，这次探险就是一次度假旅行。他的文明充其量不过是一种外在的装扮，只要有合理的理由，他就会欣然脱去那不舒服的欧洲服装。

泰山对自然界有着无限的憧憬与热爱，就像思慕恋人一般。他不喜欢条条框框的束缚，也同样厌恶道貌岸然的虚伪。所以每隔一段时间他就会重返自然，呼吸、感受那份纯真与质朴。与泰山相比，瓦兹瑞战士们更加趋于文明，他们已经不再吃生肉了，并且有选择地吃东西，拒绝不卫生的食物，似乎已经了解病从口入这一道理。而泰山原本是吃什么都吃得津津有味，但在他们面前，为了展现文明的一面，也不得不收起兽性。他原本可以大口大口地咀嚼生肉，现在却不得不吃那些加工烘焙过的肉；他原本可以麻利地从伏击中跳出来，尖锐的牙齿狠狠咬在对方的脖颈上，杀死敌人，但现在也必须习惯于用箭或矛装模作样地把猎物射下来；但泰山并没有丧失幼年时期就掌握的本领，心底里充满野性的呼唤。他渴望在丛林里游来荡去，渴望凭借自己强健的肌肉战胜敌人，这些都是他人生前二十年里所掌握的技能与权力。

Chapter 3

丛林呼唤

傍晚，泰山下令就近扎营过夜，他在荆棘圈起来的营地里躺了一夜。一名战士守在篝火旁，虽然疲惫不堪，但他双眼仍放出矍铄的光，四处巡视着营地外无尽的黑夜。狮子的呻吟与吼叫声一直在耳边回荡，其中还夹杂着丛林里其他动物的嘈杂和嚎叫声。泰山心中烦躁极了，辗转反侧难以入眠。折腾了一个小时之后，他突然幽灵般地站起来，走过瓦兹瑞战士，大步流星走进丛林，消失在黑暗中。

泰山全身充满了动物血性。他精神抖擞，大摇大摆地在树枝间飞来荡去……之后，他爬到高处一根摇摇欲坠的小树枝上，满心欢喜地站在那里，清透的月光正好洒在他身上。微风拂过，脆弱的树枝都好像要快被压垮了似的。他停下脚步，抬头望着月亮，陶醉于丛林的美景中。举起手站在那儿一动不动，压低喉咙，抿了抿嘴唇，此刻，他多想释放自己，大声咆哮啊；但泰山又硬生生吞了回去,他知道自己的嘶吼一定会引来忠心的瓦兹瑞勇士,他们对主人震耳欲聋的吼叫再熟悉不过了。

泰山肚子咕咕直叫,他"嗖"地一下跳到地上,踮着脚尖小心翼翼地往前走,四处张望寻找猎物……穿过这密不透风的丛林,走进一片漆黑之中。他时不时弯下腰,鼻子贴近地面,捕捉附近猎物的气息。忽然,他两眼发光,原来是嗅到了麋鹿的气味,这可真是一条美妙的狩猎之路啊!泰山一想到香喷喷的鹿肉就口水直流,嘴里不自觉地发出低沉的嘶吼声。此时,他卸下最后一层盔甲,赤身裸体,以最原始最熟悉的方式狩猎。泰山顶着风追着这一丝难以捉摸的气味奔跑。尽管这一路时不时伴有野猪身上浓烈的臭气,泰山对这扑面而来的甜腻又恶心的味道熟悉极了,但现在他满脑子都是肥美的鹿肉,哪还顾得上什么野猪鬣狗呢!他屏气凝神,仅凭麋鹿呼啸而过时散发出来的缕缕气味,便能准确判断出其逃跑方向,这对我们普通人来说简直太不可思议了,可对泰山来说就是小菜一碟。

不久,麋鹿的气味越来越强烈,泰山意识到猎物已近在咫尺。他马上爬到树上,占据制高点,这样他才能更清楚地观察猎物动态。很快地,泰山就发现麋鹿警觉地站在一片空地上,皎洁的月光洒在它身上闪闪发光。他立马蹑手蹑脚地穿过树林,笔直地挂在麋鹿头顶的树枝上,没发出一丝声响。泰山右手紧握着父亲留给他的长猎刀,满腔全是食肉动物的血腥欲望。他泰然自若,低头看着毫无防备的小鹿。旋即他纵身一跳,向小鹿光滑透亮的背部猛扑下去。泰山是何其生猛健壮啊,全身力气压在小鹿身上,它自然是没有任何喘息的机会,瞬间便被扑倒在地,还没等它晃过神,泰山早已摸清它心脏的位置,抓起猎刀狠狠刺去。

泰山站在麋鹿尸体上仰天咆哮,以此来宣布自己伟大的胜利。

月光清冷地洒在他的脸上,寒风肆虐无孔不入,甚至连鼻孔都不放过。泰山雕像般笔直矗立在死寂的寒风中,横眉怒目,那双凶恶的眼睛随着风向向丛林外望去。片刻之后,他重又恢复宁静。简的爱,使泰山甘愿保持着文明的外表——这文明的外表是一种让他无比熟悉又心生厌恶的状态。他憎恨那些可恶的骗子和虚伪的人,他们光鲜外表下包裹着一颗虚伪的心。泰山清醒地看到他们内心深处最在意的东西——贪慕安逸与钱财。他极力否认艺术、音乐和文学这些美好的东西是他们的理想,他极力否认那种令人衰弱的理想是在文明的基础上持续发展的。空地一边的草忽然被拨开,一头凶猛的狮子昂首挺胸地站在那里。狮子怒目而视,黄绿色的眼睛死死盯着泰山,前爪牢牢地抓着地面,无比嫉妒地盯着泰山与他的猎物。因为今晚运气不佳,它到现在都还没捕到任何猎物。

泰山嗅到了危险信号,但毫不畏惧,发出一声低吼以示警告。狮子同样怒目咆哮,但它停在原地并没有扑上来。相反,它就站在那里,轻轻地来回摇晃尾巴。片刻后,泰山见狮子没有要打架的意思,便蹲在猎物一旁,从它后腿上咬下一大块肉,"吧唧吧唧"吃起来。狮子眼睛里充满了愤恨。泰山面目狰狞,咆哮了一声,发出野蛮的警告。它从没接触过泰山,所以很困惑,眼前这个不知死活的东西看起来就是一个普通人啊,没错!就是人的气味啊,这气味它很熟悉,之前也多次尝过人肉的味道,虽然并不是很美味,但很容易捕获。可是,这个人真奇怪,怎么会如此大胆地站在这里呢?怎么能发出如此兽性的咆哮声呢?这叫声使狮子想起它可怕的对手,所以不敢轻举妄动。可它的肚子咕噜咕噜直叫,这强烈的饥饿感和麋鹿那鲜美的肉味几乎令它发狂。泰山并没有被美食冲昏头,他边吃边盯着狮子,猜想这只食肉动物的脑袋里正在想什么，他很清楚这家伙绝不会若无其事地走开的。眼看着这肥肉在眼前晃来晃去，狮子再忍不了了，忽然竖起尾巴，泰山也马上警惕起来，双方都清楚地感受到了火药味，泰山迅速向前扑去，一嘴咬住麋鹿后腿，用尽全力飞奔而去，钻进一旁的树丛里。

　　泰山逃离并不是因为他惧怕狮子，而是他明白丛林有自己的法则。如果泰山此刻极度饥饿，才不会管什么丛林法则，考虑面前是狮子还是老虎呢，只会迫不及待地填饱肚皮！事实上，他之前也确实不止一次地挑衅过狮子。但是今晚，泰山并不算饿，何况在逃跑前，他卷走的鹿肉比剩下的要多得多！尽管泰山是自己决定跑掉的，可当他看到作威作福的狮子享受自己捕捉的猎物时，心里很是不爽，打算惩罚一下这傲慢的家伙！泰山陷入沉思，怎样才能让这头狮子尝点苦头呢？周围的树木枝繁叶茂，郁郁葱葱，结满了硕大而坚实的果子。泰山嘴角露出一丝窃笑，挂在树上敏捷灵活地荡来荡去。片刻后，泰山开始出击，他麻利地把那些坚硬的果实扔到狮子背上，一个接着一个，这让狮子自顾不暇，东躲躲西藏藏，气到浑身发颤。这头黄褐色的狮子是不可能安然无恙地在这"冰雹"下吃东西的——它只能咆哮、躲闪、咆哮、再躲闪……最后被逼得不得不躲开麋鹿的尸体，放弃这块送到嘴边的肥肉。它两眼怒视，忿忿不平地咆哮着，泰山幸灾乐祸，在树上笑开了花。突然，狮子声音越来越低，空气突然安静，泰山皱着眉头，搞不清楚发生了什么。狮子将巨大的头颅压低，身子蜷伏着，长长的尾巴扑楞扑楞地四处晃动，小心翼翼地爬向对面的树丛。

　　泰山马上觉察到有情况，抬起头，迎着微风吮吸丛林里神秘的气息。到底是什么吸引了狮子的注意力呢？是什么让它不计刚刚的凌辱与狼狈，蹑手蹑脚心甘情愿地掉头离开呢？正当它要消失在树丛时，一股熟悉的味道扑鼻而来——"没错，这是人的气味！"嗅觉灵敏的泰山马上辨识出来，他吧唧吧唧牙缝里的肉沫，把剩下的鹿肉挂在一个树杈上，然后在大腿上擦了擦那油乎乎的手掌，便转身去追狮子。这条通往森林的路十分宽阔，狮子一股脑向前奔跑，泰山就在它头顶的树上飞奔越去，影子如同幽灵一般诡异。疯狂的狮子和泰山几乎同时看到了猎物。虽然距离不算近，但只要猎物在泰山视力范围内，敏锐的嗅觉便能使其准确地做出判断——这是一位黑人。除此之外，他还准确地判断出这是一名老年的陌生男性。因为不同的种族、性别和年龄有其独特的气味，判断出这些对泰山来说简直是驾轻就熟。这位满脸皱纹、干瘪矮小的老人穿着奇怪的衣服，遍体鳞伤，身上还布满文身。除此之外，老人肩膀上还搭有一块鬣狗皮，顶着一头干枯蓬松的头发，就这样独自穿过阴暗的丛林。泰山把他从头到脚审视了一番，忽然，老人耳朵上的记号引起他的注意，泰山马上反应过来这是一位巫医。他对巫医反感极了，于是开始幸灾乐祸，非但不想解救他，反而有点小期待，想看看狮子怎样把这老头儿扑倒。但就在狮子张开血盆大口将要动手之时，泰山突然改变了主意，他想起这头狮子几分钟前霸占了自己的猎物，这仇不能不报啊，况且复仇是多么有意思的事儿啊！

就在狮子离老人不到二十码的距离时，它猛的一跳，穿过灌木丛扑向老人，丛中的小树枝沙沙作响，此时一瘸一拐的老头儿忽然意识到身后也许有危险。他一转身，一头巨大的黑鬃毛狮子扑过来，可是为时已晚。就在那一瞬间，狮子就已经将其扑倒了。泰山麻溜地从悬着的树枝上冲下来，用尽全身力气压住狮子，然后迅速抽刀，猛地刺入它左侧肩膀，右手狠狠拽住它长长的鬃毛，锋利的牙齿咬住其脖子，双腿死死勾住兽身。狮子撕心裂肺地咆哮着，可疼痛并没有完全击溃雄狮。它歇斯底里地吼着，颤颤巍巍地站起来了，拼尽全力向后倾斜，试图压倒在泰山身上。但没想到的是，身后的对手竟如此威猛，像强大的怪物一样紧紧抓着它的爪子，一刀一刀地刺进它的血肉，这一切都使它根本无法动弹。狮子不停地翻滚，在空中肆意挥舞着爪子，疯狂撕咬，恨不得把背上的怪物一口咬死……这头狮子痛苦极了，爪子在空中疯狂撕扯，泰山也被它锋利的爪子挠得满是伤痕。不过，和狮子相比，这点小伤算不上什么。空气中弥漫着浓烈呛鼻的血腥味，鲜血溅得满地都是，但泰山并没手软，也没有丝毫的怜悯同情之心。他清楚地明白，绝不能放松警惕，不能有任何恻隐之心。一旦松开敌人，就会被那钩爪锯牙无情地撕扯，失去主动权。

泰山从狮子身上跳下来时，看到老巫医躺在地上，被撕扯得体无完肤，全身不住地淌血。老巫医看着两位丛林霸主间的厮杀恶斗，惊了魂，趴在地上一动不动，没有丝毫力气，更别说起身逃跑了。老巫医深陷的双眼扑朔迷离，嘴角周围满是皱纹，牙床缓缓蠕动，喃喃地念着他那邪教的咒语。刚开始时，老巫医毫不怀疑这场厮杀的结果，凶猛的狮子一定会让这不自量力的欧洲白人死得很难看，毕竟这世上还从来没听说过哪个人能单手持刀宰了一头如此强大的野兽呢！之后发生的种种令老巫医惊愕不已，双眼直勾勾地盯着两头猛兽。他开始疑惑,眼前到底是个什么怪物。尽管雄狮有着强健的肌肉，可这欧洲白人也毫不逊色，竟能毫不畏惧地与野兽之王狮子搏斗！老巫医黯淡的双眼渐渐明亮起来，伤痕累累的脸上闪出希望之光。一幅模糊的画面映入眼帘，虽然随着岁月的流逝早已泛黄褪色，但仍依稀可见：一个皮肤白皙的年轻人与一群巨大的猿猴生活在一起，在树丛中自由自在地游来荡去。突然，一种巨大的恐惧涌上心头，老巫医不住地眨巴眼睛，生怕自己看错了，这世间竟会有如此场景——老巫医他们都很迷信，一直相信丛林深处有鬼魂——幽灵和恶魔的存在，他看到泰山这一刻便相信，这人就是掌管丛林的恶魔。

老巫医推翻了之前的判断，坚信面前的欧洲白人一定会击败凶猛的狮子。这人猿才是真正的丛林之王啊！老巫医惊慌失措，恐惧极了。他不再惧惮那头必死之兽向他伸出魔爪，而是害怕自己的命运从此掌握在可怕的人猿手中。眼前的狮子早已虚弱得不成样子，奄奄一息，庞大的四肢不断抽搐、颤抖……最终，它放弃挣扎，一头栽在地上。这时，老巫医看到丛林之王露出邪魅的笑容，低头看着躺在地上的失败者，骄傲地站起身，一只脚踩在仍在颤抖的尸体上，对着月亮发出可怕的长吼！"天啊！这简直是魔鬼，我该怎么办，我该怎么办啊！"老巫医简直要窒息了，身体里的血液瞬间冻结，四肢颤抖，整个人陷入无尽的绝望。

Chapter 4
预言应验

泰山回过头，一脸冷酷地看着老巫医。他原本杀死狮子只是想报复这贪婪的怪兽，而并非是拯救老头儿。但当他看到老人一动不动地躺在地上，奄奄一息的样子，泰山突然动容了，内心深处的柔软与怜悯触动了他那颗冷漠的心。倘若这一幕发生在年幼时，他会毫不犹豫地杀死巫医。但现在不同了，他一直与形形色色的人相处，接受了文明的洗礼，尽管这些文明礼教还不足以使他温顺怯懦，但内心多多少少也渐变柔软。泰山看到面前的老人饱受疼痛的折磨，苟延残喘，便默默弯下腰，轻抚老人的伤口，琢磨着按住出血点可以帮老人止止血。

"你是谁？"老人的声音止不住颤抖。

"我是泰山……嗯……是人猿。"之后又无比自豪地补充道，"也就是约翰·克莱顿·格雷斯托克勋爵。"

老巫医大吃一惊，缓缓闭上双眼。他不知道等待他的将会是什么,自己的命运完全掌握在这可怕的丛林恶魔手中,天啊,才出狼窝,又入虎口,这多么荒诞啊!"你为什么不杀了我?"老巫医也豁出去了,他费力睁开双眼,仔细看了看面前这怪物。

"我为什么要杀你呢?"泰山一脸轻松,"你又没有伤害我,并且你已经是个将死之人。这可恶的狮子把你伤得这么重。"

"什么?你不杀我?"老巫医言语间充满不解与惊愕。"天啊,这怪物竟然不杀我,我还有活路!"老家伙心里七上八下。

"真奇怪,你为什么认为我一定会杀你呢?"泰山皱着眉头,"我非但不杀你,反而还可以救你。不过,这就要看我心情了。"

老巫医沉默片刻后,终于鼓起勇气说:"我认得你,很久以前,你经常去孟泊哥村的丛林里,那时我已经是一名巫医了,眼睁睁看着你残忍杀害了库隆伽他们,还霸占了我们的屋子,抢走毒蛊。"他泪眼婆娑地回忆着,"起初我并未认出你,但现在我想起来了!没错,与一群毛茸茸的猿猴生活在一起的白猿就是你!就是你们把孟泊哥村的村庄搞得乱七八糟的,你也就是我们一直供奉的丛林之神——穆南古柯媞,那时候我们很害怕,总是在门口放一些食物,专门供你们吃。"老巫医长吁一口气,"在我断气之前,我想知道,你到底是人是鬼?"

泰山仰天大笑:"哈哈哈,我当然是人了!"

老巫医摇摇头叹了口气:"我非常感激,你把我从狮子手里救下来,但现在我已是个将死之人,没办法好好报答你了。不过你听好,年轻人,这么多年来,我已经掌握了精湛的巫术,就在刚刚,我从沾满鲜血的手掌上看到,不久后你将受尽苦难,有一个非常强大的魔鬼会击垮你。回去吧,穆南古柯媞!趁现在还来得及,赶快回去吧!前面的路岌岌可危,虽然返回之路也未必太平,但至少是你能应对的,回头吧!""我还看到——"他顿了一下,倒吸了一口气，蜷缩成一团，咽气了。"喂！醒醒！喂！"泰山摇摇头，他很想知道这老巫医还看到了什么。

泰山回到营地时已经很晚了，他悄悄地躺在黑人战士们一旁。周围的人都呼呼大睡，没人发现他离开过，当然也不曾有人看到他回来。泰山躺在那里，翻来覆去，老巫医的警告一直回荡在耳边，想着想着便昏昏沉沉地睡去。醒来后，脑子里又迅速冒出老巫医临死前的劝诫，这对他说来的确是一个警钟。但泰山仔细想了想，还是决定继续前进，前面不就是欧帕城嘛，有什么可怕的呢！这世界上他自己最紧张最珍爱的就是自己的夫人了，现在若是夫人有难，他会毫不犹豫放弃欧帕城的珠宝，穿越丛林飞奔到她身边。可现实并非如此啊，那还有什么好顾虑的呢？有什么理由放弃夺宝计划原路返回呢？

那天早上，除了泰山，还有一个人也满腹心事，那便是阴险的沃泊尔。前天夜深人静之时，他听到一个声音从前方小路传来，活了大半辈子，他还从来没听到过这样可怕的声音，更想象不到世上竟会有如此可怕的声音，他想不到到底是什么物种才能发出这样的嘶吼！他看到泰山发出胜利的吼声，那样子就和泰山对着月亮尖叫一样吓人。沃泊尔当时就吓坏了，全身颤抖。他急忙用树叶遮住脸，生怕被泰山发现。哪怕在第二天，回想起当时的场景，他还是胆战心惊。沃泊尔怯懦的灵魂里充满了恐惧，那声歇斯底里的嚎叫一直回荡在他耳边，无以名状的恐惧吓得他几乎想放弃计划马上逃走。实在太恐怖了，沃泊尔都要崩溃了，忽然，他晃过神来："不能回去啊，回去更是死路一条，艾哈迈德·泽克是绝不会放过我的！"

于是，泰山稳步向前，向欧帕城那千疮百孔的城墙进军。泰山并不知道，身后，有一个豺狼一般的卑鄙小人——沃泊尔，此刻也正马不停蹄地向前冲。利欲熏心之时，或许只有上帝才知道心怀鬼胎的家伙在想什么吧！

不久，泰山停下来，站在荒凉的山谷边，俯瞰不远处欧帕城的金色穹顶和尖塔。晚上，大部队安顿好后，他打算先去宝库探探路，侦察一下。考虑到家里的妻子与老巫医的警告，泰山脑子里此刻紧紧绷着一根弦，十分谨慎。

沃泊尔趁着夜色，也悄然出发了，他紧紧跟着泰山，想看看这怪物去干什么。沃泊尔靠山巅的乱石掩护自己，一直偷偷摸摸跟在泰山身后。从城墙外到宝库入口，一路上堆满了巨石瓦砾，这优越的地理条件助了他一臂之力，沃泊尔顺利跟随泰山来到欧帕城。

他躲在一块岩石后面，看到泰山敏捷地跳到山顶，忽然，整块岩石都跟着晃动。沃泊尔死死抓住岩石，吓得手心冒汗，全身瘫软。但在贪婪心的驱使下，他咬着牙继续往上爬，最后终于爬上了山顶，颤颤巍巍地站在上面。

周围有很多散落的岩石，沃泊尔就躲在一块石头后面，等他站稳脚，一抬头却看不到泰山的人影了，也完全听不到任何声音，这泰山竟凭空消失了？沃泊尔悄悄探出头，鼓起勇气从隐蔽的岩石后面爬出来，一步步摸索周围环境，他想趁着泰山不在，摸清宝藏到底在哪儿。这样，等泰山离开后，他就可以带部下来取宝藏。到那时就不用再受泰山威胁，担心什么安全问题了，所有宝藏都是自己的！

沃泊尔四处摸索，最后看到一个狭窄的裂缝，里面有一层层花岗岩台阶，一直向下延伸，沃泊尔顺着台阶一层一层往下走，走到石梯尽头后，看到一个漆黑的大洞，他站在洞口犹豫了，畏畏缩缩不敢进去，他怕迎面撞上泰山。

泰山就不一样了，他天不怕地不怕，况且之前还来过宝库，一个人沿着岩石通道，昂首阔步地走向那扇古老的木门。没过一会儿，就钻进宝库了，站在那里东看看西看看。这些都是很多年前，祖先苦心积虑留下的珠宝，不过很可惜，那片广袤的土地如今早已淹没在大西洋里了。

四周一片死寂，没有一丝杂音。泰山看着眼前一摞摞的宝藏，他敢确定自从上次搬运宝藏后，没有其他人来过。

泰山看到宝藏安然无恙地躺在这里，心里可是乐坏了，转身就沿着原路返回了。沃泊尔躲在一块凸起的花岗岩后面，看着泰山从阶梯里走出来，朝着山坡跑去。一眼望去，对面的山谷边上聚着一群瓦兹瑞勇士，正士气满满地等待主人发布号令。沃泊尔眼看泰山越走越远，急忙溜出来，一头钻进昏暗的小缝儿，连滚带爬地冲进宝库里。

泰山直挺挺地站在小丘边上，清了清嗓子，像雄狮一样发出雷鸣般的吼声。之后，隔了一会儿，又吼了一声。等第三次长吼的回声消散时，他静静地站了一会儿，信誓旦旦地望着远方。紧接着，远处山谷里传来隐隐约约的呼喊声，一次、两次、三次……没错，这是他们的暗号，瓦兹瑞首领巴苏里听到泰山的呼唤并做出了回应。

得到瓦兹瑞战士的回应后，泰山转身又回到宝库，他知道部下几个小时后就会赶来，和他一起搬运宝藏——这些奇形怪状的金锭子。不过泰山可不闲着，他想趁着这会儿工夫，先搬出一部分金子，运到山顶，这样一来节省时间，一来一会儿也好行动。

在巴苏里率大部队赶到前，泰山丝毫没有懈怠，五个小时里来来回回搬了六趟，一共搬出来四十八块金锭子。泰山一个人每次搬八块，这一趟可比两三个普通人搬得还要多，不过，以他的体格，这点运动量还是吃得消的。之后，他又用事先准备好的绳子，帮助勇士们爬到山顶。

泰山来回六次进出宝库，每一次都令比利时人心惊胆战，沃泊尔屏住呼吸，蜷缩在宝库尽头，躲在幽深黑暗的阴影里。不一会儿，泰山又进来了，不过，这次不再是他一人，五十名名瓦兹瑞战士一拥而入，大家齐心协力为泰山卖力。没错，泰山是世界上唯一能驾驭他们的人，唯一能控制他们凶猛、高傲天性的人，他们心甘情愿地充当廉价搬运工。不一会儿，又有五十二块金锭从宝库里流出，加上之前的四十八块，一共一百块，泰山呵呵笑了，心想一百块金锭子，怎么也够用了！

等最后一名瓦兹瑞勇士出来后，泰山回头看了一眼，宝库里的金银珠宝闪闪发光。他不禁惊叹，这是多大一笔财富啊！两次入侵竟没留下任何痕迹，这宝库仿佛没被动过一样！泰山看着微弱的烛光投射到宝库的尽头，刚想吹灭蜡烛时他忽然想到，这幽深的宝库已经被人们遗忘数年了吧！他的思绪一下飞回到第一次进宝库时的场景。记得当时，他被信奉太阳之神的女祭司拉藏在寺庙的角落里，之后他连滚带爬地从一个洞里逃出来，出来后便发现这里竟有一个如此大的宝库。

泰山想到那时的情境还冒了一身冷汗。那时候，泰山被捆在祭坛上，拉高举那把"牺牲匕首"，一排排祭司欣喜若狂地站在一旁，每个人手中都捧着金樽，等待女祭司将匕首刺入祭品的肉体，这样他们就能接住沸腾的鲜血一饮而尽，以此致敬无比荣耀的太阳之神。一幕幕场景幻灯片似的在泰山脑海中闪过。忽然，他皱紧了眉头，想到了那疯狂的祭司塔，就是他突然发癫，掀起了一场腥风血雨，才阻止了这场祭祀活动。塔疯了一般残暴地攻击拉，把拉折磨得惨不忍睹。当然，这也彻底激怒了欧帕人，他们奋起反抗，拼尽全力与塔厮杀，泰山也加入其中，拯救了最高女祭司拉。发动战争的塔并没占到什么便宜，最后痛苦地死在女祭司脚下。

泰山站在那里，看着一排排暗黄色的金锭子，过去的种种记忆一股脑全涌了出来，这一切都清晰可见，仿佛就发生在昨天。泰山沉思，这原本是座破败的城池，那些摇摇欲坠的城墙都是在拉的带领下建起来的，谁知道她现在怎么样了呢，还是女祭司吗？不知道她会不会屈服于宗教习俗，与那些奇怪丑陋的男祭司联姻。如果真是这样，那简直太可惜了，那些矮小畸形的祭司怎么配得上美丽的拉呢！想到这，泰山回过神儿来，无奈地摇了摇头，吹灭蜡烛，向洞口走去，只留下一缕青烟与无尽的叹息。

而泰山身后的"间谍"早已吓得屁股尿流，泰山举着蜡烛照来照去可把他紧张坏了，现在他长吁一口气："天啊！终于走了。"沃泊尔已经知道了宝藏的秘密，心想可以悠闲地回去了。然后，再带部下们来宝库，把这里所有能搬动的金子统统搬走！

泰山心想这应该是最后一次来这儿了，便重重地关上了宝库的大门，大步流星地往前走，准备追上前面的大部队。此时瓦兹瑞战士们已经走到了隧道口儿了，他们一个个士气大振，大口大口地呼吸着新鲜空气，迎着傍晚的点点星光蜿蜒前进！

泰山走后，沃泊尔蹑手蹑脚地站起来，用力伸展他那麻木的肌肉。他兴奋极了，还从来没见过这么多金子啊！他两眼放光，眼珠子都快要掉出来了。他伸出一只手，亲切地抚摸着最外层的金锭子，摸了一遍又一遍。之后，他轻轻取下一块，捧在手心里，然后慢慢举起来，想试试看这一块有多重。"嚯！还不轻呢！"沃泊尔笑得合不拢嘴，心醉神迷地把金锭子紧紧搂在怀里，露出一副无比贪婪的嘴脸！

泰山边跑边幻想着可以马上回家了，幻想着回家后与妻子幸福的生活：夫人紧紧搂着自己的脖子，柔软的脸颊依偎着他，多么甜蜜啊！忽然，不知怎的，泰山心揪了一下，打了个寒颤，脑海中浮现老巫医声嘶力竭警告他的画面。

就在这时，周围忽然发出一声巨响，地动山摇，山洞里碎石乱飞；一时间，泰山所有美好的幻想七零八落，紧接着，一块巨石径直飞来，狠狠砸在泰山头上，他瞬间失去意识，倒在了地上。

Chapter 5

神的祭坛

泰山的头部受到剧烈撞击，整个人昏倒在地上，但这并没让他一蹶不振，过了一会儿，泰山回过神来，他摇摇晃晃地站起来，转身准备离开这里。只见前一秒钟还风平浪静，后一秒钟，毫无征兆，整个宝库开始剧烈摇晃。过道两侧的岩石迅速崩裂瓦解，房顶的花岗石大块大块地脱落，堆在狭窄的过道上，整条路被堵得严严实实。紧接着，路两侧的飞石也纷纷坠落，周围一片残骸。泰山顶着房顶坠落的碎片，跟跟跄跄地冲向宝库的大门，用尽全身力气，一头撞去，门轰的一声被撞开了，但他整个人也耗尽全力，"哐"的一声跌在地板上。

这个巨大的宝库倒是没怎么受地震的影响，损失并不大。只有些高处的金锭子滚了下来，房顶的一块岩石震裂后坠落到了地面。墙壁虽裂了几道缝儿，不过还好，并没有倒塌。

宝库里只震了一次，并没有什么余震，但沃泊尔整个人还是被狠狠甩了出去。他捂着耳朵蜷成一团,趴在地上,久久不敢动弹。过了一会儿,周围又恢复了平静,这时,他才试着慢慢睁开双眼,抻抻胳膊扭扭腿,发现自己并没有受伤,才晃晃悠悠站起来。宝库里黑灯瞎火的,安静得可怕极了。他摸索着走到房间的另一头,找到了泰山留下来的那根蜡烛,牢牢地将它粘在一个金锭子上。

那密不可穿的黑暗使他惶惶不安,过了一会儿,比利时人点亮蜡烛后,长舒了一口气,悬着的心可算沉了下来。

沃泊尔眯着眼,适应了周围的亮光后,立马朝门口望去——他已经顾不上什么金银珠宝了,现在唯一的念头就是赶快逃离这可怕的坟墓——忽然,他看到一个赤裸的巨人躺在门口。沃泊尔心脏狂跳,似乎一下提到了嗓子眼儿。他顿时不知所措,整个人颤抖着,眼神飘忽不定,生怕泰山发现他。片刻后,见门口没有一丝动静,沃泊尔鼓起勇气探出头,朝着门口瞥了一眼,英国人躺在那里一动不动,这时,他笃定巨人肯定是被砸死了。泰山头上裂了一个大缝,血像泄闸的洪水一般向外喷出,染红了一大片水泥地面。说时迟那时快,比利时人向前一跃,一步跨过倒在地上的巨人。他丝毫没有援救泰山的想法。此时此刻,他只庆幸自己还活着,迫不及待地奔向通道逃出去。

但重新燃起的希望很快就破灭了。沃泊尔疾若鹰隼般地跑到门口,发现通道被一堆碎石堵得严严实实!这可怎么办呢?沃泊尔失望极了,只好转过身,重新返回宝库。他拿起蜡烛,开始一点点摸索宝库,试图找其他出路。不久,沃泊尔忽然在房间的另一头发现了一扇门,他用力撞上去,门"嘎吱"一声开了。沃泊尔唯唯诺诺,不知道该不该进去,但想想现在待在这儿也是等死,便鼓起勇气跨了过去,门那边又有一条狭窄的过道。他沿着这条路,眼前又出现一条二十英尺高的石阶,他一步步往上爬,走到另一条长廊上。微弱的烛光忽明忽暗,但足以朦朦胧胧地照亮他面前的路了。过了一会儿,沃泊尔突然停了下来,迅速后退,眼前出现了一个巨大的深坑。天啊!还好有这个蜡烛,不然死定了!他喘着粗气,心脏扑通扑通跳个不停。沃泊尔双手捧着这根短小粗糙的蜡烛,要是在以前,他肯定毫不在意这么个破蜡烛,可现在,这蜡烛救了他的命啊,感激之情油然而生!

沃泊尔举着蜡烛,向下探了探头,可惜根本望不到底,只能看到水面反射回来的光。没错,这应该是一口深井。他把蜡烛举过头顶,好好看了看周遭的环境,忽然,他发现对面竟有一条隧道,顿时欣喜若狂,但问题是如何跨越眼前的鸿沟呢?

沃泊尔站在那里,眼睛探来探去,目测从这里到对面的距离。他有个大胆的想法,想看看是否能跳过去。就在他揣度纠结时,突然,耳边传来一阵刺耳的尖叫,紧接着又有凄惨的呻吟,比利时人迅速竖起耳朵,仔细听这些奇怪的声音,这倒像是人发出的声音,但这声音着实可怕!就像是一个迷失的灵魂在地狱里痛苦地挣扎,临死前发出最后一声凄厉的哀嚎!

这一声尖叫简直令人窒息,似乎是从比利时人头顶传来的,沃泊尔张着嘴惊恐地向上看去。但他并没有看到任何怪异的东西,映入眼帘的是个巨大的洞口,向外望去,天空中闪烁着耀眼的星星。

沃泊尔原本想大声呼救,可四周又传来呜呜的抽泣声,这想法又瞬间破灭了——这到底是不是人?不对,绝不能向上面那些奇怪的东西求救,绝不能这样暴露自己!因为他比任何人都清楚,这种不明不白的求救简直太愚蠢了,沃泊尔受够了这种处处受威胁,还总被呼来喝去的苦。此刻,他只希望自己能安全地回到艾哈迈德·泽克的营地,如果能安全回去,就算让他去刚果自首,他也愿意!比利时人现在只想赶快摆脱这种的折磨,他再也不想过这种担惊受怕的日子了！

沃泊尔缩成一团不住颤抖，竖着耳朵听了很久，但听不到那种声音了。最后，他决定赌一把，先向后退了二十步，之后弓着腰，猛吸一口气，迅速向前跑去，快到井边时猛地一跃。

幸运的是沃泊尔竟真的跳过去了，不过飞奔时手里紧紧攥着的那支蜡烛被吹灭了。沃泊尔就这样摸黑迈了出去。可还没等他站稳，突然滑了一脚，打了个趔趄，情急之中沃泊尔下意识地伸手扒住道边的石头，还好人没有掉下去。

沃泊尔膝盖前倾，试着爬上去。忽然整个人又向下滑了一点，他再也不敢动了，整个人呈悬空状态，绝望地抓着这最后一根救命稻草。他不知道下一秒会发生什么，但好在现在还是安全的。缓了几分钟后，他感觉再不爬上去就真坚持不住了，之后，他又猛地一跃，这次总算爬了上去，整个人瘫在地上，大口大口地喘着粗气。沃泊尔试着爬上来时，手里的蜡烛不小心脱落了，就目前处境来说，这无疑是雪上加霜！现在这种状况，这根将要燃尽的蜡烛对他来说甚至比欧帕城囤积的珠宝都要珍贵。沃泊尔费力地站起来，睁大眼睛一个角落一个角落地寻找蜡烛的下落。

过了许久，沃泊尔终于找到了它，他把蜡烛紧紧地抱在怀里，瞬间崩溃了，全身瘫软地躺在那里，忍不住地啜泣。几分钟后，沃泊尔平复了自己的情绪，慢慢坐起来，从口袋里掏出一根火柴，点燃剩下的蜡烛。看到光亮仿佛就看到了希望，这一丝光明给了沃泊尔极大的安全感。不久，他又开始沿着隧道向前走，寻找逃生之路。刚刚从上面传来那惊悚的叫声仍萦绕在他心头，沃泊尔蹑手蹑脚地走着，精神极度紧张，甚至自己走路发出的声响都吓得他惊慌失色。

没走一会儿，一堵墙就挡住了他前进的脚步，沃泊尔懊恼极了。

这意味着隧道从上到下，从左到右完全被堵死了，这下真的是无路可走了！好在沃泊尔是个受过教育的聪明人，过往的军事训练教会了他遇到困难时不要慌，一定要想办法解决问题。所以他非常清楚，再继续纠结抱怨这堵死的隧道没有任何意义。思考片刻后，沃泊尔想现在能做的就是想办法把墙打穿。他举起蜡烛，贴近墙面，开始仔仔细细检查这些砖头。"噗嗤"一声，沃泊尔乐坏了，他发现那些砖头并不是用水泥砌起来的，那这墙一定非常松散。他前前后后看了一番，挑了一块凸起的砖头，用力一拉，竟轻轻松松就把这砖头从墙面里抽出来了。紧接着，他一块接一块地把砖头拉出来，直到挖开一个足够他钻出去的洞，滋溜一下钻了过去。这时，沃泊尔进入到一个低矮的房间，这次是房门挡住了他的去路，不过没关系，车到山前必有路。他慢慢走过去一推，房门竟开了。沃泊尔走出去，看到一条狭长昏暗的走廊，但还没走几步，蜡烛就要燃尽了。这可是唯一的照明物啊，他舍不得扔掉，一直坚持着，小心翼翼地捧在手里，直到蜡油滴在手心，引起火辣的灼烧感，他才一把把燃尽的蜡烛甩了出去。"该死的。"沃泊尔骂骂咧咧地盯着这最后一丝跳动的火焰，之后便摸黑向前走了。

现在他完全陷入黑暗，几乎什么也看不见了，心头的恐惧压得他喘不过气。虽然现在是安全的，但他真的猜不到，接下来还有什么陷阱或危险。在这样一个陌生的环境里，黑灯瞎火的看不到一丝光是多么可怕多么绝望啊！

沃泊尔双手摸着隧道的墙壁，小心翼翼地向前探出脚尖，确保前面有路才放心地迈出一步，就这样一步步摸索着前进。他也不知道自己走了多久，只觉得隧道非常长，怎么走也走不到尽头。长时间的体力透支，再加上心头的恐慌急剧增加，沃泊尔疲倦的双眼直冒金星，他再也坚持不下去了，决定躺下休息一会儿再走。

过了一会儿，沃泊尔睡眼惺忪地睁开眼，周围仍是一片黑暗。他不知道自己睡了多久，或许一天，又或许两天？但他知道自己一定睡了很久，因为现在的沃泊尔感觉精神焕发，但很不幸的是肚子开始咕咕叫了。

沃泊尔爬起来，又开始摸索前进；但这一次，没走多远，就走进一个房间。房间的天花板上有个缝隙，一丝亮光从那里照进来，一段水泥台阶从上向下延伸，直到房间的地板上。他看着这台阶傻呵呵地笑了，终于又见光明了！沃泊尔透过天花板上的裂口向外看，他看到一根根巨大的柱子被翠绿的藤蔓缠绕着，阳光洒在上面闪闪发光。他竖起耳朵静静地听着，微风吹动枝叶沙沙作响，鸟儿哑着嗓子叽叽喳喳，还有那喋喋不休的猴子。沃泊尔闭上眼，大口大口地呼吸，这一切都太美好了。此刻，除了享受这鸟语花香，沃泊尔心里容不下任何嘈杂与困扰。

过了一会儿，沃泊尔大胆迈向楼梯，之后，走进一个圆形院子里。眼前矗立着一座祭坛，上面布满了锈棕色的污渍。当时，沃泊尔并没有思考这些污点是什么——不过后来发生的一切，都使他清楚地意识到这些全是一层又一层的血渍。

沃泊尔站在祭坛后面，之后又从那里的一个入口走了下去，穿过地下室进入另一个庭院，在那里他看到四周全是门。猴子们在荒凉的废墟上蹦蹦跳跳，在远处的圆柱和长廊间游来荡去。但好像并没有人类存在的痕迹。沃泊尔感到无比轻松，叹了口气耸耸肩，卸下了沉重的包袱，终于不用再担惊受怕了！片刻后，沃泊尔朝着其中一扇门走去，刚迈出一步，院子里的门突然打开了，一群可怕的怪物冲了进来。他瞬间皮惊肉跳，目瞪口呆地怔在那里。

这群人就是欧帕城里供奉太阳之神的祭司们，几年前，就是他们把泰山拖到祭坛前的。他们一个个身材矮小、面目狰狞，身

神的祭坛

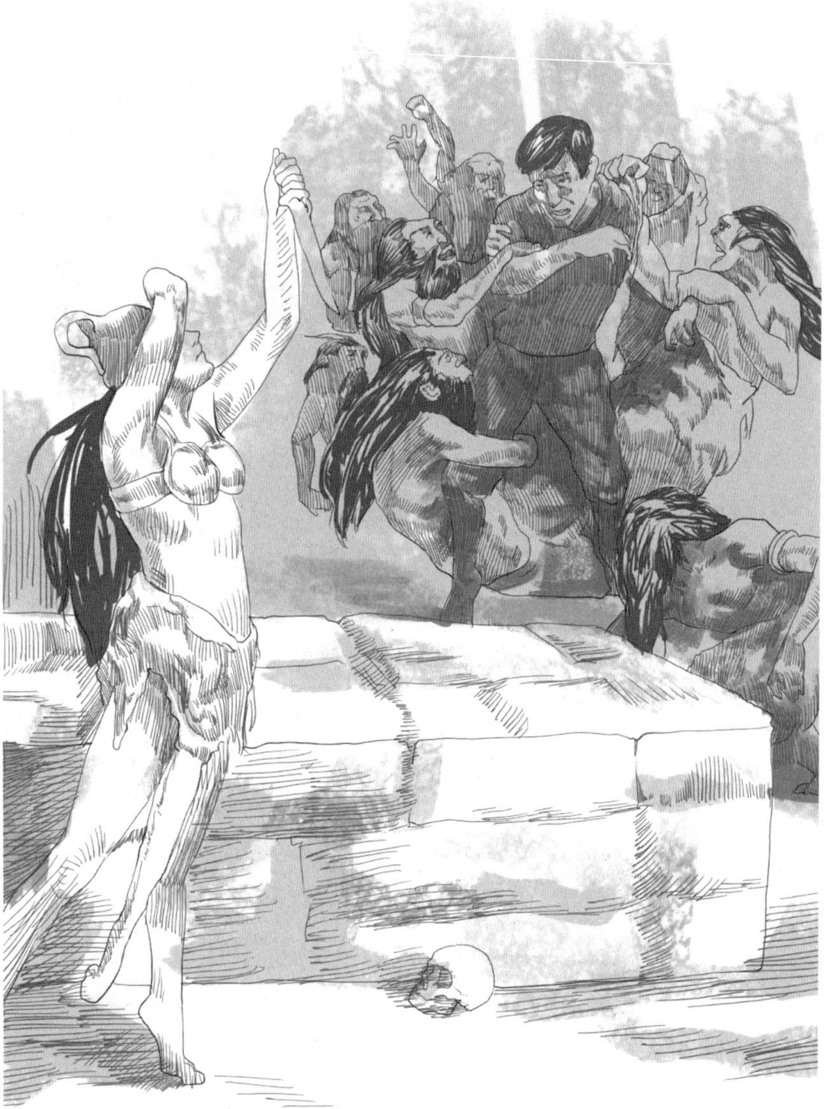

上脏兮兮的毛发缠在一起，真是太可怕了！除此之外，他们还长着长长的手臂、弯曲的短腿、邪恶的眼睛以及低矮的额头，丑得根本分不清是人是鬼，比利时人吓得神经紧绷，全身麻痹。

沃泊尔忍不住大声尖叫，撒腿就跑，朝着昏暗的走廊冲去，和这儿比起来，那里简直安全多了！他刚抬脚，这群人便料到了他想逃跑，便马上冲了上来，把他团团围住。沃泊尔倒在地上，跪在地上，痛哭流涕地恳求他们饶他一命。但这群人毫不动容，把他捆起来直接扔到了内殿地上。

剩下的一切都与泰山当初的经历如出一辙。这群丑陋的家伙簇拥在一起，大声呼喊着，迎来了女祭司也就是欧帕城的大祭司拉。沃泊尔被举起来，狠狠扔在祭坛上。拉在他头顶举起那把"牺牲匕首"，也就是他们的圣刀，沃泊尔每个毛孔都渗出了冷汗。死亡之歌循环在他耳边，不断地折磨蹂躏着他。他感觉自己这次难逃一死了，目不转睛地盯着金酒杯，他知道那些可怕的人很快就会端起自己温热的鲜血，一饮而尽。

此刻，沃泊尔只希望在锋利的刀刃扎入自己身体前，能够一头昏过去，这样至少还能减轻一丝痛苦——忽然，他听到一声可怕的嘶吼，这声音震耳欲聋，就像在他耳边响起的。大祭司也被吓了一跳，又慢慢放下匕首，她惊恐地瞪大双眼。女祭司们都尖叫着，疯狂地向出口跑去。而男祭司们强撑着，鼓起勇气怒吼着，宣泄他们的愤怒与恐惧。沃泊尔一脸迷茫，使劲儿抻着脖子，想看看发生了什么，为何他们如此惊慌失措。最后他忽然看到一头巨狮站在圣殿中央，一把抓住一个人撕了个粉碎。沃泊尔瞬间脸色铁青，疯狂地尖叫起来。

紧接着，这狂野的狮子咆哮着，恶狠狠地看向祭坛。拉颤颤巍巍地向前跑，可没跑两步就在沃泊尔身旁昏了过去。

神的祭坛

Chapter 6
突袭庄园

　　瓦兹瑞勇士们被震得头晕目眩,过了一会儿,恐惧感渐渐消退之后,巴苏里马上意识到泰山和另外两个战士不见了,迅速掉头返回通道,寻找泰山和遗失的战友。

　　通道里一片狼藉,大大小小的岩石把路堵得水泄不通。战士们努力搬开石头好开出一条小路,解救困在里面的朋友;但辛辛苦苦搬了两天后,他们才只挖了几码远,就发现了一个同伴残缺不全的尸体。勇士们失望极了,看着眼前成堆的碎石,他们不得不承认,再这么挖下去也是徒劳。泰山和另一个瓦兹瑞战士肯定早被压死在远处的岩石下了。

　　瓦兹瑞勇士们站在那里,扯着嗓子,一遍又一遍呼喊主人和同伴的名字,但没有得到任何回应。最后,他们不得不放弃搜救,泪流满面地看了最后一眼这片废墟——这片埋葬主人的废墟。战士们背起沉甸甸的黄金,心想,虽然这些金子不能弥补失去家人的痛楚，但至少能给他们心爱的亲人和相濡以沫的妻子带来些许安慰。之后，他们怀着悲恸之情，回到欧帕城荒凉的山谷里，穿过森林，向远处的庄园走去。

勇士们全然不知，他们出发后，厄运降临了，那个原本和平、幸福的美好家园早已被夷为平地。

艾哈迈德·泽克接到沃泊尔的消息后，迅速带着手下和一些其他部落违法作乱的叛徒及掠夺者出发，马不停蹄地向南冲。这些人更加堕落无知，几乎快和野蛮的食人族有得一拼了，可恶的掠袭者从不把法律当回事，早已习惯了肆意烧杀抢夺。

莫干比来自乌甘壁河的源头丛林岛，他是一位身高马大的勇士，追随了泰山很多年，与他一起同甘共苦打天下。也就是他最先注意到这支奇怪的队伍。

泰山走前，吩咐好，派莫干比留下来保护格雷斯托克夫人的安全，他的勇猛与忠诚可是出了名的，就算挖地三尺也找不到可以与其匹敌之人。不仅身材魁梧，身强体壮，这个黑巨人还有敏锐的洞察力与精准的判断力。两者相配合，可以说所向披靡了。

泰山离开后，莫干比可谓是尽心尽力地保护格雷斯托克夫人，即使是她去平原上骑骑马、狩个猎来解解闷儿，莫干比也都丝毫不敢掉以轻心，每次都骑着马，牢牢跟在女主人身后，生怕有什么意外。

当那群万恶的侵略者还在很远处时，莫干比敏锐的双眼就发现了他们。他在那里站了一会儿，默默地注视着前进的队伍，明显感觉到来者不善，他迅速转身，朝别墅旁几百码远的小屋跑去。

莫干比唤醒懒洋洋的瓦兹瑞勇士，下令所有人马上拿起武器和盾牌出去集合，随时待命。随后，又派了一些人跑去召集农田里的工人，并提醒他们照看好畜群，剩下的大多数人随莫干比冲向别墅。

莫干比一眼望去，那群人离得很远呢，所以他也不能百分百确定他们到底是不是敌人。他之前在野蛮的非洲生活过，见过不少这种不请自来的队伍。所以也说不准这群人到底是单纯路过还是蓄意挑衅。不过莫干比还是提高了警惕，把一切都准备好了，莫干比喜欢这种万事俱备的感觉，不管这群陌生人来做什么，只管从容应对便是了。

格雷斯托克的别墅并不是很适合防守。四周没有护栏，但它位于瓦兹瑞地区的中心地带，一旦发生什么事，忠诚的瓦兹瑞战士会把它团团围住，所以主人很放心，他相信没有任何敌人有能力突袭进来。格雷斯托克夫人到走廊时，莫干比正带人把别墅里的百叶窗一个个地向下拉。重型木制百叶窗将窗户遮掩得严严实实，以此来防御敌人的子弹箭头。

"莫干比，你在干嘛？"格雷斯托克夫人一脸诧异地喊道，"发生什么事了？你为什么要放下百叶窗？"

莫干比不紧不慢地向窗外指了指，依稀可见，不远处的平原上，一群身穿白色长袍的骑兵正慢慢靠近。

"这些是阿拉伯人，"莫干比解释道，"他们趁布瓦纳不在，急匆匆赶来恐怕没安什么好心。"

简·克莱顿向外望去，除了看到那群骑兵，还看到庄园里整齐的草坪与灌木，一列列瓦兹瑞勇士昂首挺胸地站在庄园里。阳光照在他们的金属矛尖上，闪闪发光，又洒在帽子的羽毛上，一根根羽毛色彩斑斓地舞动着。火红的太阳从他们宽阔的肩膀和高高的颧骨上反射出耀眼的光。

简·克莱顿怀着无比自豪的心情打量着他们。心想，有着如此铜墙铁壁的守护还有什么好怕的呢？

侵略者忽然停了下来,站在离平原一百码远的地方。莫干比立刻走出别墅,加入战士们行列,与他们一起并肩作战。他向前走了几步,高声向陌生人打招呼。艾哈迈德·泽克站在队伍最前列,直挺挺地坐在马鞍上。

"阿拉伯人!"莫干比高喊道,"你们来这儿干什么?"

"我们是为和平而来!"艾哈迈德·泽克回应。

"和平?既然是为了和平,那就请你们离开吧。"莫干比冷冷地回答,"你们不应该出现在这里,阿拉伯和瓦兹瑞之间也没有什么友谊可言。"

莫干比虽然不是出生于瓦兹瑞,但也已经加入了这个部落,并且已经深得主人与军民战士们的信任,所以一直以瓦兹瑞人自称。

艾哈迈德·泽克缓缓地走到队伍的一旁,低下头,与部下窃窃私语了一番。没过一会儿,一发发子弹开始疯狂扫射瓦兹瑞队伍。这一切都毫无征兆,几个战士瞬间倒下了,其余人则愤怒地要冲向攻击者,但莫干比是一个英勇且谨慎的领导者。他知道,此时此刻若与这些携带步枪的士兵硬碰硬是不会有好结果的。于是马上命令战士们撤退,躲到花园里茂盛的灌木丛后,同时派一些人分布到平房四周,分散敌人的注意力;另一部分人去平房保护女主人,叮嘱他们一定要护她周全,待在屋里不要出来。

艾哈迈德·泽克采用了沙漠战术,带领部下排成一排,然后围成一个半弧形,之后疯狂向前冲,不断向防守者靠拢。

队伍渐渐逼近瓦兹瑞勇士,这些邪恶的侵略者连续不断地向灌木丛扫射。而勇士们也毫不示弱,揣着一根根长箭纷纷射向不远处的敌人。

瓦兹瑞战士向来以箭术闻名,这次自然也不出意外,让那些侵略者开了眼。一个又一个黝黑的骑士双手举过头顶以示投降，接着便被利箭刺穿，"哐当"一声从马鞍上摔下来；尽管如此，这仗也不是好打的。要知道，阿拉伯人的数量远远超过瓦兹瑞勇士，并且他们拿的可是枪啊！一颗颗子弹穿过灌木丛，勇士们要么倒下，要么被逼得后退撤离。眼看着瓦兹瑞勇士快抵不住了，艾哈迈德·泽克站在别墅前，一把扯掉一截篱笆，带着手下冲了进去。

刹那间，一群邪恶的阿拉伯人驾着马疯狂地向前冲，踏平了挡路的矮篱笆，一个个像长了翅膀的海鸥似的轻轻松松就扫除了眼前障碍。

莫干比看见他们冲进来，迅速召集战士们，冲进别墅，做最后的反抗。这时格雷斯托克夫人正站在走廊上，手里紧紧握着一把步枪，拼命向外射击。

莫干比吓了一跳，急忙把女主人带到屋子里，警告她绝不能再出来；之后又带领战士们疯狂反击，拼尽全力与敌人干这最后一场硬仗，誓死也要守住这里。

阿拉伯人举起步枪，龇牙咧嘴，疯狂扫射。瓦兹瑞战士拿椭圆形盾牌作掩护，不停向外射箭，但箭始终是不能和枪比的。阿拉伯人很快便冲向走廊，之后又向瓦兹瑞战士抛去一个巨型炸弹。盾牌也许可以完美地防御利箭，但是在铅制炮弹面前却是毫无用处。

一些勇士躲在别墅的百叶窗后疯狂放箭，在这里他们还安全一点。但效果并不怎么样，在这次袭击之后，莫干比撤退了楼内全部兵力，一齐冲向简·克莱顿。

阿拉伯人一次又一次向前突围，最后在防御者射击不到的堡垒旁排成一个圆形战阵。占据这个有利位置不断向窗口射击。瓦兹瑞勇士真的快撑不住了，一个接一个倒下了。最后，艾哈迈德·泽克感觉胜券在握，便一声令下："开始进攻！"

吃人的部队一股脑冲向阳台，边跑边疯狂地向瓦兹瑞战士们开火。其中十几个人被勇士们的利箭刺穿，瘫倒在地上；但是大多数人还是端着长枪冲到了门口。简·克莱顿愤怒到极点，举起步枪向残暴的敌人开火，木头的碎裂声和步枪声混杂在一起，震耳欲聋。门两边的人纷纷倒下了，不堪一击的壁垒并不能阻止这些侵略者的狂轰滥炸，他们挤成一团，十几个黝黑的杀人狂魔你推我搡地冲进了卧室。简·克莱顿不断后退，最后被逼到房间的角落里，那些幸存的瓦兹瑞战士将她紧紧围住，身材魁梧的莫干比挡在最前面。地板上一片血腥，躺满了尸体。忠诚的战士们视死如归，拼了性命也要保护夫人。阿拉伯人举起他们的步枪，打算疯狂扫射，快速结束这场战斗！但艾哈迈德·泽克马上制止了这群蠢货，呵斥他们松开扳机。

"不要向那个女人开枪！"艾哈迈德·泽克大喊，"谁胆敢伤了她，我就弄死谁！给我留活口！听见了吗？"

接到命令后，阿拉伯人嗷嗷地冲向房间另一头儿；瓦兹瑞勇士们举着矛毫不畏惧地迎接他们。一把把利剑闪闪发光，长筒枪砰砰直响，这阵阵轰鸣就像是在宣告他们注定死亡的厄运。莫干比竭尽全力把矛刺向离他最近的敌人，之后顺势一把抢过敌人手中的步枪，疯了般的将枪眼对准靠近格雷斯托克夫人的敌人的脑袋。

剩下的这些战士也纷纷效仿莫干比，疯了一样战斗着；但他们还是一个接一个地倒下了，只有莫干比还在倔强地挣扎着，为其生命和肩上的责任而战，誓死保卫着女主人。

艾哈迈德·泽克在房间这头儿看着这场火力悬殊的战争，不断地催促他的随从快点结束这场恶战。他手里攥着一把镶着珠宝

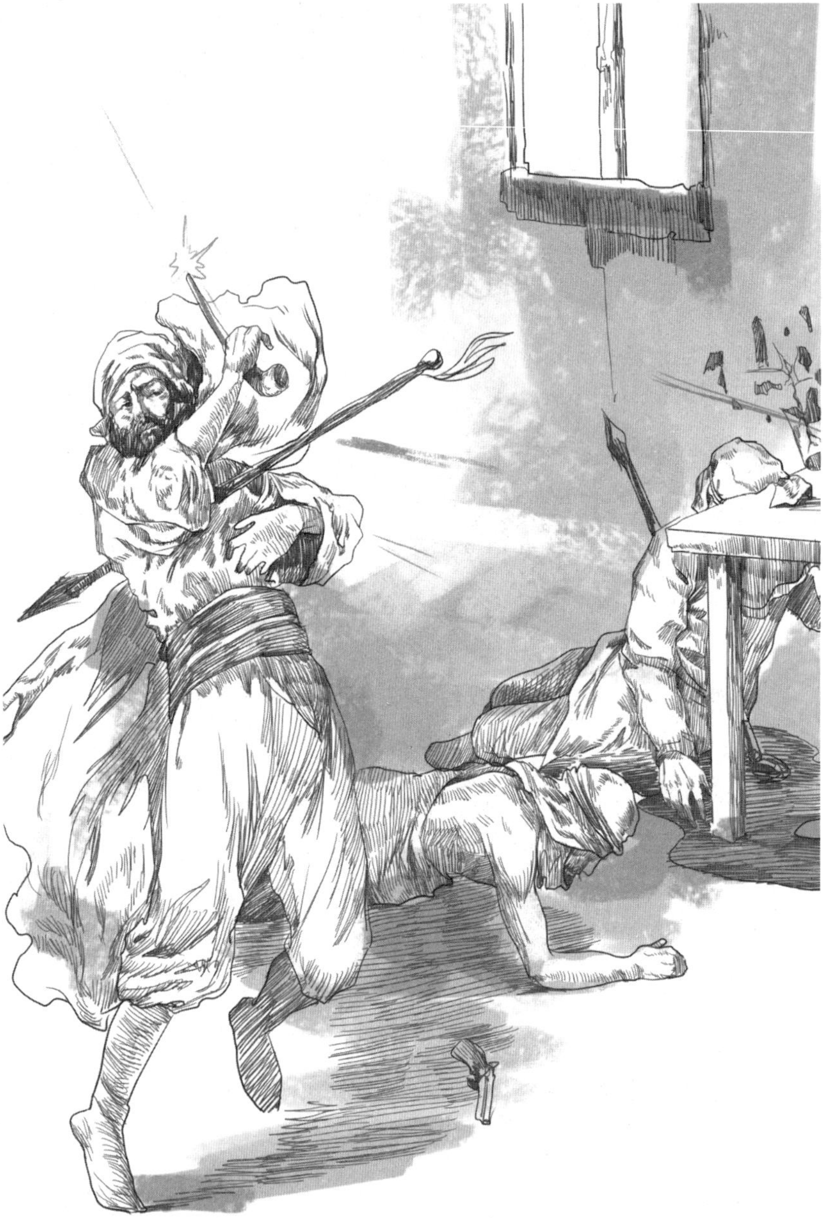

的手枪，慢慢地把它举过肩膀，等待着一个时机，好在不伤害女人的情况下，一枪击毙莫干比。

机会终于来了，艾哈迈德·泽克扣压扳机，"砰"的一声射向莫干比，英勇的莫干比一头倒在简·克莱顿脚边，四周一片死寂。

紧接着，阿拉伯人一拥而上，抓住了简·克莱顿，卸了她手里的枪，把她从别墅里拖了出来。之后，那些贪婪的侵略者纷纷冲进屋里，剩下一个黑人骑兵把她扔到马鞍上，带到城门外，等待着主人的命令。

简·克莱顿看到那些侵略者从马厩里牵出了所有的马，将牛羊赶出来；她看到美好的家园被觊觎已久的强盗洗劫一空；还见识到了火焰的威力，阿拉伯人一把火烧了原本美好平和的家园。

最后，侵略者熙熙攘攘地聚在一起，押着简·克莱顿向北出发。她看到烟雾和火焰四处弥漫，一缕缕浓烟从蜿蜒的小径里钻入茂密的森林，潸然泪下。

火焰在厅里蔓延开，吞吐着红舌，疯狂舔舐着一具具尸体。忽然，一个人晃了一下，艰难地翻了个身然后睁开血肉模糊的双眼，他血淋淋的伤口原本早已平息，现在竟又抽搐了起来。这个魁梧的黑人就是莫干比，阿拉伯人一枪击中的莫干比竟没死，他还活着！熊熊火焰几乎要吞没了他，浓烟四起，莫干比全身是伤，根本没办法站起来，他挣扎着向门口爬去。

莫干比虚弱极了，几乎没有一丝力气，一遍一遍倒在地上；但他绝不放弃，趴倒了便再挣扎着爬起来。熊熊的火焰四处乱窜，肆无忌惮地吞噬着一切，房间变成了一个名副其实的大火炉。黑人战士无数次尝试后，终于爬到走廊，顺着台阶滚了下去，栽到附近的灌木丛里，这也耗尽了他最后一丝力气，整个人瘫软在凉爽的灌木丛里。

莫干比全身无力，整夜都躺在那里，痛苦地呻吟。时而昏迷，时而清醒。每次头脑稍有意识，就恶狠狠地看一眼别墅饲槽和甘草堆里冒出来的熊熊火焰，心中满是愤恨。耳边还时不时传来一声声狮子的嘶吼，正在觅食的狮子在附近低沉地咆哮着；但黑人毫不畏惧，他现在什么都不怕。来吧！莫干比现在只有一个疯狂的念头！只有一个念头：复仇！复仇！一定要复仇！

Chapter 7

璀璨珠宝

泰山在宝库里躺了很长一段时间，如死人般一动不动，但他并没有死。过了很久，泰山终于睁开了双眼，四周漆黑一片，他轻轻晃了晃头，感觉隐隐作痛，他慢慢抬起手，摸了摸头上凝固的血块。紧接着，他嗅了嗅手指，闻到一股浓烈的血腥味，那样子看起来就像一只受伤的野兽舔舐受伤的爪子。

泰山慢慢坐起来——静静地听着，但周围非常安静，没有传来任何声响。他跟跟跄跄地站起身，黑灯瞎火地摸来摸去，两只手又摸到了那一排排金锭子。泰山头痛欲裂，脑袋里嗡嗡直响："天啊，我是谁？这是哪？这些都是什么东西？"大脑一片混沌，但除此之外，头部剧烈的打击并没有给他身体其他部位造成不适。泰山站在那里抓耳挠腮，可任凭怎样挣扎，他都想不起来到底发生了什么，也不记得自己为什么出现在这儿。

泰山又抬起手，把自己从头到脚摸了个遍。忽然，他感到腰间有什么东西在晃动,摸了摸发现是一把刀子,之后又摸到背上的利箭。尽管泰山什么都记不起来了,可这些武器对他来说似乎有一种莫名其妙的熟悉感。忽然,泰山心里咯噔一下,"啊!不对,还有个东西不见了,完了完了,肯定找不到了。"之后他迅速趴下,在地板上爬来爬去,两只手四处摸索,最后终于找到了——是他那支长矛。这支矛是他很久以前从一个黑人手里夺来的,之后便把它日日夜夜带在身上。这么多年过去了,这支沉甸甸的长矛已经成了他日常生活中不可分割的一部分。

泰山望着周围这一堵堵石墙,阴森恐怖的气息迎面而来。他内心非常焦躁,迫不及待想逃离这昏暗的牢笼,扑向外面明亮美好的世界。泰山继续摸索,摸到了一扇门,这扇门就是寺庙的入口。他没有犹豫,直接推门就进去了,踩着石阶,一步步往上走,之后又向深井方向走去。

泰山目光呆滞,周围的一切对他来说都那么陌生,他在黑暗中迎头而上,大步流星地往前走,看起来似乎是在正午阳光下穿过一片开阔的平原一般。没一会儿,便遭遇了不测。

泰山走到井边时,丝毫没意识到面前有一口井,整个人依然向前猛冲,突然迈空了,整个人跌进井里。面对突如其来的意外,泰山迅速拿手里的长矛拍打水面,但并没起到什么作用,连人带矛还是沉入了井底。

这猛然一摔并没有伤到他,泰山浮出水面后,打了个激灵,他使劲儿摇了摇眼眶里的水,慢慢睁开眼睛,这时他看到日光从头顶上方照进来,隐隐约约照亮了周围的墙壁。泰山正好借着久违的亮光低头看了看自己,忽然,在水面的倒映下,他看到漆黑泥泞的墙壁上有一个大洞。他迅速游过去,纵身一跃,跳上去,爬到潮湿的通道里,就这样,他摆脱了困境,又回到陆地上。

泰山沿着通道向前走，但这次可长记性了，心想绝不能再掉以轻心。刚刚意外坠井给他上了生动的一课，现在他每一步都走得小心翼翼。

就这样走了很久，这条路似乎永远走不完。地面很滑，就像被上涨的河水淹过的一样。泰山在这种光滑的路面上很难站稳脚跟，只能一步一步慢慢走。

过了一会儿，泰山终于走到了通道尽头，他又看到一段楼梯。便开始一层层向上爬，这楼梯千回百转，泰山绕着它来回转了好几次。最后，终于进入一个圆形的小房间。天花板中间有一个直径几英尺的小洞，洞上有一个一百多英尺的石栅，阳光透过洞口照进来，驱散了眼前的昏暗。泰山抬头望去，看到了和煦的阳光和碧空如洗的天空。

泰山好奇极了，左顾右盼地瞧着周围的环境。圆形房间除了几个镶嵌着金铜丝的箱子什么也没有。泰山来回摆弄这几个箱子，一会儿摸摸上面的铜钉，一会儿拉拉铰链。最后，他竟偶然打开了一个箱子。

箱子里是一个盛满宝石的大托盘，在昏暗的灯光下闪闪发光。泰山看到这漂亮的东西兴奋地嗷嗷直叫。由于头部受到剧烈撞击，他失忆了，整个人回到了原始状态。自然对眼前这价值连城的宝石毫无概念。对泰山来说，它们只是些光彩夺目的鹅卵石。他把手伸进去，攥住一把小石子，看着它们一颗颗从指缝间划过。之后又打开别的箱子，竟发现更多亮晶晶的石头。这些几乎都是切割好的宝石，所以看起来异常耀眼，泰山从里面抓了一大把，挑了挑，把最漂亮的石头装进身上的袋子里，又把剩下的扔回箱子里。

不知不觉中，泰山就这样偶然发现了一个被人遗忘的珠宝室。多年来，它一直被埋在火焰之神的寺庙下，这是古代太阳之神的后裔不敢或不愿去探索的众多遗迹之一。

反复倒腾后，泰山也累了。他扭头看了看四周，珠宝室另一头有一条阶梯，蜿蜒曲折，但始终向上延伸，泰山想了想反正也没有其他出路，便开始沿着楼梯向上爬。走了一会儿，他渐渐离地面越来越近，周围也越来越亮堂，最后，他走进了一个低矮的房间里，这里比之前任何地方都要敞亮。

头顶的天花板上有一个口子，小口和房间之间有一段水泥阶梯。明亮和煦的阳光从里照进来。泰山向外望去，看着一根根蔓缠绕着柱子，满眼尽是温柔与惊叹。他感到一切是那么熟悉，皱着眉头想了很久，他脑子里总有一种声音，就是之前来过这里，可无论怎么努力，就是想不起来。

泰山恍恍惚惚地低着头沉思，忽然被一声雷鸣般的嘶吼打断了，他迅速判断出，这声音是从上面传来的。紧接着又传来一阵男人和女人的哭喊和尖叫声。泰山紧紧握住长矛，飞奔上去。在地窖的半黑暗状态里待得太久了，泰山刚走进寺庙时明显感到非常刺眼，马上拿手遮在眼前，过了一会儿，渐渐适应了周围的亮光后，他揉了揉眼，看到一幅奇怪的画面。

他看到一群男人、女人，还有一头巨大的狮子。男男女女为了活命四处窜逃。还有一个可怜虫倒在寺庙中间，巨狮恶狠狠地把它踩在脚下。前面不远处，有个女人正朝石坛方向跑去，石坛上还绑着一个人。泰山瞥了一眼，恰好看到狮子正虎视眈眈地盯着庙里这两个人。紧接着他喉咙里又发出一声雷鸣般的吼叫，那女人吓得丢了魂，大叫一声，两眼一闭，昏倒在面前的石坛旁。

狮子缓缓向前走了几步，正准备扑向那两个人，忽然停了下来，蹲在一旁。它发现了泰山，直勾勾地盯着他，弯曲的尾巴尖儿不停晃动着，之后便改变了进攻方向，冲着泰山猛扑上去。

璀璨珠宝 | 051

祭坛上沃泊尔快要绝望了，他瑟瑟发抖地躺在上面，双眼盯着这头准备扑过来的野兽。过了一会儿，他看到野兽表情有变化，这狮子不再死死盯着自己了，而是转移到了祭坛旁边。沃泊尔看到野兽蹬直后腿站起来了，看样子是打算进攻了，可就在这时，一个人影忽然飘过沃泊尔，举起手臂，猛地抛出一支长矛，不偏不倚，这支矛直挺挺地刺进狮子宽阔的胸膛里。

狮子发出一声长吼，疯狂地撕咬矛柄，之后沃泊尔又看到奇迹的一幕，这赤裸的巨人向野兽投掷长矛后，仅带着一把长刀就扑上去，抵御巨兽凶恶的毒牙与魔爪。

雄狮抬起头来怒视着这个新敌人，不断咆哮着。泰山也不甘示弱，嘴巴里同样发出了狂野的嘶吼声。这可让比利时人惊呆了，他简直不敢相信自己的耳朵，人类嘴里怎么会发出这种声音！

泰山迅速向后一侧，躲开了野兽的魔爪。定了定神儿，他猛地冲到野兽身边，起身跳到它黄褐色的背上。他双手攥住狮子脖颈上的鬃毛，手臂死死绕住它的脖子，紧接着一嘴咬下去。巨大的野兽不断咆哮、跳跃，很是一番翻滚挣扎，它努力想摆脱这野蛮的敌人。但泰山毫不手软，棕色拳头里握着一把长长的利剑，一刀一刀地刺向野兽。

两头猛兽恶战时，拉渐渐恢复了意识。她被眼前的场景怔住了，这简直太难以置信了，一个人居然能在厮打中胜过百兽之王，可这就真真切切地发生在眼前啊！

最后，泰山一刀刺进狮子巨大的心脏里，它挣扎抽搐一番后，在大理石地板上翻滚了几下，就死了。

泰山转过身，沃泊尔惊得目瞪口呆。天啊，这不是泰山吗？他不是已经死了吗？

Chapter 8
逃离欧帕

沃泊尔吓了一跳！他不敢相信自己的眼睛。这个人是那个英国贵族？是在非洲庄园里盛情款待过自己的人吗？这个怪物的眼睛炯炯有神，面露血色，他应该也算是个普通人吧？可刚刚战胜狮子后，他发出了一声可怕的长吼，难道人类能发出如此凄厉的叫声？不，绝对不可能，人不可能发出这样的咆哮声！

泰山注视着眼前的男女，眼中满是困惑，他总感觉这两个人似乎在哪儿见过，可想了很久，还是没有认出他们是谁。他站在那里一动不动，好奇地盯着这两个奇怪的人。

拉揉了揉眼，仔细瞧了瞧眼前的人猿，瞳孔随之开始慢慢地放大。她惊讶地大喊："泰山！"瞬间热泪盈眶，她激动地用猿语对泰山说了一通，由于之前的密切联系，猿语已经成为欧帕人的通用语言："泰山，你回来找我了，是吗？"这么多年来，拉无视宗教礼规，一直默默地等待——等待着她的泰山。她没有找任何伴侣，在这世界上，她只想与泰山厮守一生。"你终于回来了！你告诉我，泰山，你是专门为我回来的对不对？"

沃泊尔一脸疑惑，这些晦涩难懂的话对他来说就像鸟语一般，他一句也听不懂。他看了看拉，又扭头瞧了瞧泰山，猜测着这怪物能不能听懂这奇怪的语言呢？但眼前这一幕让比利时人大吃一惊，这英国人竟用一种完全相同的语言不紧不慢地回答女祭司。

"泰山？"他重复了一遍，皱起眉，"泰山是谁？这个名字听起来倒很熟悉。"

"泰山是你的名字——你就是泰山啊。"拉大声喊道。

"什么？我是泰山？"人猿疑惑地耸了耸肩，"好吧，这名字听起来还挺顺耳——反正我也没有其他名字，那就叫泰山吧；但我并不认识你，也不是为你而来。我也不知道自己为什么会来到这里，又是从何而来？你能告诉我吗？"

拉摇了摇头，困惑地回答："我也不知道你从哪里来。"

泰山转向沃泊尔，又问了他同样的问题，但泰山说的是猿语，比利时人一句也听不懂，只好无奈地摇摇头。

沃泊尔用法语怯怯地回答道："我……我听不懂你在说什么。"

听到沃泊尔的回答，泰山不假思索地换了种语言，又用法语重复了一遍他的问题。沃泊尔突然意识到泰山肯定是在上次事故中受了重伤，失忆了。没错，他肯定是失忆了——想不起来过去发生的事情了。比利时人刚想提醒泰山，帮他回忆过去发生的一切。忽然，他意识到，泰山能忘掉过去，保持一种无知的状态再好不过了。至少在这段时间内，对掩盖自己的真实身份是有很大帮助的。此刻，泰山的不幸对自己来说恰恰是一个脱险的好机会啊！

"我也不知道你是从哪里来的，"沃泊尔一本正经地回答道，"但我可以告诉你——如果我们不离开这个鬼地方，肯定会被杀死在这血淋淋的祭坛上。就在不久前，这个坏女人就要把刀子插进我的心脏，多亏那头狮子冲进来阻止了这邪恶的仪式。来，快把我放下来！趁着这群人还没从恐惧中回过神来，我们赶快找一条出路，离开这该死的寺庙。"

听完沃泊尔的一番话，泰山又转向拉。"为什么？"泰山眉头紧锁，"你为什么想杀他？难道是因为你饿了？"

面对泰山的质问，女祭司内心很是痛苦，声嘶力竭地哭喊。

"难道是他想杀你，你在自卫？"泰山又继续追问道。

女人无奈地摇了摇头。

"那你到底为什么要杀他呢？"泰山决心要弄清事情的真相。

拉高傲地抬起纤细的手臂，指向太阳。她高喊道："我们要用他的灵魂祭奠太阳之神！"

泰山一脸疑惑地看着拉。他可是人猿啊，猿类才搞不清楚什么灵魂、太阳之神这些扑朔迷离的东西呢。

听不明白这女人在讲什么，泰山只好又转身反问沃泊尔："是你想死吗？"

比利时人急忙大喊："我不想死，我不想死啊！"说着说着就开始啪嗒啪嗒地掉眼泪。

"好，好吧！放心，你不会死的。"泰山安慰这可怜的男人，"这女人不仅想杀了你，还想霸占我，真是可笑极了，这可不是人猿能待的地方，天天憋在这城墙里，迟早得把我憋死！我们走！"之后他又扭头看了一眼拉，面无表情地说："我们要走了。"

女人顿时慌了，向前冲去，一把抓住人猿。"不！不要走！不要离开我！"拉跪在泰山面前痛哭流涕，"不要走，留下来好吗？泰山，我爱你，我再也不想与你分离！只要你留下来，大祭司的位置就是你的，整个欧帕城都是你的！留下吧，泰山，我会让奴隶们好好侍奉你，相信我，我也会好好爱你！"

面对拉的深情挽留，泰山并没有为之动容。他一把推开她，冷冰冰地瞥了一眼她："我并不想和你在一起。"随后走到沃泊尔身边，劈开他的镣铐，并示意愿意带他离去。

拉听到泰山的回答，怒火中烧，这个世界上还没有人敢如此待她，她脸愤怒到抽搐，狂躁地跳了起来。

"你给我站住！"拉面目狰狞地对着泰山尖叫，"今天，你必须留下来！我一定要得到你——如果你执意要走，我一定会杀了你！"说完便把脸转向太阳，发出瘆人的叫声。这叫声沃泊尔以前听到过一次，可对泰山来说已经是非常熟悉了。

凄厉的尖叫音儿刚落，周围的房间和走廊里迅速传来一阵嘈杂的声响。

"祭司护卫们，全都出来！"拉愤怒地高喊，"有异教徒亵渎了神灵。来！让他们尝尝我们的厉害！都出来吧，保护我，保卫我们的祭坛！杀了他们，用他们罪恶的鲜血清洗寺庙！"

泰山立刻明白了拉的意图，回头看了看沃泊尔，他什么也听不懂，整个人处于迷离状态。泰山见比利时人没有任何武器，便迅速冲到拉身边，伸出强有力的手臂一把抓起她，轻而易举地抢过她手中那把长长的圣刀。面对强健的泰山，拉只能任凭他处置，无论她如何挣扎反抗都是徒劳。

"拿着它，等会儿会用到的。"泰山"嗖"的一下把匕首扔给沃泊尔。此时，每个门口都堵着一群凶神恶煞的怪物，欧帕城的小矮人们正纷纷涌入圣殿。

这些人有的拿着棍子，有的举着刀，一个个面目狰狞地瞪着眼，嘴里嘟嘟囔囔地乱喊一通，似乎以此振奋士气。沃泊尔吓得两腿发麻，嘴唇不住地颤抖。泰山却纹丝不动地站在那里，高傲地蔑视着眼前的敌人。随后他慢慢朝一个出口走去，决定就从这里杀出去，离开寺庙。一个高大魁梧的祭司挡住了他的去路，身后还跟着二十来个人。泰山挥舞着沉重的长矛，狠狠刺向祭司的头部。那个家伙瞬间倒下了，头骨被震得粉碎。

泰山大步向前，一个接一个地解决了眼前的麻烦，这些丑八怪们纷纷倒下了。胆小的沃泊尔紧随其后，时不时回头看看背后尖叫的敌人，害怕遭到这群暴徒的袭击。他紧紧握着圣刀，做好了随时反击的准备，想着一旦有人靠近，就毫不犹豫地刺上去。但奇怪的是，大家都对着泰山狂轰滥炸，却没有一个人靠近他。他不知道为什么这群人偏要选择傻乎乎地与人猿作战，这不是白白送死吗？自己才是那个更容易攻击的对象啊？想着想着沃泊尔晃了晃头，迅速打消了这个念头，自己这么弱小，如果真是有人攻上来，早被打死了。

泰山走到门口后，发现几乎所有尸体都倒在自己这边，便马上猜到祭司们一定是害怕沃泊尔手里的圣刀。看着眼前的场景，沃泊尔也马上意识到他们是害怕自己手里的圣刀，所以才不敢冲上来！对啊！这可是他们的圣刀啊，他们肯定不敢轻易冒犯。这群祭司很有胆量，他们为了保护女祭司、守护祭坛愿意献出自己的生命。当死亡真正来临时，也很坦然地面对。一些奇奇怪怪的迷信围绕着这把锃亮瓦亮的刀子，没有一个欧帕人愿意冒犯它，所以都毫不犹豫地冲向了泰山的那支长矛。

冲出寺庙后，沃泊尔兴冲冲地把自己的发现告诉了泰山。泰山咧嘴一笑，顺势让沃泊尔走在前面，挥舞着这把神圣的武器。果然，这群怪物就像风中的树叶一样迅速分散，没有一个人敢靠近。两人穿过走廊和房间，找到了一条清晰明朗的通道。

泰山和沃泊尔走进一个房间，里面有七根金柱子。看着眼前的场景,比利时人的眼睛瞪得又大又圆。他无比贪婪地盯着这些光彩夺目的东西。走廊两侧和房间的墙上都镶满了闪闪发光的金片。沃泊尔乐得合不拢嘴,两只手摸了一遍又一遍,可泰山却淡定极了,这些东西对他来说似乎毫无意义。

两个人继续往前冲,在破败的城墙外发现一条宽阔的林荫道。沃泊尔和泰山兴奋地手舞足蹈,可还没走两步就看到路上堵了一群猿猴,它们对着泰山和沃泊尔叽叽喳喳叫个不停,还一直威胁他们。比利时人一头雾水,自然是什么也听不懂,但泰山就不一样了,他也用猿语叽里呱啦地骂了回去。

沃泊尔看到一只满身是毛的猿猴从断裂的柱子上跳下来,蹬直腿、竖着毛便朝着赤裸的泰山扑来了。厚厚的嘴唇里发出闷雷般愤怒的咆哮,露出满嘴锋利的黄色尖牙。

比利时人急忙看了一眼泰山,生怕他应付不了这巨大的怪物。可令他惊恐的是,泰山也像那怪物一样俯下身,手指并拢,搭在地上,蜷起双腿,半蹲在地上。喉咙里同样发出野兽般的嘶吼,震耳欲聋。沃泊尔触目惊心,心想如果自己闭着眼,绝对猜不到泰山竟然参与了这场雷霆战争,这叫声分明是两只野兽在搏斗。

奇怪的是,两个人嘶吼一番后,竟没动静了。不过这在丛林里也不为少数,在这个光怪陆离的"国度",很多时候战争还没开始就结束了——这种情况很常见,其中一个自吹自擂的野兽面对强敌失了勇气,然后突然掉头假装对一片偶然吹来的树叶、一只甲虫,或者他毛茸茸肚子上的虱子产生莫名的兴趣。

这只类人猿低头吃了一只不幸的毛毛虫,以此方式很有尊严地放弃了战斗。可泰山似乎更想大干一场,他挺起胸膛,嘴里发出阵阵咆哮,大摇大摆地向眼前的猿猴走去。沃泊尔费了好大力气才说服泰山,别再恋战,能够毫发无损地离开已是万幸了。泰山这才乖乖停了下来,他们继续上路,争取尽快离开这古怪的地方。两个人找了近一个小时才找到一条狭窄的出口。穿过破败的小径,躲过外来设防,最终回到了欧帕城外荒凉的山谷。

泰山对周围的一切毫无意识,不知道自己从哪里来,也搞不清楚为什么会来这个鬼地方,而这一切只有沃泊尔了解。泰山漫无目的地四处游荡,发现地上有很多美味的食物,他迅速趴下来,开始在小石头缝里、灌木丛中找吃的。

比利时人惊呆了,他看到泰山津津有味地咀嚼着那些乱七八糟的东西,甲虫、啮齿动物和毛毛虫全往嘴里塞,胃里一阵翻江倒海,他还是头一次见有人吃这么恶心的东西。此时此刻,泰山已经完全退化成了一个猿猴。

沃泊尔耐着性子等泰山填饱了肚子,之后又匆匆忙忙地赶路,终于成功把泰山带到了山谷西北边界。两个人一起朝着格雷斯托克庄园方向出发。

沃泊尔很清楚泰山如今的状况都是自己一手造成的,可他为什么还坚持把失忆的泰山带回他以前的家呢?这就不得而知了,但绝不会是出于同情或悔过。大概是没有泰山,就没人给他妻子交赎金了吧。

夜幕降临,他们决定在山谷里扎营休息。泰山和沃泊尔坐在一小堆篝火前,烤着一只被泰山刺死的野猪。泰山陷入沉思,他努力回忆过去的事,但却一直断片儿,想了很久也没有任何收获。

泰山抓耳挠腮,怎么也想不起来,干脆不想了。之后,他打开挂在身边的皮囊,倒出一堆儿闪闪发光的小石头,捧在手里倒腾来倒腾去的。在星星点点的火光下,一颗颗晶莹剔透的宝石亮得刺眼。沃泊尔大吃一惊,忽然瞪着大眼,目不转睛地盯着宝石堆儿,露出一副贪婪的样子,哈喇子都要流出来了。

Chapter 9
偷窃珠宝

之后的两天里，沃泊尔一直在寻找跟随他从营地到悬崖的那支队伍。直到第二天傍晚，才发现一些有关他们行踪的线索。这仅有的线索竟如此可怕，沃泊尔被眼前的景象吓坏了。

在一片空旷的荒地上，沃泊尔看到三具黑人尸体，想都不用想，他们一定是被残忍杀害了。沃泊尔知道，在这个队伍中，只有这三个人不是奴隶。很显然，其他奴隶一定是想摆脱残暴的阿拉伯人的控制，重新获得自由。他们利用与主阵营相距甚远这一优势，借机杀死了这三个黑人，就是这群万恶之人使他们成为奴隶，处处受虐。最终，成功逃跑，消失在丛林中。

看着眼前的一切，沃泊尔也开始思忖，是不是也该趁机逃走，摆脱这悲惨的命运呢？沃泊尔额头上渗出一把冷汗。不行，绝不能逃走，眼看阴谋就要得逞了，马上就可以分得一杯羹了；并且就算冒险逃跑，万一被抓回来，肯定会被大卸八块的！

泰山对这一发现倒是丝毫提不起兴趣，一脸镇定。人猿的内在本性决定了其对暴力、死亡这类事物麻木不仁，在他看来这些再平常不过了。近些年精心改造、悉心培养的文明被那场巨大的灾难统统摧毁了。泰山又回到了原始状态，童年时期的丛林生活在他脑海里留下了不可磨灭的印象。

最初卡拉的训练，克查科、塔布拉和特克兹的日常示范与训诫，都成了他思想和行动的基础。不过，说来奇怪，他忘了一切与文明相关的东西，脑海里竟保留了英、法这两种语言。不过，看得出来他对于语言没有任何认知能力，只是一种机械的表达。沃泊尔用法语跟他说话，泰山便不假思索地用法语回答，他没有意识到自己说的已经不是同拉讲的猿语了。当然，如果沃泊尔使用英语与其交谈，他的反应也是一样的，也会用英语回答他。

第二天晚上，两人又坐在篝火前，泰山摆弄着他那亮晶晶的小玩意儿。沃泊尔明知故问，问他这些是什么东西，在哪里找到的？泰山一本正经地回答说，是一些灰色的石头，他想用这些石头做一条项链。并告诉沃泊尔这都是在太阳之神的寺庙里，那个祭祀庭院下面找到的。

沃泊尔发现泰山压根儿不知道这些宝石的价值，邪魅地笑了笑，松了口气。比利时人心里盘算着，反正是些普通的石头，如果伸手要，这人猿可能会毫不犹豫地送给自己，他根本不知道这是什么东西。如此看来就可以轻轻松松地把宝石占为己有了。沃泊尔心里乐开了花，他的手麻利地伸向泰山面前那块光滑平坦的小木块，上面摆满了璀璨的宝石。

"来，让我瞧瞧！"比利时人脱口而出。

泰山急忙伸出巨大的手掌，一手压在宝石上，遮得严严实实。紧接着露出獠牙，对着沃泊尔咆哮示威。沃泊尔心脏咯噔一下，"嗖"

地把手缩了回去，这速度比刚刚伸手时要快一百倍！比利时人被吓得半死，泰山却像个没事人儿，又低下头继续玩弄这堆小石头，似乎刚才的对话没发生一样。对于泰山来说，他只是表现了野兽对自己占有物的一种本能保护。如果他捕获了猎物，他也会把肉分给沃泊尔；但是，若沃泊尔主动把手放在自己的东西上，泰山绝不能接受，势必会像刚刚一样翻脸，发出愤恨的警告。

这件事后，比利时人开始对这野蛮的同伴怀有极大的恐惧。他不知道，泰山之所以发生这么大的转变，除了简单地归结为失忆外，更多的是因为他头部遭受重击，回到了原始状态。沃泊尔不知道，泰山曾经是一个野蛮的丛林猛兽。所以，他当然也猜不出，眼前的泰山只是回到了他童年和青年生活的时代，以那时的方式生活罢了。

现在，在沃泊尔眼里，这位英国人就是个危险的疯子，哪怕是些鸡毛蒜皮的小事，都可能露出可怕的尖牙威胁自己。沃泊尔非常清醒，知道自己绝不是泰山的对手，所以一路上都老老实实的。现在，他唯一的念头就是躲开泰山，并尽可能快地向遥远的艾哈迈德·泽克营地前进。可就算持有这把圣刀，胆小如鼠的沃泊尔也不敢独自一人穿越丛林。他不得不承认，在这危险的丛林里，泰山是不可多得的保护伞。即使遇到更凶猛的食肉动物，沃泊尔也有理由相信泰山能完美地保护自己，他在欧帕城目睹的一切就是最好的证明。

除了胆小怕事，沃泊尔还是个无比贪婪之人，他满脑子都是泰山那个袋子里的宝石，那一闪一闪的宝石在他心里晃啊晃，急得他牙痒痒。沃泊尔在贪婪和恐惧之间不断徘徊，迫不及待想摸到宝石揣在自己兜里，却又惧惮野蛮的泰山。但他还是做出了选择，没错，贪婪才是他心中最强烈的欲望。最后，比利时人决定要留下来，决不能放弃这袋宝石，放弃任何获得财富的机会；要勇敢地面对危险，克服这个疯子给自己带来的恐惧。

太棒了！沃泊尔心想，艾哈迈德·泽克绝不会知道这笔意外之财——这些都是我一个人的！只要能顺利完成自己的计划，到达海岸，然后前往美国；在那里，就可以隐藏于新身份的面纱之下，尽情享受自己"奋斗"的果实。贪婪的艾伯特·沃泊尔把一切都计划好了，去美国后，就可以过上期待已久、闲散奢侈的富人生活。他甚至还遗憾美中不足，美国——这个新世界太狭隘了，与心爱的布鲁塞尔相比根本不值一提！

从欧帕城出来后的第三天，泰山敏锐的耳朵忽然听到声音，发现他们后面有人。而沃泊尔这家伙毫无察觉，他除了丛林里昆虫的嗡嗡声和小猴子、小鸟叽叽喳喳的嬉闹声，别的啥也听不到。

泰山停下来，如雕像一般，在寂静的丛林中站了好久，竖着耳朵仔细听着，他那敏感的鼻孔随着微风的吹拂有规律地扩张。之后，他猛地将沃泊尔拉进茂密的灌木丛，屏住呼吸，躲在里面等待着。不一会儿，迎面走来一个油亮油亮的黑人战士，眉头紧锁着东张西望，看样子十分警惕。

黑人身后还跟着一列人，一个接一个地向前走，大概得有五十个人左右，每个人背上都背着两块沉甸甸的金锭子。沃泊尔一眼认出了他们，这就是随泰山前往欧帕城的那批人！他悄悄地瞥了一眼泰山，只见泰山皱着眉头，一脸警惕。可见，他并没有认出巴苏里和忠诚的瓦兹瑞勇士。

瓦兹瑞勇士走后，泰山站起身，从灌木丛中走了出来，顺着队伍走的方向往下看，若有所思地转向沃泊尔。

"走，跟上，杀了他们！"泰山恶狠狠地说。

"啊！为什么？"比利时人一脸困惑。

"因为他们是黑人，"泰山不紧不慢地解释，"当初就是一个黑人杀死了卡拉，所以只要是黑人就是曼加尼的敌人！"

沃泊尔并没兴趣看泰山与巴苏里及其凶猛的瓦兹瑞勇士开战。相反，他更希望他们可以顺利返回格雷斯托克庄园，因为比利时人已经找不到回去的路了，他感觉凭借自己的能力似乎很难回到那里。如果能保持一定的距离，保证安全的情况下，跟在满载的战士身后，自己就可以毫不费力地跟着他们回去。一旦回到庄园，回到那个熟悉的地方，沃泊尔就知道通往艾哈迈德·泽克营地的路了。当然，他不愿阻挠瓦兹瑞勇士还有另外一个原因，这些人背着这么大一笔财富，一块块的金锭子该有多重啊！战士们走得越远，他和艾哈迈德·泽克就越省劲儿，不然还得费尽周折地把这金子运出去。这群蠢货能把金子顺利搬回庄园那再好不过了！这样一来，他们就可以坐收渔翁之利了！

奸诈的沃泊尔无论如何也不会眼睁睁地看着泰山把他们杀死的。他开始与泰山争论，坚决反对泰山消灭黑人的想法。他一遍又一遍向泰山保证，这群黑人会带他们走出森林，去一个美好富裕的地方。最终，泰山被沃泊尔说服了，决定赌一把，默默跟着他们，看看到底能不能美餐一顿。

从欧帕城到瓦兹瑞地区的路途遥远，泰山和沃泊尔一路长途跋涉。最后，他们成功地跟随勇士们的脚步回到了这里。两个人站在最后一个山丘上，神清气爽地看着眼前宽阔的瓦兹瑞平原、蜿蜒的溪流和远方茂密的西北森林。

在前面一英里的地方，一排勇士像一条巨大的毛毛虫踩着茂密的草丛爬过平原。远处，成群的斑马、麋羚和转角牛羚来回徘徊，为这广阔的平原增添了一份灵气。清澈见底的河流边，一头野牛从芦苇丛里探出头，注视着前来的黑人；不久后，又安心地转身钻进自己的藏身之处。

泰山望着曾经生活的地方，看着这片美景，竟没有一丝熟悉感。他似乎只顾着垂涎眼前的食物，口水都要流出来了，自始至终都没朝庄园方向看一眼。而沃泊尔却是迫不及待地望向庄园，他揉了揉眼睛，一脸困惑；紧接着又用手遮在额头上，眯缝着眼睛，凝视庄园所在的位置，看了一遍又一遍。整个人都惊呆了，他无法相信自己的眼睛，那庄园、谷仓、外屋全都不见了；畜栏、干草垛也统统消失了。天啊，这是怎么回事？

沃泊尔愣了一会儿，思绪渐渐明朗。不难解释，他曾见过的这个美好的山谷历经了一场滔天浩劫——没错，艾哈迈德·泽克来过了！

巴苏里及瓦兹瑞勇士看到农场的那一刻，马上注意到了这场灾难。现在，他们炸开了锅，激烈地谈论，猜测这场灾难的前因后果。

最后，勇士们穿过被摧毁践踏的家园，站在一片废墟前，这里曾是他们主人的庄园啊！现在竟沦为一片废墟！一片焦土！

地上尽是残缺不全的尸体，一些被觅食的鬣狗吞噬，还有一些食肉动物出没的踪迹。地上的腐尸发出阵阵恶臭，他们身上残余的衣物和装饰品，清晰地显示了他们的身份。这一切把主人家里发生的灭顶之灾淋漓尽致地展现给了巴苏里。

巴苏里满腔怒火，压着嗓子："是阿拉伯人干的。"勇士们耷拉着脸围着他。

瓦兹瑞勇士抑制不住愤怒的情绪。眼前的一切，都赤裸裸地揭露了敌人在伟大的布瓦纳离开期间残暴无情的行径，他们摧毁了主人的一切！

其中一个战士忽然问道："不好！夫人呢？夫人不见了！"

他们一直这样称呼格雷斯托克夫人。

"他们把夫人带走了。"巴苏里回答道。

"天啊,不幸的格雷斯托克夫人,还有我们可怜的妻子。"

一位身材魁梧的黑人青筋暴起,把长矛举过头顶,愤怒地大喊大叫。其他人纷纷效仿,撕心裂肺地狂吼,巴苏里打了个手势让他们安静下来。

"现在不是动嘴皮子的时候,"巴苏里怀着沉重的心情,"伟大的布瓦纳教会了我们,要用行动做事,而不是用嘴巴。我们现在要保存体力——把力气都用到追捕阿拉伯人上面,我们一定要杀了他们!'夫人'和我们的妻子处于水深火热之中,迫切需要我们,现在,我们必须把这些金子安置好,带着这些东西我们肯定跑不快。"

沿河的芦苇丛中,泰山和沃泊尔默默注视着黑人勇士们。他们看到这群人拿刀和手指挖出一条深沟,把一个个金锭子扔进沟里,铲出土盖在锭子顶上,把它们严严实实地埋了起来。

泰山似乎对这群黑人的行为不感兴趣,因为沃泊尔告诉他,他们埋的东西一点也不好吃;但沃泊尔却非常感兴趣,在一旁看得眉飞色舞。如果沃泊尔现在有同伙,一旦黑人离开,一定会不顾一切地把宝藏挖走。他确信这群人很快会离开这个荒凉之地。

埋藏好宝藏后,勇士们向前走了一段距离,避开了那堆恶臭的尸体,随后便开始扎营。在出发追捕阿拉伯人之前,他们决定休息一晚,养精蓄锐。黄昏时分,泰山和沃泊尔坐在一起狼吞虎咽地吃着从上个营地带来的一些肉。比利时人费尽心机,忙于他近期的计划。他确信瓦兹瑞战士们一定会追捕艾哈迈德·泽克。因为他见过很多残酷的战争,并且依照阿拉伯人的特点,他们一定会把瓦兹瑞妇女带回去做奴隶。仅凭这一点就可以确定,好战的瓦兹瑞战士一定会即刻追捕阿拉伯人，解救他们的女主人及家属！

沃泊尔觉得他应该想个办法向前走走，追上艾哈迈德·泽克的大部队。这样就可以趁机提醒他小心后面巴苏里带领的追兵，再告诉他宝藏埋藏的具体位置。至于之后阿拉伯人会如何处置格雷斯托克夫人，他不清楚也毫不在意。现在这种状况，被烧毁的庄园下面埋藏的金子，比任何东西甚至是阿拉伯人心心念念的赎金都要珍贵得多。沃泊尔心想，如果能说服袭击者与他分点金锭子，哪怕是很小一部分，他都会高兴得跳起来。

但目前为止，最重要的是泰山身上触手可及的小皮囊啊。至少对沃泊尔来说，那些石头是无价之宝啊！他脑子里不断想如果能得到这个……不！没有如果，必须拿到它！必须！

沃泊尔贪婪地转向泰山，眼睛上下打量着泰山，观察着那魁梧的身躯，最后目光锁定在他手臂处那圆滚滚的肌肉上。这真是毫无希望啊！试图从这野蛮的人猿手中夺取宝石，简直就是在送死！可不这样做，自己还能做什么呢？

沃泊尔闷闷不乐地躺在泰山旁边。头枕着一只胳膊，另一只胳膊枕搭在脸上，偷偷看着泰山。他躺在那里怒视着泰山，满脑子都是掠夺宝石的计划——但他都瞬间否决了这些计划，这些计划完全是天马行空，硬抢肯定是不可能的。

不久，泰山的眼睛落在沃泊尔身上。比利时人看到泰山盯着他，故作镇定，一动不动地躺在那里。过了一会儿，他发出规律的呼吸声，假装睡着了。

泰山陷入了沉思。他看到瓦兹瑞勇士把他们的东西埋了。沃泊尔告诉他，他们把它藏起来，是防止有人发现抢走它们。在泰山看来，这确实是个藏好东西的绝佳之计。因为沃泊尔对自己这

偷窃珠宝 | 067

袋闪闪发光的鹅卵石觊觎已久，泰山怀疑他肯定想偷走自己的石头，便死死守卫着这些小玩意儿，流露出一种生死相随的气势，尽管他根本不知道这些石头的价值。

泰山坐在那里看着他的同伴，一直看了很久。最后，确认沃泊尔睡着后，他拔出猎刀，开始在前面的空地上挖洞。他用刀刃把泥土刨松，用手把它挖出来，没一会儿，就挖出一个直径几英寸的小洞，大约有五六英寸深。最后，泰山悄悄把那袋珠宝放进去——心满意足地窃笑，他压着嗓子生怕被别人看到。沃泊尔看到泰山的行为时兴奋极了，几乎忘记了他在装睡。

突然，泰山整个人僵住了，敏锐的耳朵注意到沃泊尔呼吸声变得不那么规律了。他眯起眼睛，直勾勾地盯着那个比利时人。沃泊尔觉得自己暴露了——他必须想个法子冒险逃过一劫。他马上叹了口气，双臂向外张开，然后背过身去，嘴巴里发出喃喃的声音，好像在做恶梦似的。过了一会儿，他又恢复了正常平稳的呼吸。

现在，他看不到泰山了，但他确信泰山一定坐着盯了他很长时间。随后，依稀听到泰山手刮泥土的声音，之后又有啪啪的轻拍声。他知道泰山已经把这些珠宝埋好了。

一个小时后，沃泊尔动了动，翻了个身面向泰山，小心翼翼地睁开了眼睛。泰山已经睡着了。沃泊尔向前伸伸手就能轻而易举地摸到埋袋子的地方。

沃泊尔不敢轻举妄动，在那里躺了很久，静静地观察。之后，他站起来四处走动，故意发出嘈杂的声响，但泰山丝毫没受影响，一直躺在那里酣睡。比利时人从腰带上抽出那把圣刀，扔到地上。扭头看了看泰山，仍没有任何反应。他蹑手蹑脚地把刀刃插进袋子上方松软的土堆里。他觉得刀尖已经触到了柔软、坚韧的皮革

偷窃珠宝

面料,他高兴坏了,马上开始向上撬刀柄。慢慢地,松散的泥土堆在了两旁。过了一会儿,袋子的一角儿映入眼帘,沃泊尔迅速把它从土堆儿里拎出来,一把塞进衬衫里。然后又把洞填满,小心地把泥土压下去,恢复原状。

内心强烈的贪婪促成了沃泊尔这次行动,他知道一旦被泰山发现就是死路一条!他心惊胆战,他已经几乎能想象到那些锋利的白色獠牙狠狠地埋在自己脖子的场景。远处的平原上,传来一只猎豹的尖叫声;而身后浓密的芦苇中,又发出巨大的野兽踱来踱去的声音。

沃泊尔害怕这些夜间出没的猛兽,但此刻,他更害怕这只睡在身旁的野兽,光是想到他暴怒的样子他都手脚发麻。比利时人小心翼翼地站了起来,泰山依旧纹丝不动地躺在那里。沃泊尔朝着平原和远处的西北森林走了几步,然后停了下来,手指不停地拨弄腰带上那把长刀的刀柄,转过身来,若有所思地俯视着沉睡的巨人。

"为什么不一刀捅死他呢?"他眉头紧皱,"那样我就彻底安全了啊。"

沃泊尔又回到了泰山身边。手里紧紧攥着那把太阳之神女祭司的圣刀!

Chapter 10
觅得珠宝

莫干比拖着虚弱的身体，沿着袭击者撤退的踪迹，一步一步艰难地向前爬。他全身是伤，所以速度非常慢，再加上长期体力不支，只好反复停下来休息；但是，莫干比绝不会放弃，此刻，他心里充满了对侵略者深切的仇恨以及复仇的渴望。随着日子一天天过去，他的伤口慢慢愈合，力量也逐渐恢复。最后，莫干比终于恢复了以前铜浇铁铸般的体格，整个人迸发着强大的力量。现在，他走得快多了；但是，这么久以来，阿拉伯人早已经走得很远了，莫干比再怎么追也赶不上他们的脚步。

艾哈迈德·泽克的人马早已回到营地。现在，他正耐心等着艾伯特·沃泊尔回来。在漫长的旅途中，简·克莱顿为即将到来的命运痛苦不已，这份担心与苦楚已远远超过途中的艰难险阻。

艾哈迈德·泽克并没有透露他会如何处置简·克莱顿。简·克莱顿心里一直默默祈祷，祈祷这群恶棍只是想绑架勒索一些钱财。

她知道，如果是这样的话，自己目前还是安全的，不会受到阿拉伯人的迫害；但是，还有一种恐怖的可能，那就是一种截然不同的命运了。简听说，艾哈迈德·泽克这样的不法分子，经常把抢来的妇女卖给黑人做妻妾或奴隶，或者被卖到遥远的北方土耳其那里。他们这群恶棍可恶极了，就连白人妇女也不放过。

简·克莱顿性格刚毅，绝不是畏缩胆怯之人。但凡有一丝希望，她都不会放弃；目前来说也绝不会有自杀轻生的念头，在她看来，自杀只是迫不得已时躲避耻辱的一种方式。简相信只要泰山活着，自己就一定会得救。在这片土地上，泰山的机警与神力是得到所有人认可的，对简来说，她的丈夫在这个野兽与野蛮人的世界里无所不能，没人是他的对手。她坚信泰山会来，来援救自己并报仇雪恨。简低着头，算着日子，想看看泰山从欧帕城回来得知真相还需要多久。在那之后，他就会赶来包围阿拉伯人的营地，惩罚这些万恶的侵略者。

简坚信，无论发生什么事，泰山凭其敏锐的直觉都会找到自己。她很清楚，对泰山来说，阿拉伯人袭击的痕迹就像一本打开的书，书页上全写得一清二楚，只要他看到便会明白发生了什么。

在简默默祈祷，祈祷泰山快点赶来之时，黑暗的丛林中却出现了另一个人，艾伯特·沃泊尔来了。他心惊胆战地往营地里跑，只带着那把欧帕城的圣刀，便闯入这个野蛮国度。有好几次，他只身一人逃脱了食肉动物的尖牙利爪，这对他来说简直就是奇迹。

沃泊尔晚上睡在树上，白天，就跟跟跄跄地往前走，当发现有野兽发出危险信号时，便躲在树枝里，整日整夜处于惶恐之中。最后，他终于看到不远处的栅栏。

与此同时，莫干比刚好走出丛林，来到这个围墙围起来的村庄。他站在一棵大树的树荫下，看见一个衣衫褴褛的人从丛林中走出来，这人看起来不是很高，大约到他臂弯处。莫干比立刻认出这个人，他曾是主人的客人。不过在主人离开前，他就已经走了。

莫干比站在原地等着比利时人，看他越走越近，正要伸手招呼他；这时他看到那个白人从容地穿过空地，径直走向村子大门。莫干比感到诧异，他疯了吗？但凡是神志清醒的人都不敢靠近非洲这一带的村庄，除非是朋友，确信自己会受到友好的欢迎与招待。黑人战士站在那里一动不动，对白人身份产生了怀疑，难道他和这些阿拉伯人是一伙的？

莫干比听到沃泊尔高呼了一声，紧接着大门就打开了。他亲眼目睹了格雷斯托克勋爵和夫人盛情款待的客人，竟受到凶残阿拉伯人的欢迎与拥护。莫干比瞬间明白了，这个白人是叛徒，是间谍！就是在他离开后，庄园遭到了突袭。莫干比对阿拉伯人充满了仇恨，对这白人间谍更是恨之入骨。

进了村子后，沃泊尔匆匆忙忙走向艾哈迈德·泽克的帐篷。刚进帐篷，阿拉伯人就激动地站了起来。看到比利时人衣衫不整全身泥泞，露出惊讶的表情。

艾哈迈德·泽克一脸疑问："出什么事了？"

比利时人一五一十地向艾哈迈德·泽克交代了这段时间他掌握的所有消息，当然，除了他衣服下面绑着的那袋宝石。阿拉伯人贪婪地瞪着眼睛，津津有味地听沃泊尔描述瓦兹瑞勇士是如何把宝藏埋到格雷斯托克庄园的废墟下的。

艾哈迈德·泽克窃笑："哈哈哈，现在得到这笔财宝，再平安回来就不是什么难事了！"我们先埋伏好，等这群鲁莽的瓦兹瑞勇士上钩；然后杀了他们，再上路去取宝藏——到那时候，就没人知道这堆金子的存在了，自然没有人再和我们抢了！哈哈哈！"

"那怎么处理那个女人呢？"沃泊尔随口问道。

"把她卖到北方去！"侵略者回答说，"泰山失忆了，自然也不必谈什么赎金了。卖了她，这是目前唯一的好办法，应该还能卖个好价钱！"

比利时人点点头，脑子里迅速冒出一个想法。如果能说服艾哈迈德·泽克，派自己把格雷斯托克夫人押送至北部，那他就拥有了一个绝佳的逃跑机会，从此便能永远摆脱这残暴的阿拉伯人。虽然会损失一份金子，但这样他就能带着宝石毫发无损地逃脱啊！

这么久以来，沃泊尔已经非常了解艾哈迈德·泽克了。他从没主动释放过队伍中任何一个人。大部分叛离逃跑的人都被抓了回来，受尽折磨后再被处死，沃泊尔曾不止一次听到他们痛苦的呻吟。比利时人打算好好计划一番，绝不能露出丝毫破绽。

"我们返回庄园搬运黄金时，派谁押送这女人去北方呢？"沃泊尔心怀鬼胎地问道。

艾哈迈德·泽克想了一会儿。埋在地下的金子要比这个女人值钱得多，可得抓紧时间搬回来，但这女人也得尽快处理掉才行。阿拉伯人左思右想，所有部下里，也就沃泊尔最有头脑了。如果派一个阿拉伯人去押送女人，肯定很熟悉这一带的线路与部落，没准会私吞钱款，逃到遥远的北方。但沃泊尔就不同了，他在这一地带，可以说寸步难行。在这里，所有人都对欧洲人怀有敌意，借他俩胆儿这家伙也不敢逃跑的。

过了一会儿，阿拉伯人说："我们没必要全都回去。这样吧，我带人回去搬金子，你押送这女人到北方去,给我一个朋友捎封信，他会带你联系最好的市场。我们各自完成任务后再回来，在营地碰面。"

沃泊尔如愿以偿，心里乐开了花，但他还是极力掩饰内心的喜悦，成功躲过了艾哈迈德·泽克那双敏锐多疑的眼睛。达成一致后，俩人又嘀嘀咕咕商量了一番。沃泊尔找了个借口，告诉艾哈迈德·泽克，他打算舒舒服服地泡个澡，刮个胡子，之后就回到自己的帐篷里了。

洗过澡后，比利时人把一面小手镜挂在帐篷墙背的绳子上，又搬了一把粗糙的椅子放在玻璃桌旁，照着镜子，开始剃脸上的胡茬。

对男性来说，没有什么比剃干净胡须更舒服、更提神了。现在，沃泊尔暂时远离这一切纷杂，舒舒服服地躺在摇椅上，抽着一根晚烟。拇指夹在腰带里，慵懒地杵着胳膊，晃来晃去。忽然他的拇指碰到了腰间的珠宝袋，脑子里想到宝石的价值，激动地咯咯窃笑。除了他自己外，谁都不知道他衣服下还藏着价值连城的一袋宝石。

如果艾哈迈德·泽克知道了，他会怎么样？想着想着沃泊尔咧嘴一笑，若这老家伙看到这些晶莹剔透的宝石，眼睛一定会瞪得贼大！这么久以来，沃泊尔一直没有机会好好看看这堆宝石，甚至都没有数过到底有多少颗，只是粗略地估摸了一下它们的价值。

现在只有他一个人了，营地一片静谧，除了哨兵，其他人都睡了——沃泊尔心想，肯定不会有人来自己的帐篷了，便放心地解开皮带，轻轻地把袋子从衣服下面拉了出来。他摸了摸袋子，用心感受着里面每一颗宝石。紧接着他又把袋子放在手心，掂了掂，然后又心满意足地放到另一只手里。最后，他慢慢把椅子推到桌子前，灯光下，闪闪发光的宝石在粗糙的桌子上滚来滚去。

光线照亮了肮脏的帐篷，男人做梦一般，他幻想着，幻想着这是一座富丽堂皇的宫殿。他看到那些镀金的大厅，走过去轻轻打开大门，走向散落在桌子上的宝石。他梦想着欢乐奢侈的生活，而这些都是他所无法企及的。

沃泊尔沉醉其中无法自拔,就在他笑意盈盈地摇头晃脑之时,目光忽然落在挂在帐篷上的镜子上。他在镜子里看到了帐篷门口有一张脸,仔细一瞧,竟是艾哈迈德·泽克那狰狞的面孔。

沃泊尔吓得直喘粗气,此时他眼睛里充满了恐惧与贪婪,心想这是自己的宝石,绝不能被他抢去。他的目光似乎并没有停留在镜子上,而是渐渐垂下,落在宝石上。故作镇定,不慌不忙地把它们放进袋子,塞进衬衫里,假装什么都没发生。然后从盒子里拿出一支烟,点着它,缓缓站起来。他打着呵欠,把胳膊伸到头顶上,慢慢地向帐篷的另一头走去。这时艾哈迈德·泽克的脸已经从门口消失了。

沃泊尔吓坏了,他意识到他不仅即将失去财富,就连小命也不保了。艾哈迈德·泽克永远不会允许自己发现的财富从指缝间溜走,他也不会原谅部下刻意隐瞒,独享任何财富。

比利时人一阵慌乱,准备先躺下,再好好想个法子,他不知道有没有人在监视他;但就算有,监视的士兵应该也不会注意到这欧洲人如此紧张,竭力隐藏的迹象。准备好毯子后,沃泊尔走到小桌旁,熄灭了灯。

两个小时后,帐篷的门帘被轻轻拨开,一个黑色的人影无声无息地走进来,手里还握着一把长刀,蹑手蹑脚地穿过帐篷,走到堆着几块毯子的床边。

他伸出手,手指轻轻地摸了摸,摸到毯子下面有一个人。并且这毯子明显勾勒出一个人的轮廓,他更确定这就是沃泊尔,慢慢抬起手,猛地向下刺去。一刀又一刀,每一次捅下去,刀刃都深深埋进毯子里。但毯子下面的人竟没有发出一丝哀嚎,这使刺客感到无比惊异。他疯狂地掀起毯子,双手慌乱地摸来摸去,迫切想要拿到沃泊尔身上那袋珠宝。

过了一会儿,艾哈迈德·泽克嘴唇微颤,开始破口大骂。他在毯子下面发现了一堆丢弃的衣服,这形状就像一个正在睡觉的人——该死的沃泊尔已经逃走了。

艾哈迈德·泽克跑到村子,歇斯底里地大喊,喊醒了那些困倦的阿拉伯人,让他们马上从帐篷里滚出来!一群人把村子翻了个底朝天,一遍又一遍地搜寻,都没发现比利时人的踪迹。艾哈迈德·泽克怒气冲冲地命令部下骑马去找,尽管已是深夜了,他们还是义无反顾地出发,搜寻附近的森林,寻找那该死的欧洲人!

哨兵打开大门,士兵们疾驰而去时,躲在附近灌木丛中的莫干比悄悄溜进了栅栏里。一群黑人聚集在门口看着同伴离去,最后一个人从村子里走出时,莫干比也迅速闪到门口,混入这群黑人之中。在接下来的工作中他也故作镇定地搭了把手。

在一片黑暗中,莫干比假扮黑人中的一员,随着大部队走来走去,并没有引起任何怀疑。当他们从大门回到各自帐篷和棚屋时,莫干比隐藏在村子的黑影里。

趁着夜黑风高,莫干比在各个棚屋和帐篷里探来探去,摸索了大概一个小时,试图找到夫人被监禁的地方。最后瞄准了一间屋子,他觉得夫人一定是被关在这里,因为这是仅有的一间门前专门派人把守的屋子。他蜷缩在这间屋子的阴影里,就在那个毫无防备的警卫进入拐角处,莫干比正想下手杀了这短命鬼时,迎面忽然走来一个人。

"囚犯在里面没事吧?"新来的人问。

"是的,"另一个人回答说,"放心吧,那女人在这儿很安全,从我值班开始,就没有一个人靠近过这扇门。"

之前值班的人径直回到自己房间,新来换班的哨兵无聊地蹲在门边。莫干比偷偷溜到房间一角，手里握着一把沉甸甸的锤头。虽然并没有任何证据证明夫人被扣押在这间屋子里，但当他听到刚刚那声"女人很安全"时再也无法冷静，他相信自己的直觉，夫人一定在里面。

哨兵背对着小屋的一角，而莫干比就藏在这个角落里。那家伙没注意到身后隐隐出现的巨大身影，莫干比轮着锤头向上摆动，猛地向下砸去。之后便是一声沉闷的撞击声，哨兵骨头被砸得粉碎，整个人倒在冰冷的土地上，死了。

之后，莫干比急忙钻进屋里解救夫人。"夫人……夫人……"他压着嗓子，不住地呼喊，最后，近乎疯狂地在屋子里窜来窜去，直到认清眼前的事实——夫人不在这里，这屋子是空的！

Chapter 11

回归野性

　　思忖片刻后,沃泊尔站在熟睡的泰山边上,刚准备拿刀子刺向他,给他致命一击,他的手忽然颤抖了,恐惧感瞬间涌上心头。如果这一刀没有刺死他怎么办?沃泊尔犹豫了,整个人僵硬地站在那里,沉思着一切可能出现的灾难性后果。是啊,如果这一刀没有刺死泰山,他就算只剩一口气儿,也能不费吹灰之力地把自己撕个粉碎,这一点比利时人再清楚不过了。他也知道,泰山一定会这样做。

　　忽然,周边又传来窸窸窣窣的脚步声。沃泊尔心想,反正现在已经把这些珠宝占为己有了,如果再逗留下去,很可能会死在泰山手里,或者被周围的野兽捕杀。沃泊尔果断放弃了这个恐怖的刺杀计划,看着面前广阔的平原,心里只有一个声音——"逃跑"。他转过身,穿过黑夜,蹑手蹑脚地向远处的森林走去。

　　泰山还昏昏沉沉地睡着,周围的一切他都毫无知觉,这个迟钝的沉睡者还是当初那个敏锐又机警的人猿泰山吗?

欧帕城沉重的一击,导致泰山头部受了重伤,对周围的环境丧失了警惕性,但也许这只是暂时的呢,毕竟他是人猿泰山呀——以后怎么样谁又能说得清呢?就在这时,芦苇丛中的野兽渐渐逼近。草丛沙沙作响,距沉睡的泰山只有几步之遥,原来是一头巨大的狮子。这头野兽走近了,绕着泰山打量了一会儿,然后蹲下来,后爪在地上呲溜呲溜地画圈,尾巴也跟着左摇右摆。

野兽尾巴轻拍芦苇发出的声响恰好唤醒了泰山,不过这点声响并未惊动丛林中其他生物,它们仍然沉睡在自己的世界里。

就在睁开眼睛的一瞬间,泰山就嗅到了危险气息,手里紧紧握住长矛,准备进攻。没错,他醒来后依然还是曾经那个敏锐机警、严阵以待的人猿。

世界上没有一模一样的狮子,即使都是狮子,在不同环境下也会有不同的个性。这头狮子蹲在地上,准备扑向泰山。但之后不知是出于对泰山的好奇、恐惧,还是本身比较小心、谨慎……它并没有像其他狮子一样表现得多威风,压根就没向泰山扑去,在泰山站起来与之对垒时,它耷拉着脑袋转身跳回了芦苇丛。

泰山耸了耸肩,左顾右盼,四处寻找他的同伴。沃泊尔早趁机溜走了。起初,泰山怀疑同伴是被另一头狮子抓住拖走了,但是,在检查完地面的痕迹之后,他很快发现地上只有一串脚印,比利时人是独自离开的。

泰山很迷惑,这人没被吃掉怎么不见了呢?但不久就得出了一个结论——沃泊尔被刚刚靠近的狮子吓坏了,一个人逃跑了。他想了想,嘴角发出一丝冷笑,这人也太不够意思了,危急时刻,只顾自己逃命,连朋友都不管不顾。算了吧,泰山安慰自己,世界上总会有沃泊尔这种无情无义的人,只希望这种人能少一点。

反正他已经走了,泰山明白,这种人,无论对其多好,多么关心他,遇到危险终究还是会离开的——泰山索性放弃了,不再纠结比利时人的下落。

泰山叹了口气,环顾四周,看到一百码远的地方有一棵大树。他迅速走到跟前,爬了上去,找到一个舒服的枝杈,打算躺下休息一会儿,这一睡就睡到了天亮。

太阳缓缓升起,泰山已经睡了很久。他的头脑回到了原始状态,若是没有扑鼻的香味儿或生命之忧是不会醒来的。因此,只有受到威胁处于危险中,或是饥肠辘辘之时,他才会睁开双眼。而此时,后者唤醒了他。

泰山睁开眼睛,伸展四肢,活动活动筋骨,打了个呵欠,站起身来,透过茂密的树叶,向四周望去。在这片荒芜的草地上,泰山仿佛是一个陌生人,他根本没意识到这一片土地就是自己的家园。巴苏里和勇士们正在准备早餐,为出发远征做准备。看到这场浩劫后,巴苏里早已计划好了一切。

泰山好奇地盯着这群黑人。一种似曾相识的感觉扑面而来,他总感觉周围的环境,眼前的人都很熟悉,却又无法将他们与自己关联起来。自从走出欧帕城的深渊以来,他对眼前发生的任何事情都力不从心,也不知道这一切有什么联系。

泰山模模糊糊地回忆起以前身边有一群毛茸茸的猿猴。一种柔软与敏感支配着他的野蛮情绪,这种虚无缥缈、支离破碎的记忆太难拼凑了。思绪一下回到了童年时代——他看到了母猿卡拉的身影,但也是模模糊糊,记不清楚她到底长什么样子。他还看到其他怪诞的类人猿。特克兹、塔布拉、克查科和一个体形弱小、看起来不是那么凶悍的人,那是尼塔,泰山少年时代的玩伴。

慢慢地,过去的场景在他昏沉的记忆中一一浮现,泰山一个个记起了他们，想起了他们的样子，想起了和他们一起度过的欢乐时光。童年时期厮混在猿猴中快乐的场景，像幻灯片似的一幕幕浮现，泰山心中产生了一种强烈的渴望，想要回去，和过去那些毛茸茸、原始的野兽为伴。

泰山看着那些黑人驱散炊烟，离去了；虽然他看着每个人的脸都如此熟悉，就像看到自己一样，但却没有一个人能唤醒他脑海中的记忆。

战士们走后，泰山从树上跳下来，寻找食物。平原上，一群群野生反刍动物悠闲地跑来跑去。他一眼瞄准了猎物，向一群肥壮的斑马走去。倒没有什么复杂的思考选择过程——出于本能，他一眼就瞄准了斑马，并快速行动起来。泰山千方百计地打掩护，四肢匍匐，肚皮贴在地面，准备捕猎。

一匹丰满的母马和一匹肥壮的骏马在矮树丛里乐滋滋地吃着草，毫无戒备。它们离泰山最近，只有几码远。出于本能，他选择了前者。泰山很快找到了自己的有利据点，紧紧抓住长矛，小心翼翼地踮起脚，一声不响，忽然站起来，"嗖"的一声把长矛抛向马背。紧接着，一秒也没耽搁，甚至来不及看母马的反应，他握着猎刀，随着长矛一跃而起。

两匹斑马突然看到不远处冲出来一个人，全都怔住了，一动不动地站在草丛中，长矛戳裂之痛使母马突然发出一声惨叫。不远处的马群瞬间陷入一片混乱，哀嚎逃窜；就在几码远的地方，泰山的速度甚至可与这群马相媲美。母马刚跨出一步，就发现有只怪物追了上来，这头野兽紧紧跟着自己。母马愤怒地嘶鸣，转过身，撕咬敌人，后蹄不停地猛踢这怪物。它的同伴犹豫了一下，看样子想要扑过去帮助母马，但它向后看了一眼，看着马群奔腾而去的背影后，只发出一阵悲鸣，摇了摇头，转身跑了。

泰山一手抓住猎物短小的鬃毛，一刀又一刀戳向它柔软的心脏。战斗一开始，胜负就已见分晓。无论母马多么勇敢地战斗，终究会绝望地死去。没错，母马的心脏早已被刺穿，永远地倒在了草丛中。泰山一脚踩在母马的尸体上，提高嗓门大吼一声，宣告自己的胜利。这声音震耳欲聋，吓得远处的巴苏里忽然停住脚步，微弱的回音一直萦绕在耳边。

"泰山，"巴苏里顿了一下，对他的同伴说，"是泰山的声音！但我已经很久没在瓦兹瑞地区听到过这声音了，他怎么又回来了呢？"

泰山抓住猎物，把它拖到灌木丛中，蹲下来，从母马腰上撕下热气腾腾的一大块鲜肉，狼吞虎咽地咀嚼着。

方才母马的尖叫声引来了一对鬣狗。它们闻着味道，很快就找到了母马的所在地。这两只鬣狗冲过来，在离泰山几码远的地方，忽然停下来。泰山抬起头，露出凶狠的獠牙，对着它们一阵咆哮。鬣狗唯唯诺诺地嗷了几声，摆出一副恭维的样子，向后退了几步。它们没有发动进攻，恭恭敬敬地坐在那里，打算等泰山饱餐完离开。泰山吃饱后，从母马身上撕下几块肉带走了，又晃晃悠悠地走到河边喝水解解渴。要想走到河边就必须经过鬣狗，但泰山丝毫不把它们放在眼里，径直朝着小河走去。

泰山昂首挺胸，如同森林中威严的狮子一般，大步流星地向前走。刚开始，鬣狗似乎还想坚守阵地，抬起头颅，怒视人猿；但没一会儿，就灰溜溜地闪开了。冷漠剽悍的泰山以自己高傲的姿态把它们打发走了。看着泰山走远后，鬣狗猛扑上去，开始撕扯吞咽斑马的残骸。

泰山又回到了芦苇丛，穿过芦苇，朝河边走去。他的靠近吓得一群水牛丢了魂一样，四散而逃。只有一头大公牛，站在原地一动不动，用它充血的眼珠子恶狠狠地瞪着入侵者；但泰山毫不在意，大摇大摆地穿过牛群，全当它们不存在似的。公牛扯着嗓子，发出低沉的隆隆声，那群水牛要么以其为榜样，效仿着吼两嗓子；要么站在那里谨慎地凝视着泰山，直到泰山走远，消失在对面的芦苇丛中。大公牛看泰山根本不理会自己，便灰溜溜地转过身，又开始驱赶嗡嗡的苍蝇。

泰山在河边喝了几口水，又洗了个凉水澡。天气热极了，他躺在树荫下避暑，这附近曾是他的谷仓，可如今已是一片废墟。泰山探着头，目光穿过平原望向森林，一种对森林神秘深处的渴望与快感在他脑海中挥之不去。他决定，等太阳升起，就穿过空地返回森林！反正现在了无牵挂——他满脑子都是自由自在的丛林生活，都是对美好明天的无限憧憬。

泰山现在一身轻松，既不沉浸于对过去的悔恨，也不困囿于对未来的期盼，舒适自如地躺在摇摆的树枝上，舒展着四肢，沉浸在全然无为的平和与幸福之中，没有任何忧虑刺激他敏感的神经、剥夺其内心的平静。想了这么久，泰山只是记起了他的存在，很高兴地知道了自己从何而来。是啊，曾经的格雷斯托克勋爵已经不复存在了。

泰山懒洋洋地躺在摇摇晃晃、枝繁叶茂的"摇椅"上，一躺就是几个小时，直到又一次饥饿感席卷而来，他才决定起身出发。他伸了个懒腰，活动活动筋骨，跳到地上，慢慢地向河边走去。小路的轨迹随着时间的迁移变得越来越深，路两边密密麻麻的灌木丛和茂盛的树木紧紧交织在一起，藤蔓的粗枝大叶与精致的葡萄藤架相互缠绕着，结成两面坚实的壁垒。泰山差不多已经走到了这条小路的尽头，眼看就要走到河边了。

这时他看到迎面走来一群狮子。泰山嘟嘟囔囔地数着，一直数到七,一头公狮,两头母狮,还有四头幼狮,虽是幼狮,身形却也像他们的父母一样高大威猛。泰山停下来,长啸一声,狮子们也停了下来,领头的雄狮露出尖牙,发出了警告的吼声。泰山手里紧紧握住长矛,但他还是很识相的,并没有打算用这微不足道的武器对付七头巨狮。泰山凶狠地站在那里咆哮,狮子也同样嘶吼着回应他。这纯粹是一场丛林恫吓演出,两者都试图吓走对方。他们既不愿掉头让步,也不愿一开始就大干一场。这些狮子早就吃得饱饱的了,所以不会冒险一搏;至于泰山,他很少吃肉食动物的肉。但是,在这种情况下,双方都不想让步。于是他们面对面站在那里,发出各种各样可怕的吼声,在丛林里来回地谩骂对方。这种不流血的决斗会持续多久,很难说,但最终泰山被迫屈服了,毕竟对面站着这么多狮子。

泰山忽然转身,结束了这个僵局。他和狮子们发出无数声狂吼,巨大的声响使他们压根儿听不到其他声音。所以泰山完全没听见身后的动静,直到那家伙马上要扑上来时,他才猛然转身,发现一头巨大的犀牛。它眯缝的小眼睛里透出一团燃烧的火焰,疯了一般冲了过来,这距离已经很近,几乎就要扑到泰山身上了,似乎不可能逃脱了;然而,这个还未遭到迫害的原始人猿是如此机敏,身心完美协调地配合。接收到危险信号的瞬间,他把手里的长矛猛地掷向犀牛的胸膛。那是一根粗壮的铁矛,并且操控它的可是泰山结实的臂膀啊,再加上犀牛的重压和它快速奔跑时的冲力,这头犀牛肯定没什么好果子吃。这一切都发生在泰山转身面对犀牛的刹那间,也许普通人需要花很长时间才能反应过来,但泰山转身的瞬间就迅速结束了这场战斗。长矛刺入犀牛颈部与左肩,几乎完全刺穿了这头野兽的身体,长矛离手后,泰山低头看着刺过来的牛角,差不多就要刺到自己了,他迅速跳起来,直扑空中，落在犀牛背上，躲过那一劫，不然就被牛角刺伤了。

紧接着，犀牛爬了起来，暴跳如雷，它一眼发现了狮子，便疯狂地向它们冲去。泰山趁机逃跑了，敏捷地跳上小路旁边的藤蔓。第一头狮子遭到犀牛疯狂攻击后，被野蛮的犀牛狠狠甩了出去，受了重创，奄奄一息。剩下的六头狮子齐刷刷扑到犀牛身上，扭成一团，每头野兽都竭尽全力地撕咬着。泰山则躲在一个安全的地方，津津有味地看着这场大型决斗。在这危机四伏的丛林里，越是强大的人，越对这种厮杀感兴趣。这种战争对他们来说就好比是赛马场或拳击场，就像我们的剧院和电影院一样。他经常看这种"比赛"，也非常喜欢看，因为没有任何比赛是完全一样的，每一场都有其独特的乐趣。

在这场血淋淋的战斗中，泰山似乎认准了犀牛将会成为最终的胜利者。毕竟他已经打败了四头狮子，并且还使另外三头受了重创。然而在一次短暂的休战后，犀牛一瘸一拐地跪在地上，四肢无力，翻了个身倒下了。没错，犀牛早撑不住了，泰山的长矛严重影响了它的活动。这是一种人造武器，犀牛也许很容易就能躲过七头狮子的攻击，但泰山的矛刺穿了它巨大的肺部，给了它致命一击。犀牛的胜利几乎就在眼前，但还是内出血，倒下了。

一切都结束了，泰山从他的避难所上跳下来。受伤的狮子拖着伤痕累累的身躯哀嚎着离开了，泰山径直走过去，从犀牛尸体上拔出长矛，砍下一块牛排，消失在丛林里。

惨烈的战争结束了，这一切在一天之内就结束了——没错，若是经历如此场面，你我可能当作一辈子的谈资，可这骇人听闻的事情对泰山来说不足为提——在泰山离开的那一刻，这些就从他的脑海中消失了。

回归野性 | 087

Chapter 12

祭司复仇

泰山围着丛林绕了一大圈，又回到河边，喝了几口水，爬到树上眯缝着眼休息，不再想迷离的过去，也没有意识到危险正在来临。穿过黑暗的丛林和广袤的草地，那里有无数神秘的动物，还有一支怪诞可怕的大部队正在寻找泰山。这五十名可怕的怪人，佝偻着腿，浑身长满了毛。手里要么拿着刀子要么就是棍子，除此之外，还有一个几乎全裸的女人，光彩夺目，美丽无比。她就是欧帕城里太阳之神的女祭司，正带着五十个可怕的祭司四处搜寻抢走圣刀的盗贼。

在这之前，拉从来没有越过欧帕城池半步，但以前也从未发生过如此荒谬之事，"牺牲匕首"竟然不见了！这把圣刀是已故亚特兰蒂斯祖先传给拉的，是宗教和帝王权威的标志，至今已流传数年。想想看，如果英国国王丢了王冠上的宝石或国玺，会产生怎样的恐慌？同样，圣刀对拉来说，亦是如此。这把丢失的圣刀给地球上仅存的最古老文明的守护者——女祭司带来了莫大的恐慌。很久之前，大西洋上的岛屿亚特兰蒂斯连同富饶强大的城市、耕地、商业文化及全部财富统统沉入海中，所有人也都沉入海中，只有少数人侥幸活下来，在非洲中部，也就是现在堆满金子的欧帕城扎根活了下来。这些人和堕落的奴隶跟当地的一些人结婚繁衍后代，血液融为一体，这才有了现在粗糙丑陋的欧帕人。但命运总是古怪离奇，在自然选择下，在古老的亚特兰蒂斯奇迹地保留了仅存的一丝王室血脉。灾难发生之际，亚特兰蒂斯的一位公主后裔幸存下来，她就是生活在欧帕城里的拉。

女祭司拉头顶冒烟，她简直恨死了泰山。宗教里的小祭司们也都火冒三丈，因为他们神圣的祭坛被亵渎了。并且这女人狂躁的情绪还时不时感染着祭司们，他们也变得愤怒至极。拉曾两次捧着自己的真心交付给泰山，可两次都被他无情拒绝了，她现在恨透了泰山。拉知道自己美艳动人——是的，她十分美丽，不仅仅是以古老亚特兰蒂斯的标准来判断，就算从现代角度来看，她仍是天生尤物，美丽可人。泰山第一次到欧帕城之前，她从未见过真正的男人长什么样子，就在她看到泰山的那一刻，就深深地爱上了他。长久以来，拉所接触的都是氏族里那些奇形怪状的男人。她知道自己迟早要在他们之中寻找伴侣，除非有其他英勇威猛的男人来欧帕城，否则这一传统绝不会被打破。在泰山第一次来访前，拉从没想到会有人生得如此俊俏，这么多年，她只见过丑陋的小祭司和巨大的类人猿，这些人自古以来就生活在欧帕城，现在，他们已经与欧帕人平起平坐，没什么两样了。在欧帕城的传说中，有一些是关于远古时代神一般的男人的，还有一些关于最近来访的黑人。但这些黑人是他们的天敌！而且，这些传说总是传递出一种希望，希望有一天他们种族起源的那个大陆会再次从海上升

祭司复仇 | 089

起，人们会把精雕细琢的金制帆船送去帮助那些长期流亡的村民。

泰山的到来在拉的心中唤起了一种狂野的希望，她希望最终能实现这个古老的预言。但最主要的是，他激起了拉心中炽热的爱情之火，这是一种她从未有过的激情。对于一直关在欧帕城的拉来说，她从未感受过爱，也不清楚过往那些求爱的祭司所提到的爱究竟意味着什么，所以拉一一拒绝了他们。也许习俗、责任和宗教热情才是这个群体的根本所在，一直以来拉从未关注过爱情。现在，她已经成长蜕变成了一位冷酷无情的年轻女子，就像族里其他千千万万冰冷美丽的女人们一样，她们从来不了解也不相信爱情。当爱来临时，它解放拉思想上的禁锢，她变成一个懵懂、悸动的少女，体会到了爱情的滋味，愿意为爱抛弃一切；可这心愿却破灭了，无限的爱、温柔与奉献全部转化为仇恨和报复。

正是在这样的情况下，拉才带着一支嘈杂的队伍出发了，势必要找回象征最高权力的圣刀，并报仇雪恨。至于那个沃泊尔，拉并没把他放在心上。事实上是沃泊尔拿着圣刀离开欧帕城的，但拉并没想过要把这笔账算在他头上。当然，若是能抓到沃泊尔，她也定会毫不犹豫地杀了他，但处死沃泊尔不足以让拉满意——她挖地三尺想找出来的人是泰山，只有杀了他才足以泄恨。泰山必须受到惩罚，必须受尽折磨而死，只有这样，才足以弥补他的罪行。就是他从拉手中夺走了圣刀，亵渎了太阳之神女祭司的权威，亵渎了祭坛和圣殿。为此，他也必死无疑。除此之外，更重要的是泰山侮辱了拉的深情与爱，所以他必须遭受千刀万剐之刑，痛苦地死去！

拉和祭司们并不是没有冒险经历，只是那些浅显的经验对幽暗的丛林之路毫无用处，因为在欧帕摇摇欲坠的城墙里，很少会碰到如此惊心动魄的场面。但好在他们人比较多，在泰山和沃泊尔走过的这条小径上并没有什么人员伤亡。

随行的还有三只大猿，猿猴们被委以重任，利用它们的感官优势追踪猎物，这是一项欧帕人无法完成的任务。拉是队伍的最高领袖，她不仅下达命令，选择营地，还规定何时进军何时休息。尽管拉在这方面没什么经验，但她天生的聪颖与智力早已远远超过了那些佝偻的男人和猿类。比起他们，拉做得要好得多。除此之外，她也是一名严厉的监工头，她厌恶并瞧不起那些畸形的祭司，并在某种程度上肆意发泄她的不满，宣泄自己受挫的爱情。拉命令祭司们每天晚上都要为她搭建一个坚固安全的庇护所，并且每晚都要烧一堆熊熊篝火，一烧就是一夜。每当拉走累了，祭司们就得用临时搭建的草褥担架抬着她前行，即使是这样，也没有人敢质疑她的权威或剥夺她享有这种服务的权利。事实上，他们也不会质疑。对这些祭司来说，拉就是一位美丽的女神，每个人都深爱着她，都希望能被她选为伴侣。因此，他们心甘情愿地为拉做任何事，忍受她种种不快的小情绪，对其一贯傲慢、蔑视的态度也毫无怨言。

队伍一直向前走了好几天，这种丛林小路对类人猿来说毫不费力，他们蹦蹦跳跳走在前面，摸索并提醒祭司们前方是否有危险。一天中午，大家都又累又困，决定停下来休息一会儿，所有人都躺在路旁迷迷糊糊地睡着了。这时，一只类人猿突然站起来，张大鼻孔，使劲儿闻着风中夹杂着的气息。他发出一声低吼警告其他人保持安静，过了一会儿，不慌不忙地向丛林走去。拉和祭司们迅速聚成一团，没有发出一丝声响。那些可怕矮小的男人不停用手指拨弄他们的刀子和棍棒，静静地等待着长毛猿归来。

不一会，那类人猿就从茂密的灌木丛中走来了。直接跑到拉面前，用欧帕人都听得懂的猿语与她交谈。

"泰山就在前面,他躺在那儿睡着。"那人猿指着刚才的方向说,"走吧,天赐良机啊,我们现在过去杀了他。"

"不行,不能杀他。"拉冷冷地说,"活捉泰山,把他给我毫发无损地带回来。这家伙的命是我的,我要亲手杀了他!去吧,你们全都跟上!"拉挥挥手,遣散了所有人。

祭司们跟在那类人猿身后,小心翼翼穿过丛林。忽然,那类人猿举起手,示意大家停下来,向斜上方指了指。他们抬起头,看到泰山正伸展着四肢,躺在低矮的树杈上酣睡。他一只手抓着一个大树枝,两条长满棕毛的腿交叉在一起,搭在另一个树枝上。泰山安逸地躺在树上,睡得正香呢。他梦见狮子、野猪,还有丛林里其他肥美的猎物,丝毫没有嗅到危险信号——没看到下面蜷伏的毛茸茸的身影,也没觉察到三只猿猴在旁边的树上静悄悄地游来荡去。

泰山意识到有危险时已经晚了,三只猿猴用力撞醒了他,他们跳到泰山身上,"哐"的一声把他扔到地上,紧接着,近五十个毛茸茸的丑陋男人迅速扑上来,围攻泰山。他们将泰山团团围住,尽管泰山使出浑身力气奋力反击,疯狂撕咬,导致很多人身负重伤,但还是没能抵过这群怪物,毕竟他们人数太多了。没多久,这群怪物便战胜了泰山,把他压在地上。

Chapter 13

判处酷刑

拉之后也赶紧跟过去，生怕部下伤害泰山。走近后，她看到祭司们正疯狂地撕扯泰山，马上提高嗓门，大呵一声："不要伤了他，谁都不准杀他！"拉看到泰山越来越虚弱，估计撑不了多久了，她不愿看到这个强大的丛林之神如此狼狈，不愿看到他无助地趴在自己脚下。

"全都住手！别打了，把他给我带回去！"拉大喊一声，命令这群蠢家伙把泰山押回刚才驻扎休息的地方。

"给我搭个小棚屋，今晚在这里过夜。明天，我们就把亵渎神庙无耻小人的心脏挖出来，祭祀太阳之神！圣刀呢？在谁手里？"

大家默不做声。并没有人见过圣刀。大家都很确定，刚才撕扯打斗的时候，并没有看到圣刀。祭司们气势汹汹地将泰山团团围住，泰山咆哮着反抗，然后看了一眼拉，露出一丝冷笑，面对死亡，他毫不畏惧。

"圣刀呢？"拉低头问泰山。

"我不知道，"泰山回答，"一天夜里，沃泊尔悄悄溜走了，他把匕首也带走了。你既然如此想找回这把匕首，那我可以去找他，带回来还给你，你完全没必要囚禁我啊？但如果我现在死了，刀肯定就回不来了，你自己考虑清楚。不过，这把匕首到底有什么用？你完全可以换一把新的啊，为何如此大费周章？一直追着我们跑这么远，就只是为了一把刀吗？那你放开我，我去找沃泊尔，把它还给你便是了。"

拉苦笑一声，在她心里，泰山的罪恶远比偷窃圣刀大得多！然而，当看到泰山无助地躺在自己面前，拉渐渐模糊了双眼，情难自已，眼泪不住地向外涌，最后她不得不转过身，拭去眼角的泪水，极力掩饰自己的悲伤。但拉并没有动摇，她恨透了眼前这个男人，决心让他吃点苦头，让他为侮辱自己的爱情付出惨痛的代价！

简易的棚屋搭建完成后，拉命令部下把泰山扔进去。"今晚我来看守他，我要让他受尽折磨！"她低声对小祭司说，"黎明前，你们就开始准备燃烧的祭坛，届时他的心脏将会献给伟大的太阳之神。记住要把木头填满，祭坛一定要设在空地中央，形状和大小必须和欧帕城里的保持一致，这样，太阳之神看到我们的良苦用心后，会非常高兴的。"

这一天正午，欧帕城的祭司们正忙着在空地中心架一座祭坛，他们一边工作，一边以一种老气横秋的口吻唱着奇怪的诗歌，这是从沉溺于大西洋底部的岛上流传下来的诗歌。其实他们也并不知道嘴里唱的歌是什么意思，只是不断重复着从老一辈那里传下来的仪式。

在简陋的小棚屋里，拉在泰山旁边走来走去。泰山此刻完全听天由命,他知道自己已经被判处死刑,似乎没有活下来的希望了。他也知道强健的肌肉并不能挣脱手腕和脚踝上的镣铐,因为他已经很用力地试过了,但绳子丝毫没有松动。现在,敌人将他重重围住,根本不可能得到外界援助。然而,当拉焦躁地在屋里走来走去时,他却抬起头对着她笑了。

至于拉呢?她掂饬着手里的刀,低头看着眼前的俘虏。瞪着眼,嘴里不停地咕咕哝哝,态度并没有好转,依旧恨得咬牙切齿。"今晚,"心里碎碎念着,"就今晚,我要让你痛不欲生!"但没过几秒钟,拉顿住了,她看着泰山那健壮的身材,俊美的面孔,整个人都要融化了,但拉马上打消了这个念头,一想到泰山曾无情拒绝自己的真心,她的心就又变得坚若磐石。拉以女祭司的角度诅咒这亵渎神圣之物的异教徒,一定要把他的心脏从沾满鲜血的祭坛上取来献给太阳之神。想到这里,拉停了下来,跪在泰山身旁,手里握着锋利的刀子。她把刀尖对准泰山的身体,用力戳进去。泰山毫不畏惧,只是对她笑了笑,耸了耸肩。

眼前这个男人多么俊俏啊!拉伏在泰山身上,深情地看着他的眼睛。这高大魁梧的身形是多么完美!拉把泰山和那些矮小病弱的男人们比较了一番,一想到要从这群人中选一个成为自己的配偶,她就忍不住瑟瑟发抖。夜幕降临,很快,夜深了。一场大火在荆棘圈起的营地里熊熊燃烧。火焰在空地中心的新祭坛上燃烧着,太阳之神的女祭司看着熊熊烈火,脑海里激起一幅画面,一幅黎明时分即将来临的画面。她看到这个魁梧健美的身躯,在燃烧的火焰中翻来滚去;她看到微笑的嘴唇,被烧焦,渐渐发黑,直到从坚挺洁白的牙齿旁掉下来;她看到乌黑透亮的秀发变得蓬松杂乱,渐渐消失在一股火焰中;除此之外,她还看到许多恐怖的场景。拉闭着眼睛站在那里,握紧拳头,狠狠锤在可恨的泰山身上——啊！拉真是不想这样，不想发生那一幕！

　　黑暗吞噬了整片营地，夜已经深了，只有星星点点的火光照耀着营地。泰山被镣铐捆着，静静地待在那里。他口渴得厉害，可手腕和脚踝被死死捆着，整个人都无法动弹，但他丝毫不想请求帮助。泰山——兼具野兽的坚韧和人类的智慧，他知道自己的末日到了，任何求饶的行径都不可能改变现状，所以他并没有白费口舌地苦苦哀求，而是耐心等待着，相信自己很快就可以永远摆脱痛苦了。

　　黑暗中，拉俯在泰山上方。手里拿着一把锋利的刀子，下定决心要开始对他实施酷刑。拉把刀尖抵在泰山身上，脸庞慢慢向他靠近，这时，一股火焰从一根新点燃的树枝上喷了出来，照亮了整间屋子。在她嘴唇下面，拉看到了泰山清秀俊美的容貌，内心深处再次涌起对泰山的爱慕，以及这么多年来一直对他抱有的幻想，她做梦都想和泰山双宿双飞。

　　女祭司手里拿着匕首，站在无助的泰山身旁，低头看着他，心想他罪大恶极，立刻处死他都不为过。没错，神殿的亵渎者将不复存在！拉准备好了给泰山沉重一击，然后把尸体扔进燃烧的火堆。刀臂挺直，正准备向里戳时，拉，这个女人，腿一软，瘫倒在所爱之人身上。

　　拉用手轻轻地抚摸泰山裸露的肌肤，亲吻他的前额，他的眼睛，他的嘴唇，之后张开双手抱住泰山，仿佛要保护他免受自己为其设定的可怕命运，全身不住地颤抖，卑微地向泰山乞求，乞求他的爱。最后，拉渐渐失去意识，闭着眼睛睡着了。而泰山，并不为未来的灾难所担忧，躺在拉的怀抱里，也睡过去了。

　　黎明第一缕晨曦中，欧帕城的祭司们开始吟诵，泰山被他们的歌声吵醒了。这歌声以低沉柔和的音调开始，很快，音量不断上升，直到流露出野蛮的嗜血欲望。拉翻了个身，纤细柔美的手臂紧紧依偎着泰山。她张开嘴笑了笑，醒了。慢慢地，微笑渐渐消失，花容失色，双眼惊恐地瞪着，是死亡圣歌！拉比任何人都清楚死亡圣歌的意义，这歌声瞬间把她拉回了现实。

"你爱我，泰山，你爱我吧，好吗？"拉跪在地上，嘶哑着嗓子抽泣着，"爱我，和我在一起好不好，泰山？这样我就可以救你，好吗？"

泰山被沉重的镣铐捆了一夜，四肢发麻，听到女祭司的鬼话，心中一阵怒火。他转过身背对着拉，愤怒地大吼了一声。没错，这就是他的答案！女祭司怒不可遏，猛地跳起来。脸涨得通红，紧接着又是一阵惨白，她气势汹汹地走到棚屋门口。

"来吧，太阳之神的祭司们！"拉高喊一声，"大家全都准备好！"

一群人跟跟跄跄地走进小棚屋里。他们抓起泰山，抬出来，边走边吟唱那聒噪的死亡之歌，佝偻的身体和全身沸腾的血液还不停地随着节奏左右摇摆。

拉也紧随其后，一起摇摆着，但她似乎与吟唱的韵律并不一致。女祭司一脸惨白，憔悴极了——她吃尽了单相思的苦头，也惶恐将要来临的时刻。然而，拉还是下定决心要严厉惩罚该死的负心汉！没错，异教徒必须死！泰山应该在炽热的祭坛上付出惨痛的代价。拉看到祭司们把这副完美的躯干扔在粗糙的树枝上，泰山静静地躺在那里。她看到那个与自己团结一致的祭司，佝偻着腰驼着背，极其丑陋粗鄙。他高举燃烧的火把前进，等待拉下令，时刻准备着点燃柴堆。那个祭司毛茸茸的脸扭曲地露出邪恶的笑容，露出那令人作呕的黄色尖牙，他十分享受眼前这一幕。他双手捧着酒杯，做好了一切准备接受害者生命之血——这鲜红的饮品将会装满金黄的祭祀高脚杯。

拉举着刀子走过来,抬起头,面向冉冉升起的太阳,嘴里嘟嘟囔囔,向太阳之神祷告,为子民们祈福。那个祭司疑惑地看着她——火把几乎要燃尽了,并且万恶的泰山也捆好躺在那里,可为什么还不下令呢!

泰山闭着眼,静默地等待着属于他的结局。过去烧伤的疼痛感在脑海中泛起,泰山明白过会儿一定极其痛苦。最终,他会痛苦地死去,但他并没有退缩畏惧。对丛林生活的人来说,死并不算什么事。他们这一生,几乎整日整夜都在与死神擦肩而过。他面不改色,甚至满脑子胡乱想死后可能会发生什么。此时此刻,在他生命的尽头,泰山心里惦记的竟是那袋遗失的鹅卵石!尽管这样,他仍没有懈怠,全身每一处器官,每一个毛孔都对周围的环境保持高度警惕。

突然,泰山感到拉在向他倾靠,他立马睁开双眼。泰山看到她那苍白、憔悴的面容,拉泪眼婆娑,忍不住地啜泣。"泰山,我的泰山!"拉悲痛地叹息,"告诉我,你爱我——你会和我回欧帕城——我不想你死,我要你活下去!你放心,只要你答应我,我一定救你,别怕泰山,即使我的子民如此愤怒,我依然能救你。这是我最后一次给你机会,告诉我,泰山,你要不要跟我走?"

最后一刻,拉女性柔软的一面战胜了体内残酷邪恶的一面。她看着圣坛上这个男人,这可是世界上唯一一个激起她爱的火焰,让她牵肠挂肚的男人啊!她又看向那个面无表情的恶魔,举着燃烧的火把,随时准备点燃火堆;也许这粗鄙之人会成为自己未来的伴侣,拉心里破口大骂,不,绝不能是他!她想,除非自己可以找到一个不讨厌甚至很喜欢的人,这人便是泰山。然而,尽管拉近乎疯狂地痴迷于泰山,但他的回答若让其不满意的话,女祭司也绝不会手软,会马上下令烧死他!拉呼吸急促,心脏跳得极快,轻轻靠在泰山上方,压低嗓子问泰山:"怎么样,走还是不走?"

忽然,丛林远处传来一丝微弱的声音,泰山两眼放光,似乎看到了希望。他也马上发出一声奇怪的吼声,这吓得拉颤颤巍巍地后退两步。祭司不耐烦地嘀嘀咕咕,一边抱怨,一边倒腾着手里的火把,接着又把火把放在柴堆底部,紧紧挨住下面的木柴。

"回答我,快,快告诉我答案,泰山。"拉仍不放弃,"你爱不爱我,你说,你要不要跟我回欧帕城?"

声音渐渐逼近,泰山的注意力高度集中,不过,现在其他人也听到了——是一头大象嘶吼的声音。拉睁大眼睛望着泰山,想在他脸上看到自己幸福或悲惨的命运,她看到泰山脸上浮现忧虑的表情,阴郁笼罩住他姣好的面容。现在,拉明白了,泰山刚才刺耳的尖叫——是他在召唤大象,召唤大象来拯救他!拉眉头紧皱,面目狰狞地喊着:"你拒绝,你又一次拒绝了我!"眼泪便啪嗒啪嗒掉下来,"那你去死吧!烧死他,放火!"拉转向祭司,狂吼一声。

泰山抬头看着拉绝望的脸庞。"大象来了,"他说,"我以为它是来救我的,但现在从声音中可以听出来,它要杀了我,杀了你,杀了这条路上所有的人!大象正疯狂地寻找逃走的黑豹,现在正是它愤怒的时候!"

拉对公象疯狂凶残的行径了如指掌,她知道泰山说的一点儿都不夸张,她也知道这魔鬼极其狡猾残忍,这头巨兽可能一直在森林里寻找逃脱了的黑豹;也可能徒劳无功之后,沿着这条路继续前进来到这里——这谁也猜不准。

"我不能爱你,拉。"泰山低声说,"我也不知道为什么。我知道你很漂亮,但我不能随你回欧帕城,广阔的丛林才是我的家园。

可就算我不爱你，也绝不忍心看你死于大象凶狠的獠牙之下。趁现在还不算晚，你下令，把这沉重的镣铐卸下来。拉，你冷静一点，它已经离我们很近了，把这些卸掉，我求你，这样我才能救你。"

火苗兴奋地跳动着，祭坛的一角升起袅袅炊烟，火光冲天，一根根木柴噼啪作响。拉一动不动地站在那里，就像一尊雕像，绝望又美丽，她静静地凝视着英气逼人的泰山和蔓延的火焰。拉知道，不用多久，攒动的火苗就会将其吞噬。这时，嘈杂的丛林中传来折断四肢和树干的声音——是大象，那头丛林中巨大的神象，此刻正疯狂地虐杀。听到这声响，祭司们躁动起来，惴惴不安。大象很快就会冲过来，他们焦急地朝不远处瞥了一眼，之后又急忙回到拉身边。

"快跑！"拉对着人群高喊一声，然后弯下腰，砍断了绑住泰山手脚的镣铐。转眼间，泰山已经跳到地上了。祭司们瞬间怒火冲天，高声叫嚷着他们的愤怒与失望。那个祭司气急败坏，举着火把冲向拉和泰山："你这叛徒！"他对着女祭司狂吼一声，"既然这样，你也去死吧！"说着便高举棍棒，冲到女祭司面前。但泰山此时正挡在拉面前，他一跃而起，从狂躁的祭司手里抓住他高举的武器，但祭司仍不罢休，没了武器，便靠牙齿和爪子进攻。泰山一把抓住祭司，将这怪物举过头顶，向他蓄势待发的同伴们狠狠扔去，这些人正怒不可遏地冲向泰山。拉握着一把刀子自豪地站在泰山身后，光滑秀美的额头上没有一丝恐惧——只有对祭司那傲慢的蔑视以及对其深爱男人的无限钦佩，尽管这男人一次次让她绝望。

这时，一头疯狂的巨象奔了过来——露出尖长可怕的獠牙，眯缝的小眼睛涨得通红。祭司们吓呆了，杵在原地一动不动。但泰山毫不畏惧，迅速转过身，一把拽住拉的胳膊，将她拥入怀中，

判处酷刑 | 101

跳到最近的一棵树上。大象对着泰山长嚎一声。拉两只洁白光滑的胳膊紧紧搂着泰山的脖子，她惊讶极了，泰山竟能如此轻松腾地而起，毕竟还带着一个"大包袱"啊。泰山十分敏捷地跃到一棵大树的枝头，迅速将拉放到弯曲的树干上，拉对泰山超凡的力量与敏捷程度赞叹不已。

这头巨大的公象困惑地站在原地，紧接着，它放弃了泰山，迅速向那些四处逃散、惊恐万状的祭司们冲过去。巨象将离它最近的一个人撞伤后，狠狠丢向一旁的枝杈，紧接着又用长鼻子卷起另一个人，横冲冲地甩到巨大的树干上。

大象把这两个人凶狠地踩在脚下，其他人早已跑得不见踪影，消失在丛林里。现在，巨象又一次把注意力转向泰山，因为他有一种偏执又疯狂的症结——那便是对爱情的厌恶。在大象脑海里，爱情观早已十分扭曲，泰山俨然变成了它疯狂的仇恨对象。丛林有史以来都有一条极其特殊且不成文的惯例，那就是"人猿"与"大象部落"之间会有爱情的存在，丛林里没有大象会伤害大猿。但现在，这头巨象几近疯狂，看得出来，他想毁掉部落的长期伙伴。

大象回到拉和泰山栖息的那棵树旁，用前脚顶住树干，伸着长长的鼻子向他们逼近，但好在泰山早已经预料到这一点，迅速爬到了更高的树枝上。大象失败了，但这无疑进一步激怒了疯狂的巨象。它嘶吼、尖叫，大地都颤动三分，丛林里飘来阵阵回声。大象把头抵在树上，猛地向前推，整棵树都被撞弯了。但它并没有松懈，继续向前发力。

泰山的一举一动总是非常极端，如果树下是狮子、黑豹或丛林里的其他野兽，泰山肯定会谩骂奚落它们，冲下去杀了它们；但现在，他却沉默地坐在大象够不到的地方，脸上流露出深深的悲哀与怜悯，因为在所有的丛林居民中，他最喜欢大象，所以泰山绝不会有任何杀害大象的念头。他唯一的想法就是赶快逃走，因为他知道，随着时间的流逝，大象会平复怒气、恢复正常的，那时候他们还会是好朋友。

大象用力推了很久，发现这棵树并没有倒下来，变得更生气了。他抬头望着上方那两个人，红肿的眼睛里充满了疯狂的仇恨。然后，它把长长的鼻子绕在树干上，叉开粗壮的双腿，猛地向上拔，想要把这个"丛林巨人"连根拔起。大象，这个丛林里剽悍的巨象，正处于力量惊人的全盛时期，它努力挣扎着，不久，泰山惊恐地发现，大树的树根露了出来。平整的地面升起一个小土堆，树干底部慢慢隆起，这棵树开始倾斜了——再过一会儿，就会被连根拔起。

就在大树刚开始倾斜时，泰山迅速转了个身将拉背在身上，在大树倒之前的最后一刻，迅速飞跃到旁边的树上。这是极其危险的一跳。拉紧闭双眼，打了个寒颤；但当她再次睁开眼睛时，发现自己已经安全了，泰山背着她在森林里游来荡去。在他们身后，那棵被连根拔起的大树重重地砸在地面上。紧接着，大象意识到猎物逃走了，怒火冲天，再一次仰天长啸，然后沿着他们逃跑的踪迹迅速追了上去。

Chapter 14

柔肠寸断

起初，拉紧闭双眼，惊恐地抓着泰山，虽然没有歇斯底里地尖叫，但早已吓得花容失色；但没过多久，她就鼓足了勇气，慢慢睁开眼睛俯视下方，甚至像荡秋千一般，从一棵树跃到另一棵树时也睁着眼睛，毫不畏惧。之后，拉渐渐产生了一种安全感，因为她对身旁这个完美的男人有信心，她相信泰山敏捷的身手，也相信自己的命运。有一次，她抬起头望着火红的太阳，喃喃地祈祷，感谢太阳之神的庇护，感谢神阻止了这一切——自己没有摧毁这个男人，顿时泪水在拉的眼里打转，浸湿了她长长的睫毛。拉竟变得如此柔情似水，这对于欧帕城的女祭司来说太反常了——一个一厢情愿、饱受折磨的女人。现在，这个残忍的嗜血者，这个无情的女祭司，摇身一变，变成了一位甜美柔弱的女人，充满了怜悯与柔情。她有时是嫉妒和复仇的化身，有时又是哭泣的少女，温柔又慷慨；尽管她是欧帕城的女祭司，拥有无限的权力，但骨子里一直都还是个内心柔软的女人,渴望爱与被爱的女人。

拉把脸紧紧靠在泰山肩膀上。她慢慢转过头,火热的嘴唇再次贴向泰山结实的肌肉。她爱他,甚至愿意为他而死;可就在一个小时前,她还打算把刀刺进泰山的心脏,也许在接下来的一小时里,这种事情还会发生。

一个不幸的祭司在丛林里跌跌撞撞,碰巧暴露了自己的行踪。那头巨象转过身,凶狠地向佝偻的小矮人扑去,毫不犹豫地杀死了他,然后转身朝南走去。几分钟后,巨象的嚎叫声也渐渐消失了。

泰山跳到地上,拉也从他的背上滑下来,站起身。"叫你们的人集合吧。"泰山说。

拉回答:"不行,他们会杀了我的。"

"不会的,他们不会杀你,"泰山反驳说,"放心,有我在,没有人能杀得了你。喊他们集合,让祭司们都过来,咱们和他们谈谈。"

拉提高嗓门,发出一种奇怪的呼声,高亢嘹亮,传遍丛林中每一个角落。欧帕的祭祀们也马上高声回应,从近到远此起彼伏:"来了,来了,我们来了!"拉又喊了一声,直到大部分人都三三两两赶来,站在不远处。这群人皱着眉头,气势汹汹。人都到齐后,泰山高喊一声:"你们的女祭司很安全,如果拉要杀了我,那我现在就把她杀了,把你们也全都杀了;但她饶了我,我也救了她。现在,你们陪她一起回欧帕城,我也回到属于我的地方,回到丛林里。就让拉和泰山之间和平永存,你们觉得怎么样?"

祭司们怨气冲天,纷纷摇头。他们开始热切地讨论,拉和泰山看得出,他们对这个提议并不赞同。这群人不希望拉再回来,也确实想要杀了泰山献给太阳之神。最后,泰山开始不耐烦了。

"你们必须服从女祭司的命令,"泰山说,"然后和她一起回欧帕城去,否则我就把丛林中其他野兽全都召集到一起,把你们全

柔肠寸断 | 105

杀了。拉刚刚救了我，现在我也可以救她、救你们。你们自己想想吧，比起置我于死地，你们能好好活下去不是更好的选择吗？如果你们不蠢，就该选择和平解决这件事情,让我安安心心回丛林，而你们也随拉回到你们的欧帕城。并且我确实不知道那把圣刀在哪里，但你们完全可以再另找一个。我从拉手中抢了匕首，所以你们想杀了我祭奠太阳之神；但现在就算不杀我，你们的神也会非常高兴，因为我把女祭司从疯狂的大象手里救了出来。你们就直说吧，要不要随拉回欧帕城，并保证不伤害她？"

祭司们聚在一起，七嘴八舌，争论不休。他们用拳头猛捶自己的胸口，抬起头，高举双手向炽热的太阳之神祷告。他们佝偻着背咆哮着，泰山明显感觉到，有人在阻止他们接受这一提议。没错，这个人就是那个拿火把的祭司，他的心里充满了愤怒与嫉妒，因为拉曾公开承认过她爱这个陌生男人。若按照族里的世俗习惯，毫无疑问，拉是属于他的。大家熙熙攘攘争论不休，似乎没有办法可以解决这个问题，直到另一个祭司走出来，举起手。

"祭司卡迪，"他大声喊了一嗓子，"只有他执意要把你们两个杀了，献给太阳之神；但除了卡迪，我们其他人都很乐意大事化小，同拉一起返回欧帕城。"

"若大家都同意，目前的状况就是以多胜少，"泰山说，"那你们为什么不坚持大多数人意见随拉回欧帕城呢？如果卡迪从中作梗，阻止你们，那很容易，杀了他便是了！"

欧帕城的祭司们纷纷点头，并大声应和，表示赞同。对他们来说,这简直就是神一般的启示啊。之前他们总是对卡迪毫无怨言、百依百顺，这个传统的观念影响了他们，大家似乎不敢质疑其权威；但当祭司们意识到，自己可以威胁强迫卡迪按他们的意愿行事时，一个个高兴得像得到新玩具的孩子一样手舞足蹈。

他们一拥而上，冲上去抓住卡迪，提高嗓门用威胁的口吻冲他说话，拿棍子和刀子恐吓他。最后，卡迪勉强答应了他们的要求，尽管他全程阴沉着脸，但其他人并不在意。之后，泰山走到卡迪面前。

"卡迪，"泰山说，"拉必须平安回到欧帕，祭司们会极力保护她，我也绝不会姑息任何心怀鬼胎的家伙。记住，在下一次降雨前，我将再次前往欧帕城，如果到时候拉受到了伤害，我绝不会放过你！"

卡迪闷闷不乐，耷拉着脸保证绝不会伤害女祭司。

"保护好她！"泰山对祭司们喊道，"保护好拉，待我再去欧帕城时，希望可以看到拉完好无损地来迎接我！"

"会的，泰山！我定将在那里迎接你，"女祭司高喊，"拉会一直等你，盼望你来。永远等你，直到把你盼来。泰山，告诉我你一定会来的，对不对？"

"这怎么能说得准呢！"泰山回应道，转眼便"滋溜"一声钻进树丛，朝东跑了。

有好一会儿，拉站在那里一动不动，看着泰山远去的背影，她垂头丧气，嘴角发出一声叹息，之后便向远处的欧帕城走去。

夜幕降临前，泰山在丛林里狂奔。后来他躺在一棵树上睡着了，没有想以后，也不曾想起拉，但他意识里始终有一段熟悉的往事，怎么也想不起来。此时，格雷斯托克夫人就在他北面不远处，她一直期待着有一天，威猛的丈夫能发现艾哈迈德·泽克的罪行，火速赶来解救自己，报仇雪恨。

格雷斯托克夫人想象着泰山赶来时的场景，但她根本想象不到，自己日日夜夜期盼的那个人可能正蹲在一根倒下的圆木旁，拿脏兮兮的手在下面扒来扒去，寻找甲虫及其他美味的食物。

柔肠寸断 | 107

泰山忽然想起自己那袋晶莹剔透的鹅卵石，此时距宝石失窃已经两天了。这些亮晶晶的小石头闪进他脑海时，他萌生了再和它们玩一会儿的念头，并且觉得没有比这更有趣的事儿了。泰山站起来，穿过森林，向平原走去。

虽然这片平原绵延不绝，也并没有任何标记显示宝石被埋在哪里，但快到芦苇稀疏的草地边上时，他却准确无误地走到了藏匿宝石的地方。

泰山拿着猎刀，趴在埋藏宝石的地方，把松软的土地翻了个底儿朝天；他挖出的洞口远比之前的洞口更大更深，但并没有发现袋子或珠宝的踪迹。泰山恍然大悟——宝石被人偷走了，两股粗黑的眉毛瞬间拧在一起，整张脸阴沉地耷拉下来。他想都不用想就知道是谁偷走了宝石，瞬间火冒三丈，决定一定要把沃泊尔揪出来，于是沿着他逃跑的足迹追去。

虽然这已经是两天前的事了，并且许多足迹都模糊不清了，但他还是轻松自如地追踪着。正常情况下，一个普通白人在事情发生十二个小时之后开始追寻的话，走不了二十步就会放弃；而一个黑人在一英里之内肯定就找不到小偷的人影儿了，但是泰山在童年时期就训练出一种普通人类少有的敏锐感官。

我们可能会闻到一个人皮带夹上有大蒜和威士忌的味道，或者是坐在我们前面神奇的女士身上散发出来的廉价香水味，这时，我们会为敏感的鼻子感到痛惜，抱怨着为什么嗅觉如此灵敏。但事实上，很多气味我们根本闻不到，人类的嗅觉器官实际上是衰退的，相比之下，野生动物感官的敏锐程度相当出色。

时间已经过了很久了，这已经远远超出了我们的感知范围；但对于林间野兽来说，特别是对猎人与猎物来说是非常有趣的，这种感知甚至大多数情况下比我们白纸黑字印刷出来的东西还要清晰。

泰山不仅仅依赖于嗅觉,其视力和听力在少年时期也得到了惊人的发展,这些都是他生存的必需品。在那种环境中,每天的生存几乎都依赖于最敏锐的警觉与感官能力。

泰山沿着比利时人的足迹,穿过森林向北走去;但历时太久,足迹渐渐模糊了,他必须边走边判断,所以速度慢了很多。毕竟比利时人走后两天,泰山才开始追捕。不过,他依然对结果毫不怀疑。他相信总有一天可以追到这可恶的盗贼——泰山内心波澜不惊,静静地等待那天的到来。他固执地跟着那微弱的气味,马不停蹄地追赶,白天只停下来吃些东西,晚上睡觉也只是为了养精蓄锐,以便更好地追捕。

偶尔,他会遇到一些野蛮的勇士;但他从不招惹这些人,默默地给他们让路,因为他打算专心追捕盗贼,不想为路上的小事分心。

这些队伍是瓦兹瑞勇士和他们的盟友,巴苏里把信使分散到各处去传召人马,他们正朝着艾哈迈德·泽克营地进军。但对泰山来说,他们都是敌人——他对与黑人的友谊没有任何印象。

当天晚上,他在阿拉伯人的栅栏外停下脚步。他跳上附近一棵树,低头观察着围墙里的生活。他闻到了强烈的气味,就在这个地方。没错,他相信沃泊尔一定在这里,可是怎么才能在这么多屋里找到他呢?泰山虽然知道自己身材魁梧,威力无比,但他也很清楚自己肯定打不过这么多人。若想成功找出沃泊尔,就必须采取一定的战略。

泰山悠闲地坐在树上,大口大口咀嚼着野猪的大腿。此刻,他正等待一个有利时机溜进去。泰山坐在那里,啃着大骨头,"咯噔咯噔"地把它们咬成碎块,吮吸着里面美味的骨髓;但他并没放松警惕，眼睛不住地往村子里瞥来瞥去。他看到一些穿白袍的人，还有半裸的黑人，但一直没看到偷宝石的沃泊尔。

泰山在树上耐心地等着，直到夜深后，所有卫兵撤退了，只有大门口剩了几个值班哨兵，整条街变得空空荡荡，才轻轻跳到地上，绕到村子对面，慢慢向栅栏靠近。

泰山身边挂着一根又长又粗的绳子——这可比他童年时期用的草绳结实多了。他松开绳子，把绳子的套索举起来，攥紧，手腕迅速转动，猛地向前一抛，套索拴在栅栏顶上。

泰山用力拉了拉绳索，试了试是否牢靠，之后，心满意足地笑了，然后他顺着绳子往上爬，敏捷地爬上了垂直的栅栏。爬到栅栏顶后，泰山瞬间将悬挂的绳索向上收起，缠成一个线圈，收起来。然后快速向栅栏内望去，确信下面没有潜伏的士兵，一跃而下。

现在，泰山已经进了村子，面前是一排排帐篷和小屋。如果一个接一个地搜查过去太危险了，但泰山并不是惧怕危险，对他来说危险时刻存在，只是他不想做无谓的牺牲。

泰山也确实没必要走进每个房间搜查——他透过门缝儿或窗缝儿，用鼻子闻一下，就能知道沃泊尔有没有在里面。一段时间下来，他竟然发现，找了这么久，没有一个屋里有沃泊尔的气味，泰山顿时失望透顶。最后，他在一个帐篷旁闻到了浓烈的气味。泰山的耳朵紧贴着帐篷，但并没有听到任何声音。

最后，他割断了帐篷上一根细绳，在帐篷底部掀开一个小缝，把头伸了进去。四周一片漆黑。他小心翼翼地趴在那里——的确，整个帐篷里都弥漫着沃泊尔身上的味道；但他并没有在里面，这只是之前残留下来的气味。即使还没有仔细检查帐篷，他就知道里面没有人。

泰山在帐篷的一个角落里，发现一堆毯子和衣服，四散八落，但这堆杂物里并没有那袋漂亮的鹅卵石。他仔细地检查了帐篷，仍没有找到宝石；但泰山发现毯子旁边的帐篷底儿已经松动了，他立刻反应过来，沃泊尔肯定已经从这儿逃跑了。

泰山判断出沃泊尔逃走的时间并不长，便马上追出去。沃泊尔一路躲在帐篷后面，沿着帐篷的黑影走——泰山马上捕捉到蛛丝马迹，很明显，沃泊尔是偷偷逃跑的，并且他非常害怕这些村民，所以才会选择以这种方式逃跑。

泰山慢慢往前走，经过一间土屋时，忽然发现墙底儿有一个小洞，他马上爬了进去，屋里漆黑一片。泰山手脚并用，慢慢向前爬，进到屋子后，一股股混杂的气味扑鼻而来；其中有一股气味清晰而独特，唤起了他脑海中对过去的潜在记忆——这是一个女人微弱而奇妙的气味。泰山心跳加速，突然有一种莫名其妙的感觉——这是一种不可抗拒的力量，他命中注定要认识这个人——这是一种将雄性吸引到配偶身上的本能。

这间屋子里也有一丝比利时人的气味，泰山同时嗅到了这两种气味，它们相互交缠、萦绕在一起，一种妒嫉的怒火在胸中攒动、燃烧着，尽管他还没有记起这个女人，但已经把自己的欲望和她牢牢地联系在一起。

和刚才仔细搜查过的帐篷一样，这间小屋也是空的，他又在屋子里转了两圈，确认那袋宝石确实不在这里之后，又从后墙的洞里爬了出去，就像来时一样，悄无声息。

泰山继续跟着沃泊尔的气味，穿过空地，越过栅栏，向外面漆黑的丛林走去。

Chapter 15

逃亡之路

那天夜里,沃泊尔把假人安置好,摆放在自己的床上后,趁着天黑,偷偷溜出帐篷,径直走向简·克莱顿被囚禁的那间小屋。

屋子门口蹲着一个黑人哨兵,沃泊尔壮着胆子走过去,贴在他耳边说了几句话,又递给他一包烟,随后便进了屋。黑人哨兵咧着嘴笑着,殊不知这欧洲人已消失在无尽的黑夜中。

沃泊尔作为艾哈迈德·泽克的得力助手,自然可以随意出入村子去任何地方,所以哨兵并没有阻止他进入囚禁白人女人的小屋。

进入房间后,沃泊尔用法语轻声唤着:"格雷斯托克夫人!是我,弗柯特。你在哪儿?"但是没有得到任何回应。他又喊了几声,仍然没有回音,便急忙伸出双手,在黑暗中胡乱摸索,找了半天后发现屋子竟是空的!

沃泊尔双唇颤动,惊讶地说不出话。他刚想走出去,问问哨兵怎么回事；忽然，他刚刚适应黑暗的双眼，发现小屋后墙底部有一个小亮点。沃泊尔马上走过去，仔细排查了一番，发现墙上有个洞。这个洞很大，整个身体都可以穿过去；他马上回过神儿来，格雷斯托克夫人一定是从这个洞里逃跑了，她想逃出村子！天啊，竟有这样的好机会，沃泊尔一秒都没耽搁，也迅速沿着洞口往外爬，去寻找格雷斯托克夫人的下落！

他知道，自己能不能活命完全取决于有没有逃跑的机会，或者是逃跑速度够不够快，当艾哈迈德·泽克发现时，是否已经把他甩得远远的了。

沃泊尔的初步计划是帮助格雷斯托克夫人逃跑，他盘算了一番，这样做有两个好处，第一，通过在路上拯救她，赢得她的感激。这样一来，如果他的身份和对上级军官的罪行被起诉，那到时候格雷斯托克夫人肯定会为自己求情，被引渡的概率将会大大降低。

第二，他考虑到目前只有一个逃跑方向对自己来说是安全的，首先，他不能朝西走，因为这段路与大西洋之间有比利时人的领地；其次，南面也是绝不敢踏入的禁地，他在那里偷了人猿泰山的宝石；而北方，艾哈迈德·泽克的朋友和盟军都驻扎在那里；所以只有向东，通过英国在东非地区的殖民地，才能确保他的安全和自由。

若以法国人弗柯特的身份，帮助一名英国女人脱离险境，那么从那一刻起，就说明可以得到英国人的援助了，这一切看起来似乎非常合情合理。

但现在，格雷斯托克夫人已经消失了。但沃泊尔仍抱有一丝希望，一直向东赶路，但很明显追上英国女人的概率越来越低，之前绞尽脑汁想出的计划就要泡汤了。从沃泊尔第一次见到简·克莱顿那一刻起，他就对泰山美丽的妻子抱有非分之想，他幻想着，自己逃跑途中可以追到格雷斯托克夫人，与她一起逃跑，浪迹天涯。

之后再慢慢说服简·克莱顿，让她相信丈夫泰山已经死了，利用其感激之情赢得她的芳心。

沃泊尔走到村口后发现两三根长杆搭在栅栏旁，明显是从附近找来翻栅栏用的。从这翻过去固然危险，但也不是不可能。

沃泊尔的推断完全正确，格雷斯托克夫人就是从这儿翻出去的。他随着格雷斯托克夫人的足迹追去，一刻也没有停留。走进丛林后，便径直朝东走去。

沃泊尔以南几英里外，格雷斯托克夫人正躺在一棵大树的树枝上，躲避一头觅食的母狮子。

格雷斯托克夫人从村子里逃出来比她预料的要容易得多。她之前在房间里发现了一把刀，毫无疑问，肯定是之前住在这里的人留下的。她一直拿这把刀戳小屋的墙壁，想挖一个洞，以这种方式逃跑，没想到最后竟成功了。

格雷斯托克夫人躲在暗处，小心翼翼地穿过村庄。几分钟后，终于走到村子边。前一秒还担心该怎样跨过栅栏，忽然，她幸运地发现栅栏旁边竖着几根搭建小屋的杆子，这为她翻过栅栏创造了机会。

格雷斯托克夫人一直沿着路上的脚印，向南走了大约一个小时。忽然她那训练有素的双耳听到身后有野兽的脚步声，才慢慢停下来，迅速躲到附近的一棵大树上。格雷斯托克夫人遇到这头野兽后，发现自己的处境很危险，她知道只靠自己，想要安全地穿过危机四伏的丛林简直太难了。

沃泊尔满怀希望，慢慢地向前走着，一直到黎明时分。之后他发现路上竟有一个阿拉伯人的足迹，这太令人懊恼了！这人是艾哈迈德·泽克的手下，还有很多手下都分散在森林里，正四处寻找沃泊尔。

阿拉伯人到现在都没发现简·克莱顿已经逃跑了,因为艾哈迈德·泽克和士兵们倾巢出动,全都忙着搜寻沃泊尔。沃泊尔离开帐篷逃跑前,唯一见过他的人就是格雷斯托克夫人小屋门前的黑人哨兵。之后,这黑人哨兵发现轮班的同伴被杀死了,自然吓坏了。

受了贿赂的黑人哨兵很自然地推断出,自己走后,沃泊尔杀死了前来换班的同伴,但他不敢向艾哈迈德·泽克坦白,自己曾允许沃泊尔进过那间屋子,因为他害怕凶残的艾哈迈德·泽克恼羞成怒惩罚他。所以,当艾哈迈德·泽克发现沃泊尔逃跑了,第一声警报响起后,他最先发现门口的哨兵被杀。紧接着,狡猾的黑人迅速把同伴的尸体拖到附近的一个帐篷里,自己又回到小屋门口,故作镇定地站岗查哨,假装什么都没发生,所以他也根本不知道屋里的女人已经不见了。

沃泊尔发现阿拉伯人渐渐逼近,急忙躲进枝繁叶茂的灌木丛中。这条小路笔直地向前延伸了很长一段距离,一眼望不到尽头。穿白袍的追捕者骑着马,沿着阴凉的林荫道缓缓地向前走着。

这个人越来越近了。沃泊尔屏住呼吸,静静地蹲在草丛里。忽然,小径一旁的藤蔓微微颤动了一下。沃泊尔紧张极了,眼睛死死盯着那里。可这时并没有刮风啊。没一下,葡萄藤再次震颤。比利时人马上意识到,这种情况,只有一种可能,一定是有野兽在靠近。

沃泊尔目不转睛地盯着小路对面的树叶。渐渐地,一个庞然大物出现在他面前——一头黄褐色凶猛的野兽站在狭窄的小径上,黄绿色的眼睛直勾勾地盯着他。

沃泊尔吓得差点叫出声,但祸不单行,就在这时阿拉伯人也走近了。他的心一下提到嗓子眼儿,几乎要吓瘫了。沃泊尔扭头

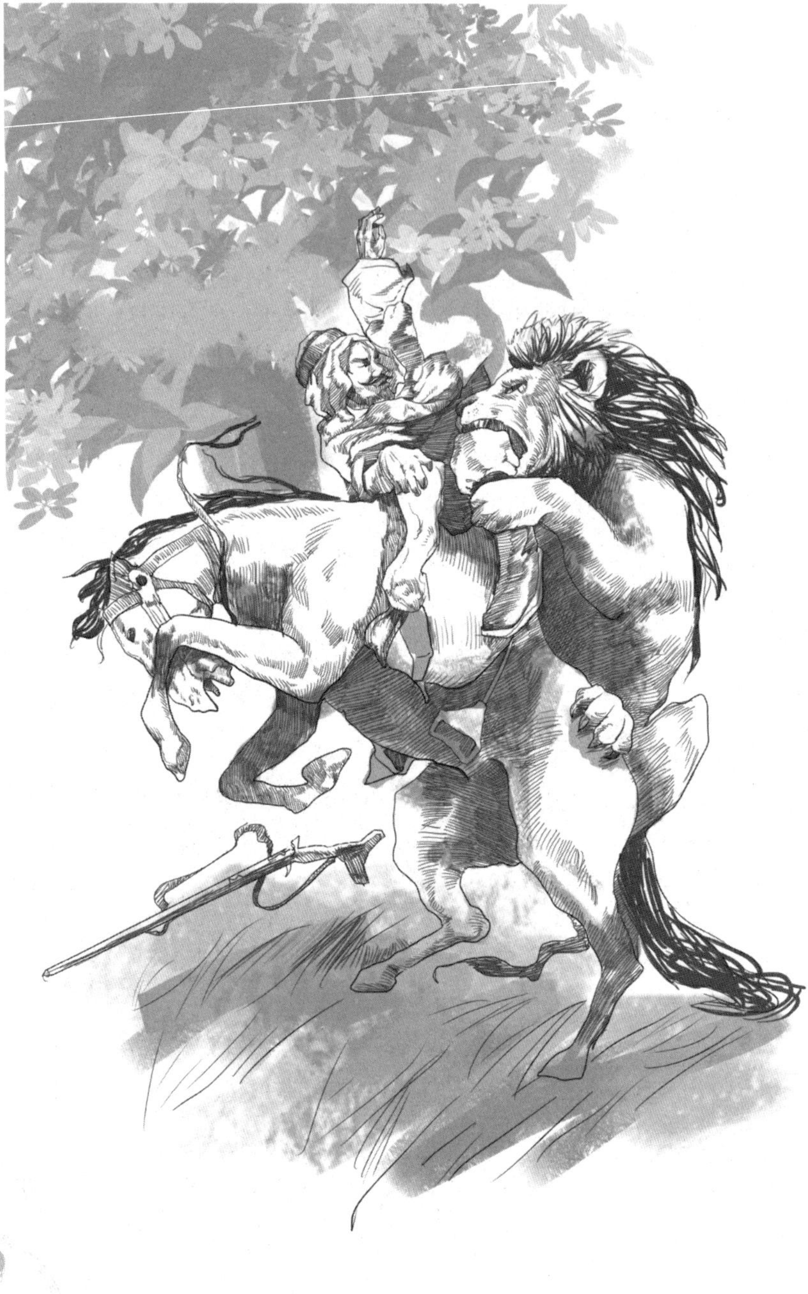

看了一眼阿拉伯人，又回过头来看了看狮子，狮子正要挺直身子朝他扑来。

忽然，猛兽硕大的头颅转向阿拉伯人，沃泊尔心脏几乎停止了跳动，双手捂在胸口，大口大口喘气："天啊！太险了！"阿拉伯人晃晃悠悠地骑着马往前走，沃泊尔马上想到，阿拉伯人骑的那匹马会不会闻到狮子的气味而惊慌失措，掉头而跑呢？这样岂不是让自己又陷于危险之中吗？

但阿拉伯人和他的马似乎都没有注意到那头大狮子，仍仰着脖子"嗒嗒嗒"地往前走，嘴里"吧唧吧唧"地咀嚼着塞在牙缝里的东西。沃泊尔又看了看狮子，现在，这野兽的全部注意力似乎都集中在阿拉伯人身上了。明明近在咫尺，可它为什么还不扑上去呢？沃泊尔心里不住地犯嘀咕，这狮子会不会放阿拉伯人过去，然后再返回来扑倒自己？想着想着，他吓得浑身发抖。就在这时，狮子从藏身之处跳了出来，猛地扑向骑马的阿拉伯人。那匹马受到惊吓，发出一声恐怖的嘶鸣，撒腿就跑，狮子把无助的阿拉伯人从马鞍上拖了下来，脱缰的野马迅速飞奔到小路上，向西逃去。

但这匹马并不是独自逃跑的，当这头恐怖的野兽把阿拉伯人扑倒的一瞬间，沃泊尔两眼发光，马上注意到空无一物的马鞍，迅速想到可以利用马来逃跑。狮子刚把阿拉伯人从马鞍一边拉下来，沃泊尔就迅速钻出来，一把抓住马鞍和鬃毛，从马背另一侧跳上来，驾着快马，疯狂逃命了。

半小时后，一个裸体巨人在低矮的树枝间荡来荡去。忽然，他停了下来，抬起头，张开鼻孔深深闻了闻清晨的空气。他明显闻到了一股血腥味，与其混杂在一起的还有狮子的气味。巨人把头歪向一边，静静地听着。

逃亡之路 | 117

不远处的小路上传来了狮子贪婪咀嚼的声音，一清二楚，它嘴里的骨头"嘎吱嘎吱"作响，喉咙里来回吞咽着大块大块的肥肉，心满意足地咆哮着，这些可都是森林国王的桌边餐啊。

泰山走到那地方，仍然站在高高的树枝上。他毫不掩饰自己的行踪，不久后，他发现，狮子听到了自己的声音。因为小路旁边的灌木丛中传来带有威胁气息的低声嘶吼，似乎在警告。

泰山在狮子上方一个低矮的树枝上停下脚步，俯视着那可怕的一幕。难道这个被撕扯的血肉模糊的人就是自己一直追捕的沃泊尔吗？泰山很好奇，想快点找到答案。他不时地在小路上踱来踱去，想通过比利时人身上的气味来证实自己的判断，结果明显表明比利时人确实来过这儿。

泰山走过狮子和它的"饕餮盛宴"，又跳下来，用力嗅了嗅地面上的味道。可又闻不到沃泊尔的气味了。泰山一跃而起，又回到树上。之后又盯着那具残缺不全的尸体，想看看他身上有没有那袋漂亮的鹅卵石，但他来来回回打量了好几遍也没发现任何蛛丝马迹。

泰山怒吼一声，谩骂狮子，想赶走这头巨兽；但狮子丝毫没有撤退的意思，同样回应了一声愤怒的咆哮。他从附近的树枝上扯下一把小树枝，扔向狮子。狮子露出獠牙，抬起头，狰狞地咧着嘴，但依旧没有从美食旁移开一步。

泰山气急了，拿出一支箭，把细长的杆子拉得远远的，一直拉到木弓能承受的最大限度，积蓄全部力量，"嗖"的一声射出去。那支箭深深射进狮子肚子里，它狂躁地跳了起来，发出撕心裂肺的吼声。狂怒的狮子疯狂地撕扯那根箭，紧接着，它跳到小径上，痛苦地踱来踱去。泰山松了口气。这次，箭头瞄准了狮子的脊背，"嗖"的一声，狮子怔住了，停在路上，之后又跟跟跄跄地向前走了几步,最终,直挺挺地倒在地上。

野兽倒下了,泰山立马跳下来,飞快地跑到狮子身边,又把长矛深深刺进它的心脏。之后,一把拽出他的箭,紧接着走向那具尸体旁。

这具尸体已经被啃得面目全非了。但阿拉伯人的服装毫无疑问地反映了这个人的身份,因为泰山跟着这个人进过阿拉伯阵营,那里到处都是穿这种衣服的人。尽管泰山之后没有在尸体上闻到沃泊尔的气味,他也非常确定,眼前的尸体就是偷宝石的沃泊尔,他肯定是穿着这种衣服跑出来的。

泰山仔细搜寻那袋东西,但找了半天都没找到。他失望极了——可能不只是因为失去了那些彩色的鹅卵石,也很气愤狮子剥夺了他复仇的快感。

泰山想知道那些小石头到底去哪儿了呢,于是他沿着来时的方向穿过小路慢慢往回走。忽然,他冒出一个想法,等夜幕降临时,再潜入阿拉伯人的营地好好搜查一番。他走到树林里,径直朝南走,打算寻找猎物,在中午之前填饱肚子,然后在离营地很远的地方躺一个下午,安心睡个觉,这样就不用害怕被发现了,等晚上再起身行动。

泰山刚走,就有一个高大的黑人勇士朝东边一路小跑。那是莫干比,正在寻找他的女主人。莫干比沿着小路往前走,忽然看到一头巨大的狮子躺在地上,他停下来,弯下腰一看究竟。当他看到狮子的伤口时,一脸疑惑。尽管泰山已经取走了他的箭,没有留下任何痕迹,但对莫干比来说,狮子死亡原因是那么清晰有力,就像那支箭和长矛仍然插在尸体上一样。

黑人鬼鬼祟祟地打量着眼前的巨狮,摸了摸尸体,还有余温,从这便能推断出,凶手还没走远,甚至近在咫尺,但四周并没有任何人。莫干比摇了摇头,更加谨慎了,沿着小路继续往前走。

他一整天都忙着赶路,偶尔停下来大声呼唤"夫人,夫人",希望她能听到回应他;但最终,他的这份忠诚使自己陷入巨大的灾难。

几个月以来,阿卜杜勒·穆拉克指挥着一批阿比西尼亚人士兵,从东北方浩浩荡荡而来,他们一直努力搜寻阿拉伯人艾哈迈德·泽克的下落。六个月前,艾哈迈德·泽克曾在梅内利克领地发动过一次突袭,侵犯了阿卜杜勒·穆拉克的君主。

阿卜杜勒·穆拉克部队沿着沃泊尔和莫干比走过的小路,朝东行进。这天中午,他们停下来打算休息一会儿。

就在士兵们下马后不久,比利时人骑着疲倦的马晃晃悠悠地走到人群中,他丝毫没有意识到这群人的存在。还没等沃泊尔意识到前面有人,就被战士们团团围住了,他们抛出一连串的问题审问沃泊尔,紧接着就被士兵拉下马,带到指挥官面前。

沃泊尔摇身一变又恢复了曾经的欧洲国籍,他向阿卜杜勒·穆拉克再三保证自己是一个法国人,在非洲打猎时被陌生人袭击了。整个狩猎队死的死散的散,只有他自己一人奇迹般地逃脱了。

从阿比西尼亚人的谈话中,沃泊尔偶然发现了他们这次探险的目的,当他意识到他们的敌人是艾哈迈德·泽克时,心里乐开了花,立即随声应和,把自己的困境也归咎于阿拉伯人。

然而,为了避免再次落入敌人之手,沃泊尔阻止了阿卜杜勒·穆拉克对阿拉伯人的追击,并向阿比西尼亚人透露,艾哈迈德·泽克势力很大,并且此时也正指挥着一支庞大剽悍的队伍,向南挺进。

穆拉克听了沃泊尔的一席话后,觉得确实需要很长时间才能追到那群万恶的阿拉伯人,并且就算打一架,战争的结果也很难预估。深思熟虑后,他极不情愿地放弃了最初的计划,命令士兵搭建帐篷，休息一晚，准备第二天早晨返回阿比西尼亚。

傍晚时分，西面传来一声声嘹亮的呼喊声"夫人，夫人"，这迅速吸引了营地里战士们的注意。

阿卜杜勒·穆拉克天性谨慎，立即命令阿比西尼亚人潜伏在丛林中偷偷前进，寻找那个不明的呼喊者。

半小时后，他们拖着莫干比回来了。当莫干比被带到阿比西尼亚人长官面前时，他一眼看到人群中的朱利·弗柯特，那位得到主人盛情款待的法国客人，也就是那位进入艾哈迈德·泽克的村庄并受到拥护的叛徒！

莫干比知道主人及家园的灾难和法国人朱利·弗柯特之间有密切联系，但沃泊尔并没认出眼前的黑人是泰山的部下。

莫干比苦苦央求，告诉长官他是来自南方部落的猎人，没有任何恶意，请长官放了他；但是，阿卜杜勒·穆拉克非常欣赏这位勇士壮硕的身板儿，决定把他带回阿迪斯·阿贝巴，介绍给梅内利克。几分钟后，莫干比和沃泊尔被士兵带走了，沃泊尔马上意识到，他也是囚犯，而并非客人。莫干比对遭到如此待遇表示抗议，直到一名士兵狠狠给了他一记耳光，并威胁说如果还不老实，就马上开枪杀了他。

莫干比并没把这件事放在心上，因为他非常确定，旅途中肯定会有机会躲避卫兵的警戒，趁机逃跑。这个想法一直在他的脑海里翻腾，这是目前最重要的事情。只有想办法逃出去才能继续寻找夫人的下落。莫干比便开始处处献殷勤，向阿比西尼亚人提出了很多建设性的意见，一本正经地询问了许多关于他们君主和国家方面的问题，并深切表达了渴望马上到达那里，为君主效命，还表现出非常喜欢并且很享受战士们口中阿迪斯·阿贝巴的一切美好事物。因此，战士们渐渐解除了对莫干比的戒备，也稍稍放松了警惕。

莫干比利用和沃泊尔低头不见抬头见的机会，试图了解泰山的下落，获取一些关于阿拉伯人的信息，以及格雷斯托克夫人的近况；但受到很大限制，因为他不能告诉沃泊尔自己的真实身份，并且沃泊尔同样急于向全世界掩盖是他毁了泰山一家的幸福生活。所以莫干比并没有获得任何有效信息。

但有一天，莫干比偶然发现了沃泊尔的秘密。

那是一个闷热的下午，部队早早地在一条清澈的河边扎了营。河里是颗颗砾石，清澈见底，没有任何鳄鱼的迹象，所以就不担心鳄鱼四处乱游，阿比西尼亚人已经很久没有洗澡了，大家便利用这个难得的机会好好洗洗涮涮。

长官也大发慈悲，准许沃泊尔和莫干比进河里冲冲凉。俩人不慌不忙地脱下衣服，莫干比忽然看到沃泊尔小心翼翼地解开缠在腰间的东西，然后又脱下衬衫，并拿衬衫盖住那个小袋子，十分谨慎地把它藏了起来。

沃泊尔这种鬼鬼祟祟的行为，马上吸引了莫干比的注意，也勾起了他的好奇心。也正是沃泊尔过于紧张，才慌乱地把袋子掉在了地上。莫干比看到它掉在地上，并且还有一些东西洒在了草地上。

莫干比曾随主人一起去过伦敦，他并不像身上的服饰表现得那样腐化野蛮。他曾在世界上最大的城市里，与大都市的人们接触过；他还参观过博物馆，浏览过商店的橱窗，见过不少大场面；所以，莫干比是一个见过世面的人。

莫干比惊讶地瞪大双眼，地上的珠宝在他面前闪闪发光，他一眼认出了这些是耀眼的宝石；但他也马上认出了另一个东西，莫干比对这个东西的兴趣远远超过这些宝石的价值。他曾见过主人身边挂着这个皮袋，没错，就是这个皮袋！莫干比曾无数次见过这个皮袋，日日夜夜在主人身边晃荡，不论主人干什么，都一直带着它，可现在竟落在沃泊尔手里！

沃泊尔看到莫干比盯着自己的袋子和宝石。急忙拾起宝石，把它们放回袋子里，而莫干比则马上摆出一副漠不关心的样子，漫步到河边去洗澡。

第二天早上，阿卜杜勒·穆拉克勃然大怒，身材魁梧的黑人囚犯在夜间逃跑了！沃泊尔也吓坏了，还以为黑人偷了自己的宝石逃跑了，双手颤抖急忙去摸衬衫，发现它还是在原来的位置，还在衬衫下面死死压着，并且明显可以看出一颗颗坚硬的宝石轮廓。沃泊尔这才放下心来。

Chapter 16
统领人猿

艾哈迈德·泽克带着两名部下一直南下,打算在南边截获逃跑的沃泊尔。除此之外,他还命令其他人向四面八方散开,这样,到了夜里,他们就围成了一个巨大的圆圈。之后,大家再一起向着中间聚拢,不断缩小搜查范围。

正午前,艾哈迈德·泽克和两名士兵暂时停下来,准备休息一会儿。他们蹲在南边一片空地的树下。首领心情很差,被一个没有任何信仰的人欺骗已经够糟糕了;本来一颗贪婪的心蠢蠢欲动,可现在那些闪闪发光的宝石也得不到了——艾哈迈德·泽克很生气沃泊尔的作为。

但好在还有那个女人。艾哈迈德·泽克心想,把简·克莱顿带到北方肯定能卖个好价钱,并且英国人的房子废墟下面也埋着大把的金子,想到这儿他便感到些许欣慰。

空地对面的丛林里,发出一丝轻微的声响,艾哈迈德·泽克立刻提高警惕。他准备好步枪，蓄势待发，同时示意士兵们保持安静并打好掩护。三个人蹲在灌木丛后等着，眼睛死死地盯着空地对面。

不久，树叶被拨开了，露出一张女人的脸，十分恐惧地来回扫视。过了一会儿，看面前暂时没什么危险后，她心满意足地走到空地上。就在这时，阿拉伯人看到了她的脸。

艾哈迈德·泽克嘴里咕哝着，惊讶得下巴都要掉了。这女人不是被囚禁在营地里的犯人吗？怎么会出现在这里！紧接着他发出一声谩骂，又屏住呼吸，耐着性子继续观察。

显然，她是独自一人跑出来的，这怎么可能，太不可思议了，艾哈迈德·泽克想先把事情搞清楚，然后再去抓她。简·克莱顿慢慢穿过空地。自从她逃出村子，远离侵略者的魔爪后，已经碰到过两次野兽，好在这两次都跌跌撞撞地逃过了它们的毒牙，而且有一次她差点阴差阳错地走到一名搜捕者的小路上。简·克莱顿几乎要绝望了，但还是下定决心继续战斗下去。她暗自发誓，除非死了，或者成功逃脱后摆脱这厄运才可以停下脚步。

艾哈迈德·泽克在灌木丛后观察女人的一举一动，发现她正径直走向自己的魔爪后，得意洋洋地咧着嘴笑了。而此时，还有一双眼睛，透过附近树上的叶子缝儿，俯视着整个场景。

泰山瞪大两只灰色的眼睛困惑地看着，认真而又野蛮，仿佛得到一种无形的暗示——下面这个女人就是他熟悉的那副面孔。

简·克莱顿正在林间空地上走着，突然灌木丛中发出一阵巨响，她马上停下脚步，这引起了阿拉伯人的注意，同时也引起了树上人的注意。

简·克莱顿转过身，想看看身后是什么东西。随后，一个巨大的类人猿摇摇晃晃地走进了她的视野。紧接着，其身后的人猿一个接一个地走过来；但格雷斯托克夫人并没有等着看到底有多少只可怕的怪物在一步步靠近自己，吓得撒腿就跑。

她发出一声令人窒息的尖叫，迅速冲向对面的丛林，可前脚刚刚迈进那片灌木丛，艾哈迈德·泽克和两个士兵就站起来抓住了她。与此同时，一个赤身裸体的棕色巨人从林中空地的树枝上也跳了下来。

这个巨人就是泰山，他转过身，对着那群惊讶的猿猴，发出一连串低沉的咕咕声。还没等看他们的反应，泰山就迅速向阿拉伯人出击，解救女人。

艾哈迈德·泽克把简·克莱顿扔到拴在一旁的马背上，两个部下急忙解开缰绳。女人极力挣扎着，想要挣脱可恶的阿拉伯人。忽然，她转过头，看到一个泰山朝自己跑来，她脸上马上露出一丝希望。

"泰山，"她哭喊着，"感谢上帝，感谢上帝，你来得正是时候！"

泰山身后有几只大猿猴，他们很疑惑，但仍然听从了泰山的召唤。阿拉伯人发现他们已经来不及骑马逃跑了。艾哈迈德·泽克认出了这个可怕的怪物，是泰山！他是这些人猿的死敌，忽然想到，还有机会永远摆脱人猿的威胁。

艾哈迈德·泽克马上命令两个部下举起步枪，对准冲过来的巨人，疯狂射击。两名部下的执行能力丝毫不比他差，三个人几乎同时开火，步枪发出"砰砰"的声音，此起彼伏。泰山和两名毛茸茸的追随者在草丛中迎难而上，但很快就被击中了，三个人都倒在地上。

突然响起的枪声让人猿们措手不及，他们一脸惊愕，吓得谁也不敢靠近了。阿拉伯人趁这些怪物的注意力分散，迅速跳上马背，带着这个绝望又悲伤的女人疾驰而去。

阿拉伯人一路飞奔，返回村庄。格雷斯托克夫人又一次被关在肮脏的小茅屋里，那个她曾认为已经摆脱了的地方。但这次，她不仅被额外增加的哨兵严加看管，而且还被牢牢地绑了起来。

艾哈迈德·泽克及两名部下曾奋力追捕比利时人，可现在却两手空空地回来了。首领愤怒极了，整个人怒气冲冲，骂来骂去，营地里没有一个人敢靠近。艾哈迈德·泽克不停地威胁与谩骂，愤怒地在那丝制帐篷里踱来踱去；但是，无论他怎样疯狂地发飙都起不到任何作用——沃泊尔连同那袋闪闪发光的宝石已经彻底消失了。

阿拉伯人逃跑后，人猿们把注意力渐渐转移到倒下的同伴身上。一个已经死了，但另一个和那只巨大的白猿仍有呼吸。毛茸茸的猿猴们聚在这两个人周围嘟嘟囔囔。

泰山先恢复意识。他坐起来，环顾四周。肩上的伤口流出滚烫的鲜血。那一枪把他打倒在地，打得他晕头转向；但对他来说，这点小伤绝不至死。泰山慢慢站起来，眼睛望向最后看到女人的地方，心里忽然涌起一种奇怪的感觉。

"她在哪儿？"泰山焦急地问。

"大猿把她带走了，"其中一个类人猿回答，"你是谁，怎么会说曼加尼语言？"

"我是泰山，"泰山回答说，"一名凶悍的猎手，伟大的战士！只要我咆哮一声，丛林马上一片死寂，所有的动物都会恐惧地颤抖。我是人猿泰山。之前离开了丛林；但现在我又回来了，回到我的子民身边了。"

"是的，"一只老猿猴说，"他是泰山，我认得他。他能回来太好了，我们现在可以好好打猎了。"

其他人猿走近了，都使劲儿闻了闻眼前这个白猿。泰山一动

统领人猿 | 127

不动地站着,露出一半尖牙,肌肉紧绷,准备应战;但是,并没有人猿质疑泰山是否有权和他们在一起。不久,他们走近泰山仔细观察,便欣然接受了他。

人猿们忽然想起还有一个同伴没醒呢,纷纷围了过去。

这只人猿也受了些轻伤,一颗子弹擦伤了头骨,这可把他吓坏了。不过伤得并不重,没什么大碍,醒来后还是会很强壮的。

人猿们告诉泰山,这个女人的气味引起了他们的注意,他们一直跟着这气味向东走,跟踪她。现在这群人猿决定放弃了,结束跟踪;但泰山更想追击阿拉伯人,把女人从他们手里救出来。经过一番激烈的争论后,他们决定先在东部待几天,打打猎,然后再返回去寻找阿拉伯人。最后泰山答应了他们的要求。他已恢复了精神状态,但还没有达到最佳状态。

另外,泰山的伤口隐隐作痛,这也是另一个推迟追击阿拉伯人的原因。他想最好等伤口愈合后,再与大猿决一死战。

简·克莱顿被关进监狱般的小屋,手脚被牢牢地绑在一起时,那个誓死要保护她的人正带着一群毛茸茸的怪物在东边游荡。他享受着无忧无虑的丛林生活,完全想不起几个月前,曾和一些伙伴在伦敦最具特色的酒吧里把酒言欢。

但是,在泰山受伤的大脑里,一直潜伏着一个念头,那就是他不属于这里——他可能是出于某些莫名其妙的原因,生活在其他地方,并且和另一群生物生活在一起。同时,又有一种强烈的冲动,迫切想去追寻阿拉伯人,营救那个一直让他牵肠挂肚的女人;尽管在他沉思时,脑海中自然闪现的词语是"捕捉",而不是"拯救"。

对泰山来说,简·克莱顿就像他的丛林一样,他现在整颗心里装的都是她,并把她当做终身伴侣。在阿拉伯人抓住简·克莱顿的空地上,泰山走近她的那一瞬间,那微妙的香气就和最初他在囚禁她的小屋中闻到的一模一样,弥漫在泰山的鼻孔里,激起了他的欲望。这一切都告诉他,他已经找到了那突如其来、无法解释的激情。

丢失的宝石袋子也在某种程度上影响了泰山,他一直耿耿于怀,因此在一种双重冲动的刺激下,他决定马上回到阿拉伯人的营地。泰山心想,回到那里,他就能夺回漂亮的鹅卵石和美丽的女人,然后带着新伴侣和那些亮晶晶的小玩意儿回到大猿猴身边,带领那些毛茸茸的同伴去一个远离人类的荒野里,过自己的生活,打打猎,再和那些低等的生物斗智斗勇,这是泰山现在唯一能回想起的生活方式。

泰山和同伴们谈论了这件事情,试图说服他们陪自己去追寻阿拉伯人,但除了塔格莱和查克外,其他人猿都拒绝了。查克非常年轻并且身强体壮,比这些同伴们都要聪明,并且有很丰富的想象力。对他来说,远征非常具有冒险精神,而且特别有吸引力。但塔格莱就不一样了,他是出于另一种动机——一种秘密的、邪恶的动机。

塔格莱已经不年轻了,但他有很强的战斗力,肌肉发达,残酷隐忍。并且,他有丰富的作战经验,十分奸诈狡猾。除此之外,塔格莱身材魁梧,他那样的体积和重量就会让一些年轻对手知难而退。

塔格莱生性忧郁,脾气暴躁,甚至经常对同伴皱着个眉头,并且这种情况是经常发生而并非例外,虽然泰山压根儿没看出来塔格莱是这样的性格。塔格莱很讨厌这个半路来的人猿,但好在他隐藏得很好,并没有表现出来。他憎恨这只人猿,只是因为他的统治精神激起了他的嫉妒之心。

塔格莱和查克同泰山一起向艾哈迈德·泽克的村庄出发。出

统领人猿 | 129

发时，部落的大多数猿猴都深情凝视依依惜别，之后又开始各自觅食。

泰山发现同伴们很难保持头脑清醒，因为猿类真的很难集中注意力。在一段漫长的旅途中，有一个明确的目的，是一回事；记住这个目的，并把它牢记于心是另一回事。因为一路上总是有很多事情分散注意力。

起初，查克一直急急忙忙往前冲，就像跑两步就能到村子了一样。可他们前面不是短短一小时的路程，而是几天啊；就在几分钟前，一棵倒下的树吸引了他的注意力，查克马上停了下来，因为他觉得下面一定有丰富多汁的食物；泰山发现他消失了，马上返回寻找，找到后发现查克正蹲在腐烂的树干旁，孜孜不倦地挖着下面的幼虫和甲虫，这些都是猿类常吃的东西。

就目前这种状况，要是泰山不想打架，就只能乖乖等着，一直等到查克把这块"粮仓"挖个精光。泰山确实耐着性子这样做了，结果却发现塔格莱又失踪了。经过一番仔细地搜寻，泰山发现那位可敬的先生正在观察自己抓住的一只受伤的啮齿动物，逗着它玩呢。他坐在那里，一副无动于衷的样子，望着另一个方向。那个瘸腿的东西，痛苦地扭动着身子准备离开；然而塔格莱看到受害者要逃走时，伸出一个巨大的手掌，重重地甩在逃犯身上。一遍又一遍地重复着这个动作，直到厌倦了这项活动，才停止折磨这手中的玩物。

这些令人恼怒的原因阻碍了泰山的归途，推迟了向艾哈迈德·泽克村庄返回的进程；但泰山还是表现出极大的耐心，因为他脑子里有一个计划，在到达目的地的时候，必须要有他们两个配合完成计划。

在类人猿摇摆不定的头脑中，若想对他们的冒险活动一直保持兴趣,并不是一件容易的事。查克厌倦了持续不断地行军,厌倦了这种忙碌的生活。他非常想放弃这场冒险行动,放弃搜寻阿拉伯人的念头。但泰山不断向他介绍一些大猿村子里肥美诱人的食物,引导其构想一幅幅大口咀嚼食物的美好画面,以此引诱他继续前行。

塔格莱的秘密目的是为了比其他猿猴看起来更胜一筹,然而,有时他也会想放弃冒险行动,泰山的甜言蜜语并没有很好地说服他。

那是一个闷热的下午,烈日似火,这三个人闻到了一股浓烈的气味,知道自己正在慢慢靠近阿拉伯人的营地。他们蹑手蹑脚地向前走着,紧挨着那一团团纵横交错、枝繁叶茂的植物,这些东西可以很好地掩护他们。

走在最前面的是巨人泰山,他光滑的棕色皮肤在汗水的反射下闪闪发光,在密密麻麻的热带丛林里,他吭哧吭哧地向前走着。查克和塔格莱,两只怪诞、毛茸茸的猿猴紧随其后。

三只巨猿默默地走到被栅栏包围的空地边。之后,他们跳上一棵大树,站在低矮的树枝上,俯视着敌人统领的村庄,以便更好地监视阿拉伯人的行踪。

这时,一个人骑着马走出村庄大门。泰山向查克和塔格莱低声耳语,告诉他们继续留在原地。然后,他转过身,像猴子一样,沿着阿拉伯人骑行的小路穿过丛林。泰山像只小松鼠一样,悄悄地跨越一棵又一棵大树。

阿拉伯人慢慢地向前走着,并没有意识到身后树林里潜伏的危险。泰山稍微绕了一圈,加快了速度,先一步赶到达阿拉伯人前面一点的位置。他停在那里,站在一棵茂密的树枝上,枝繁叶茂的树杈遮掩着狭窄的丛林小径。士兵骑着马晃晃悠悠地走过来。

统领人猿 | 131

泰山就埋伏在他头顶，准备好取他性命——谁能想到这个野蛮人就是几个月前，在伦敦上议院中占有一席之地的泰山，而且还是一位受人尊敬与爱戴的成员呢？

阿拉伯人从悬伸的树枝下走过，上面有轻微的树叶沙沙声，马儿忽然嘶鸣了一声，一个棕色皮肤的野兽落在它的屁股上。手臂环绕着阿拉伯人，一把把他从马鞍拖到小路上。

十分钟后，泰山穿着阿拉伯人的衣服，和他的同伴们会合。之后向他们展示了缴获的战利品，用低沉的嗓音向大家仔细介绍了一番自己的丰功伟绩。查克和塔格莱抚摸着这些衣服，闻了闻，然后又放在耳边，试图听听它们的声音。

之后，泰山带着他们返回丛林，三个人藏在路边，等待着。没过多久，就有两个人穿着与艾哈迈德·泽克类似的衣服，悠然地走在小径上，打算返回营地。

两个阿拉伯士兵一起聊天聊了好一会儿，不亦乐乎，哈哈大笑——紧接着他们就躺在地上，奄奄一息了。三股强大的力量俯身冲下，重重地压在他们身上。泰山就像拿走第一个被害者衣服时那样，迅速脱掉他们的外套。然后又带着查克和塔格莱回到他们最初选择的隐居处，蹲伏在那棵大树上。

三只巨猿蹲在树枝上，泰山把两件衣服扔给同伴们，帮他们穿戴整齐。从远处看，仿佛是三个白袍阿拉伯人静静地蹲在树枝间。

天黑前，人猿们一直待在原地，因为从泰山的角度，可以看到栅栏里面的状况。泰山标出了女人被囚禁的那个小屋的位置，就是在那里，他第一次闻到了她的气味。他还看见这间屋子门口现在站着两个哨兵。之后泰山又找到了艾哈迈德·泽克的住所，仿佛有什么东西在暗示他，在那里很有可能会找到丢失的小袋子和亮晶晶的鹅卵石。

查克和塔格莱起初对他们的漂亮衣服非常感兴趣。手指不住地摸来摸去，闻它的气味，心里的满足与自豪溢于言表，俩人还一直瞥来瞥去，向对方炫耀。查克非常幽默，他伸出一只长长的、毛茸茸的手臂，抓住塔格莱的头巾，把它拉下来蒙住其眼睛，然后哈哈大笑。

年长的人猿，生性悲观，他并不认为这是什么幽默的举动。在他看来，动物把爪子放在自己身上，无非是为了两件事——寻找跳蚤和攻击自己。塔格莱心想，拿一个充满大猿气味的东西，在自己脑袋和眼睛上拉来来去，显然不是为了寻找跳蚤；所以，他一定是攻击自己！没错，塔格莱一口咬定，查克袭击了他！

塔格莱甚至没有来得及去掀开阻挡其视线的头巾，便开始向查克愤怒地伸手就要掐他喉咙。泰山立马跳到两人中间，三只巨兽在树枝上左摇右晃，互相纠缠、撕咬着，直到泰山最终成功地将两只愤怒的人猿分开。

对人类祖先——野蛮的人猿来说，并不知道还有道歉这回事，而解释同样是一种费力且徒劳的过程。泰山把他们的注意力从双方的争执转移到之后的计划上。由于习惯了频繁的争吵，人猿们日常生活中耗掉的毛发比流过的鲜血还要多，他们很快就忘记了这些琐碎的事情。现在，查克和塔格莱再次蹲在彼此之间，心平气和地休息着，等待泰山带领他们进入大猿村庄。

夜幕降临后，又过了很久，泰山才带着伙伴们跳下来，沿着栅栏走到村子另一边。

泰山把下半身的长袍收起来，夹在腋下，这样腿就可以更加自由地活动了。他助跑了一小段儿，猛地一跃爬到栅栏顶部。泰山担心同伴可能会撕碎自己的衣服，便让他们在下面等他。之后，泰山安全地坐在栅栏顶上，把他的矛伸下去，一端自己牢牢攥紧，一端递给查克。查克一把抓住了长矛,泰山紧紧地抓住上端时,类人猿迅速沿着长矛向上爬,直到一只爪子扒住了墙头,瞬间一跃而起爬到泰山另一边。塔格莱也以同样的方式爬到他们身边。过了一会儿,三只巨猿静悄悄地跳下栅栏。

泰山把他们带到关押简·克莱顿的小屋后面。他敏感的鼻子嗅来嗅去,想看看女人是不是被关在这里。

查克和塔格莱向前凑了凑,毛茸茸的脸紧贴着泰山的脸,和他一起闻来闻去。每个人都闻到了里面女人的气味,每个人都根据自己的性情和思维习惯做出相应的反应。

查克表现得漠不关心,屋子里的女人是泰山的——而查克只想一头投进大猿香喷喷的食物里。他只想吃东西——泰山告诉他,这是他应得的报酬,所以查克很开心很满意。

但塔格莱那邪恶的、充血的眼睛,眯成了一条缝,心想,终于实现了自己精心呵护的计划。的确,在他们出发远征的那几天,他都没把这想法放在心上,甚至有好几次,他完全忘记了这一想法。但一个偶然的机会,泰山又让他想起了这件事。

塔格莱时不时舔舔脸颊,嘴里还一直发出咕噜声,简直令人作呕。泰山非常满意,正如他所料,简·克莱顿就在这里。泰山又带着同伴们向艾哈迈德·泽克的帐篷走去。一个路过的阿拉伯人和两个奴隶看到了他们,但夜里一片漆黑,白色的呢斗篷把猿猴毛茸茸的四肢和高大的体形严严实实地藏了起来,所以这三个人,就像在进行普通谈话一样,蹲下来,完全没有被怀疑。他们向帐篷后面走去。里面,艾哈迈德·泽克和他几个副手正在密谋着什么。毫无疑问,泰山是不会放过这个机会的,静静地竖起耳朵认真地听着。

Chapter 17

命悬一线

艾伯特·沃泊尔非常恐惧,他不知道到达阿迪斯·阿贝巴之后等待自己的是什么,也不知道自己的命运将会如何,为此沃泊尔十分焦虑,一直寻找机会逃跑。但是,黑人莫干比逃脱后,阿比西尼亚人提高了警惕,加强了预防措施,所以沃泊尔现在插翅难逃。

有段时间,沃泊尔想了一个办法,可以从袋子里拿出几颗宝石贿赂阿卜杜勒·穆拉克,让他把自己放了;但又害怕这个人很可能要求自己交出所有宝石来换取自由,贪婪的沃泊尔马上打消了这个念头,决定另觅出路。

之后,沃泊尔忽然想到还有另一条路可以走,不仅可以占有这些宝石,还能满足阿比西尼亚人的贪婪欲望,让他们深信已经得到了自己所能提供的一切。

莫干比消失了大概一天后,沃泊尔要求拜见阿卜杜勒·穆拉克。

他走到阿卜杜勒·穆拉克面前时，看到长官嗔目切齿的表情，感到一阵绝望，这似乎预示着他不可能成功了。但沃泊尔还是坚持尝试，通过人类共同的弱点来鼓舞自己，他相信每个人都对财富充满了强烈的渴望。

阿卜杜勒·穆拉克怒目而视，皱着眉头问他："什么事？你想干吗？"

"我想要自由。"沃泊尔一脸镇定地回答。

阿比西尼亚人发出一声冷笑，他说："你就为这事来打扰我？专门跑来告诉我傻瓜都想要的东西？"

"我可以付给你钱。"沃泊尔说。

阿卜杜勒·穆拉克哈哈大笑。"付钱？"他歇斯底里地喊，"你拿什么付——拿身上的这块破布吗？还是你破烂的外套下藏了一千磅象牙？滚，滚出去！你这个蠢货！不要再来烦我，否则我就抽死你！"

但沃泊尔毫不退缩，继续坚持着。他想，一旦成功了，就能赢得自由，或者说就能保住自己的小命了！

"您消消气，听我说完好吗？"沃泊尔恳求着，"如果我能给你十个人才能搬完的金子，你能答应我，把我安全地交给距离最近的英国长官吗？"

阿卜杜勒·穆拉克一脸疑惑，重复道："十个人才能搬完的金子！你是疯了吗？来，你告诉我，你把这么多金子放在了哪儿了？"

"我知道它藏在哪儿，"沃泊尔说，"如果您能答应我，我就带你去——黄金十载够换我的自由了，对吗？"

阿卜杜勒·穆拉克开怀大笑，眼泪都要挤出来了，他目不转睛地盯着沃泊尔。这家伙似乎神智清醒——但却有十载金子！这简直太荒谬了！阿比西尼亚人默默地想了一会儿。

"好吧,我可以答应你,不过……"阿卜杜勒·穆拉克疑惑地问,"这些金子离我们有多远?"

"路途有点儿遥远,大概向南走一个星期吧。"沃泊尔回答。

"如果我们没有找到你说的那个地方,你知道自己会付出什么代价吧?"阿卜杜勒·穆拉克冷漠地说。

"如果没有的话,我一定会被处死,这一点我非常清楚。"比利时人回答说,"您放心,我知道它就在那里,因为我亲眼看到那些金子被埋在地下。并且,不仅仅是十载,而是五十个人才能搬完的金子,就是有那么多金子!如果你答应我,把我安全送到英国人手里,这些金子就全归你了。"

"你不会拿你的生命开玩笑吧?一定会带着我们找到黄金的,对吧?"阿卜杜勒·穆拉克说。

沃泊尔使劲儿点点头,表示同意。

"很好,"阿比西尼亚人说,"我答应你,并且即使只有五载黄金,我也还你自由;但在找到黄金之前,你仍然是一个囚犯。"

"可以,我已经很满足了,"沃泊尔说,"那我们明天出发吗?"

阿卜杜勒·穆拉克点点头,之后,比利时人回到卫兵那里。第二天,阿比西尼亚人的士兵们十分惊讶,他们接到一个新命令,行程改变了,前进方向从东北方转向南面。就这样,在泰山和两个人猿进入侵略者村庄的那个晚上,阿比西尼亚人在同一个地方的东边驻扎营地,距离他们,只有几英里远。

当沃泊尔梦想着马上就可以重获自由,梦想着带着偷来的宝石逍遥自在时,阿卜杜勒·穆拉克却躺在那里,贪婪地幻想着眼前那五十载黄金,但是在他面前,却没有几天时间了。因为艾哈迈德·泽克已经下令,要求中尉们准备一支作战队伍和一批运输工具,准备第二天出发前往那片废墟,带回逆贼沃泊尔说的那些金子。

艾哈迈德·泽克在帐篷里向中尉们传达指令时，泰山就蹲在帐篷外面，静静地听着；他在等待时机，等待一个安全进入的时机，幻想着走进去寻找自己丢失的皮袋子和那堆漂亮的鹅卵石。

最后，艾哈迈德·泽克的部下离开了帐篷，首领和他们一起走出去抽烟了，此时这个丝质帐篷里空无一人。他们前脚刚走，泰山马上拿出刀子在帐篷上刺了个口子，大约离地面六英尺，之后又拿刀子迅速向下划，划出一个大洞。

泰山走进帐篷后，魁梧的查克也紧随其后，但是塔格莱并没有跟随他们进入帐篷。相反，他转过身，穿过黑夜，走向那个勾起他兴趣与欲望的小屋。哨兵们坐在门前，枯燥乏味地聊着天。屋里，那个年轻的女人躺在一个肮脏的睡垫上，听天由命，任凭命运的摆布。她在等待机会，等待获救的机会，可现在看来，似乎是那么遥不可及。

塔格莱悄悄靠近哨兵，走到小屋尽头的黑影里。这个头脑简单的蠢东西，完全没有利用其伪装的优势。他本就可以大胆地走到哨兵两侧，但塔格莱却选择蹑手蹑脚地从后面溜过去。

塔格莱走到小屋角落里，四处张望。哨兵就在几步之外，但猿猴不敢暴露自己，即使是一秒钟都不敢。因为他非常害怕大猿手中的毛瑟枪，这些人总是可以很好地使用它来对付猿类，所以塔格莱想找另一种更安全的方法进攻。

塔格莱想从附近找棵树，这样他就可以扑向毫无戒心的猎物；但是，这里没有树，他又想出了另一个办法。棚屋的屋檐就在哨兵的头顶上——可以从这里跳下扑倒大猿，他们肯定看不到屋顶上有人。没错，就这样，狠狠扑下去先解决一个，在另一个反应过来前，再迅速咬死他。

塔格莱站在小屋旁边，向后退了几步，铆足了劲儿，迅速向前跑，猛地向空中跃去，直接扑在了小屋后墙的屋顶边上，屋顶边上的结构特殊，有后墙加固支撑着，才承受住了如此庞然大物的撞击；可他刚向前迈了一步，屋顶就塌陷了，茅屋瞬间裂开，这个巨人"哐"的一声从房顶掉了进去。

哨兵听到轰隆一声，屋顶塌陷了，迅速跳起来，冲进屋里。简·克莱顿也看到房顶掉下来一个庞然大物，马上试图躲开。可巨猿一只脚踩住了她的衣服，简·克莱顿躺在地板上无法动弹。

塔格莱感觉脚下有动静，俯下身，把眼前的女人拥入怀中。呢斗篷将塔格莱毛茸茸的身体遮得严严实实，所以简·克莱顿以为是一个人正抱着她，将她从绝望的深渊里拉了出来，心中重新冒出希望的火花，心想终于要得救了！

现在，两个哨兵进入了小屋，但是他们很迷惑，不知道为什么屋顶会塌。哨兵们的眼睛还没适应屋里的黑暗，所以除了一片漆黑什么都看不见，也没有听到任何声音，因为猿猴此刻正静静地站在那里，等待着他们进攻。

塔格莱看着哨兵站在那里，一动不动，他忽然意识到，抱着简·克莱顿也许可以继续战斗，但一定会很吃力。所以塔格莱决定换种方式，冒险冲出去。他低下头，径直奔向挡在门口的哨兵。肩膀狠狠地撞向他们，两个人瞬间前仰后合，没等他们爬起来站住脚，人猿已经冲出了小屋，躲在棚屋的黑影里，大步流星地向村子远处的栅栏走去。

简·克莱顿感到十分惊奇，这人如此迅速有力，难道泰山没有死？他还活着？整个丛林里，还能有谁可以如此轻盈地抱着一个成年女人呢？简·克莱顿轻声呼喊泰山的名字，但没有得到回应。可她并没有放弃，重新燃起了希望。

命悬一线 | 139

走到栅栏旁，野兽没有丝毫迟疑，猛地向前一跃便到达了顶部，在那里稳稳地站了一下，便迅速跳了下去。现在这个女人几乎确信自己在丈夫的怀里，确信现在非常安全了；当猿猴爬到树上，把她带进丛林时，简·克莱顿更加确定了，这就是泰山，因为泰山过去也曾这样，抱着自己穿过丛林，简直和现在如出一辙。

从营地出来后，大约走了一英里，塔格莱停了下来。站在月光照耀下的小树林里，把简·克莱顿重重地摔在地上。塔格莱粗鲁的行径令她大吃一惊，但仍然坚信这个人就是泰山。简·克莱顿又轻轻叫了叫他的名字，就在那一瞬间，猿猴狂躁地扯下身上阿拉伯人的衣服，紧接着又撕下呢斗篷，巨大的类人猿丑陋面孔和毛茸茸的身体一览无余地暴露在女人眼前。简·克莱顿瞬间惊恐万分，吓得直打哆嗦。

简·克莱顿被吓得毛骨悚然，尖叫着昏了过去。隐匿在灌木丛中的狮子，贪婪地盯着那对伙伴，舔了舔自己肥厚的嘴唇。

泰山进入艾哈迈德·泽克的帐篷后，彻彻底底地搜查了一遍，整个帐篷被翻了个底儿朝天。他把床撕成碎片，把箱子和袋子里的东西全都撒在地板上。视线所及之处几乎全都搜了一遍，没有放过帐篷里任何角落；但是，并没有找到一个小皮袋和漂亮的鹅卵石。

最后，泰山叹了口气，看来宝石没落在艾哈迈德·泽克手里，除非是这阿拉伯人自己带在了身上。之后泰山决定先去救那个牵肠挂肚的女人，然后再进一步寻找宝石。

泰山示意查克跟着他，他们从帐篷里大摇大摆地走出来，就像进来时一样，漫不经心。然后大胆地穿过村庄，直奔囚禁简·克莱顿的那间小屋。

泰山惊奇地发现塔格莱不见了，他原以为塔格莱一直在艾哈迈德·泽克的帐篷外等候，可此刻却不见踪迹；但是，泰山早习惯了这猿猴的不靠谱，心想指不定又被什么玩意儿吸引住了，所以丝毫没有注意到那怪戾同伴的背叛。泰山认为只要他不破坏自己的计划就可以，才不会介意塔格莱到底跑到哪儿去了呢。

泰山走近那间小屋时，马上注意到有一群人聚集在门口。他看得出来，那群人都非常恐慌；并且，泰山担心在这么多人面前，查克很可能会露出马脚，暴露真实身份，所以便告诉猿猴到村子另一头去，在那里等着他。

查克躲在黑影里，步履蹒跚地走了，泰山也从小屋门前大胆地走向叽叽喳喳的人群。他与黑人、阿拉伯人混在一起，兴致勃勃地观望着，想了解到底发生了什么。但由于泰山迫切想知道究竟怎么了，所以忽略了人群中只有他一人拿着矛，背着弓和箭，因此很可能成为众人怀疑的对象。

泰山挤过人群，向门口走去，眼看就要到门口了，忽然一个阿拉伯人把手搭在他的肩膀上，大声喝道："你是谁？"同时用力扯掉了他脸上的头巾。

泰山在他一直以来的野蛮生活中，从不习惯与对手争论不休。自我保护的方法和技巧有很多，但解释并不是其中之一，他没有浪费宝贵的时间试图说服阿拉伯人，他并不是披着羊皮的狼。相反，这个扯掉头巾的阿拉伯人话音还未落，泰山就一把掐住他的喉咙，把他从一边狠狠甩到另一边，当做肉盾，推开那些准备冲过来的人。

泰山把那个阿拉伯人当作武器抛出去后，迅速走向门口，冲进屋里。他一眼扫视了整个房间，可屋子竟是空的，紧接着他的嗅觉也迅速发挥了作用，是塔格莱，这里竟有塔格莱的气味。泰山发出一声低沉恐怖的咆哮。那些堵在门口正迫不及待冲进去想抓他的人们，听到这可怕的咆哮声全都怔住了，迅速退了回去。

他们吓得目瞪口呆，面面相觑。这群人手忙脚乱，有一个人独自走进了小屋，但他的耳朵却听到了野兽的声音。这意味着什么？难不成是有一头狮子或一只猎豹在屋子里？

泰山迅速发现了屋顶上的缺口，那个塔格莱掉下来砸出的大洞。他猜想这一定是塔格莱闯的祸，他要么是从这口子里跳进来的，要么就是通过这儿离开的。当阿拉伯人还在门口惊恐、犹豫时，泰山像只猫一样，麻利地跳了起来，一把抓住墙顶，爬上去，跳到小屋后面的空地，离开了。

阿拉伯人终于鼓足勇气走进小屋，他们对着墙面乱射一通，可最后发现里面空无一人。而这时，泰山已经在村庄的另一头寻找查克；但只可惜，这只猿猴也无处可寻了。

塔格莱抢走了他日日挂念的女人，查克抛弃了自己，那袋小石头也至今下落不明。愤怒的泰山长吼一声，爬上栅栏，消失在黑暗的丛林中。

泰山必须放弃搜寻他的小皮袋，如果现在潜回阿拉伯人的阵营，无疑是自我毁灭。村子里所有士兵都被惊动了，每个人都神经紧绷，处于高度警戒状态。

泰山逃离村子时，就闻不到塔格莱身上的气味了。现在，他在森林里又兜了一圈，努力找回这种气味，好再次追上去。

查克原本一直待在原地等待泰山，直到传来阿拉伯人的尖叫声和"砰砰"的枪声，刺激了他敏感的神经，查克感到恐怖极了，毕竟所有猿类都非常害怕人类的毛瑟枪。之后，他迅速越过栅栏，用力扯掉面前的头巾，逃到丛林深处，一边跑一边骂骂咧咧地抱怨。

泰山急匆匆地在丛林中窜来窜去，寻找塔格莱和女人的下落。在他前面月光照亮的一块小空地上，那只大猿猴正弯着身子伏在女人身上。他疯狂地撕扯着束缚她脚踝和手腕的镣铐，对着绳子又撕又咬。

泰山就在他们右边,只隔了一小段距离。虽然泰山仍然没看到他们,但恰好有一股风从那边吹来,那股浓烈熟悉的气味扑鼻而来。

再过一会儿,简·克莱顿也许就安全了;但是命运实在太残酷——风向突转,向另一个方向吹了过去,这股浓烈的气味把泰山带到了女人相反的方向。

Chapter 18

珠宝之战

泰山一直追到黎明，才恍然大悟，这次追踪似乎一无所获，塔格莱身上的气味再次消失了，可即便这样，他也认为一定能找到他们，只是早晚的事儿。泰山想吃点东西，小睡一会儿，然后再重新出发。丛林确实广阔无垠，不过泰山的经验和技巧也是极其丰富的。塔格莱可能走得很远了，但泰山最终还是会找到他，就算必须在广阔的森林里一棵树、一棵树地寻找，也一定要找到他。

泰山嘴里嘟嘟囔囔，自言自语，打算先填饱肚子再说，他紧紧跟着那只不幸的小鹿。一直沿着这条小径向东走，走了半个小时左右。突然，令泰山惊讶的是，小鹿突然掉头，沿着狭窄的道路疯狂冲了过来。

泰山原本一直沿着小路走着，看到突然冲来的小鹿，迅速跳到一旁隐蔽的树丛里。小鹿还没有意识到这儿有个敌人，泰山蹲在树上，静静等待猎物到来。

泰山压根儿不知道，也毫不在意，到底是什么把小鹿吓得慌慌张张地逃跑，可能是狮子，又或许是黑豹；但这些对泰山来说都无关紧要——他现在只想捕获这只小鹿填饱肚子。

于是，飞奔而来的小鹿，直接坠入了死亡的深渊。泰山转过身，背对着渐渐逼近的猎物。然后俯身屈膝，在小径旁轻轻摇曳的树枝上仔细听着小鹿跑来的声音。

没一会儿，小鹿冲了过来，从树枝下一闪闪过，就在那一瞬间，泰山迅速向其背部跳下来，用尽全身力气把它压在地上。小鹿努力挣脱，一次又一次向前爬，但这一切都是徒劳的，泰山强健的肌肉总是一把把它拖回来，最后狠狠扭断了它的脖子。

这场杀戮很快便结束了，而泰山之后也同样麻利，他心想，谁知道刚刚是什么样的猛兽在身后追杀小鹿呢，吓得它撒腿就跑，还是要谨慎一些啊。

猎物的脖子几乎被折断了，泰山把它搭在肩上。过了一会儿，泰山跳上路旁的大树，坐了下来，敏锐的灰色眼睛，四处扫视着小鹿逃跑的小路。

小鹿恐惧的原因渐渐明晰了，没一会儿，泰山就听到不远处传来一阵"嗒嗒"的马蹄声，毫无疑问是一队骑兵。泰山拖着美味的猎物，向上爬了爬，舒舒服服地躺在大树的枝杈上，在那里他仍可以清晰地看到下面的小路。泰山从鹿的腰部切下一块多汁的肉排，一颗颗巨大洁白的牙齿深深埋在温热肥美的肉块里，美美地享受自己凭威力和"智慧"赢得的果实。

泰山一边狼吞虎咽，一边观察着身下这条小路。那匹领头马从弯弯曲曲的小路上走来，他马上注意到下面的动静，一个接一个打量着走过的骑手。

忽然，泰山两眼一瞪，他认出了队伍中的一个人。但之前受过的教育告诉他，一定要控制好自己的情绪，所以他并没有什么大变化，更不用说任何歇斯底里的示威了，这些不明智的行为很可能会暴露自己，所以他极力压制自己内心深处的激动之情。

沃泊尔骑着马晃晃悠悠地向前走着，同身前身后的阿比西尼亚人一样，丝毫没有意识到头顶上泰山的存在。而他坐在上面仔细盯着比利时人，努力搜寻被他偷走的皮袋子。

当阿比西尼亚人向南行进时，一个巨大的身影在他们足迹上方盘旋——一个高大魁梧、赤身裸体的白人，扛着一头血淋淋的小鹿。因为对泰山来说，如果要尾随比利时人，可能就不会再有机会打猎了，那就必须储备好粮食。

把沃泊尔从全副武装的骑兵中抓出来不是易事，即使是凶猛无比的泰山也不敢冒失地冲下去，他很清楚行走在荒野中，必须时刻保持谨慎，更何况下面的人都带着枪呢。

于是，当阿比西尼亚人和比利时人向南进军时，泰山就耐着性子穿越丛林，默默地跟着他们。

两天后，他们越过一座山峰，到达了一个平原。泰山记得这个平原，这个平原唤起了他脑海里一些模糊的记忆，那是一种说不清的渴望。骑兵们骑着马在平原上稳步前行，泰山和他们保持一个安全距离，利用草丛作掩护，蹑手蹑脚地跟着这群人。

阿比西尼亚人停在一片烧焦的木头堆旁边，泰山马上在附近的灌木丛里偷偷摸摸地躲起来，瞪大眼睛看着他们。他看见这群人在地上挖来挖去，马上想到他们是不是曾经把肉藏在这里，现在回来取了。之后泰山回想起他是如何把漂亮的鹅卵石埋起来的，也想起来是什么原因促使自己选择把它埋在地下的。之后忽然反应过来，这些人正在挖掘黑人们埋在这里的东西！

不久，泰山看到他们挖出了一堆蒙着一层沙土的黄色物体，沃泊尔和阿卜杜勒·穆拉克看到这些脏兮兮的东西后乐得合不拢嘴。他们一个接一个地挖出许多相似的东西，都是一样的形状，一样的颜色。最后，他们把这些东西搬出来堆在地上。阿卜杜勒·穆拉克轻轻抚摸着一个个黄色的东西，一脸贪婪地盯着它们，看了一遍又一遍。

泰山凝视着这些黄东西，脑子里似乎有什么东西在翻滚。他以前在哪里见过这些黄色物体？它们是什么呢？为什么这些大猿会如此垂涎于这些东西？它们原本又属于谁呢？

泰山慢慢回想起那些将金子埋起来的黑人。没错，这些东西一定是他们的。沃泊尔想偷走它们，就像偷走泰山的小鹅卵石一样。想到这儿，泰山便怒气冲天，眼睛里闪烁着愤怒的火光。他真想知道黑人村子在哪，去那里找到黑人，带领他们对付这些小偷！

就在泰山低头沉思之时，另一群人从平原边缘的森林中走出来，朝着庄园的废墟走去。

阿卜杜勒·穆拉克总是很警惕，他第一个看到这群人，但是他们已经在半路上了。阿卜杜勒·穆拉克马上命令战士们上马，做好应战的准备，在非洲的这片中心地带，谁能说得准陌生的来访者是敌是友呢？

沃泊尔摇摇晃晃地坐到马鞍上，眼睛直勾勾地盯着新来的人。之后，忽然脸色苍白，颤抖着转向阿卜杜勒·穆拉克。

沃泊尔压着嗓子说："是艾哈迈德·泽克和他的部下，他们是来取黄金的！"

就在这时，艾哈迈德·泽克看到了不远处那堆黄灿灿的金锭子，他马上意识到自己担心的事情发生了！阿拉伯人的目光马上转向废墟旁的那队人马。果然有人抢先一步——有人为了夺取宝藏，赶在他前面到达庄园了！

阿拉伯人按捺不住心中的怒火,愤怒到了极点。最近的一切都对他十分不利。起初,他失去了比利时人手里的宝石;之后,又痛失了英国女人;现在,竟然又有人来抢他的宝藏!艾哈迈德·泽克原本以为这里很安全,没想到竟然还会有其他人知道这个秘密!

艾哈迈德·泽克并不在乎窃贼是谁,不管是谁都要奋力一搏,绝不能不战而败放弃黄金,这一点是毋庸置疑的。他高声呐喊,下令一冲到底!艾哈迈德·泽克策马飞奔,冲向阿卜杜勒·穆拉克。在他身后,一群冷酷无情的将士举起他们的长枪,在头顶上奋力挥舞着,叫喊着。

阿卜杜勒·穆拉克也毫不示弱,瞄准敌人发射,前排的阿拉伯人迅速倒下了,但后面的阿拉伯人并未犹豫,迅速冲上来,一时间枪剑齐上,冲锋陷阵。

战争一开始,艾哈迈德·泽克就看到了人群中的沃泊尔,径直朝他奔来。沃泊尔一看大事不妙,迅速调转马头,疯了似的逃窜。艾哈迈德·泽克大喊一声,命令中尉,带领大家马上干掉这群阿比西尼亚人,然后把金子带回营地。而他自己则在平原上狂奔,去追比利时人,在邪恶本性的驱使之下,阿拉伯人是不会放弃复仇的,即使是冒着牺牲宝藏的危险。

艾哈迈德·泽克和沃泊尔疯狂地向远处的丛林奔去,而他们身后正展开着血腥的战斗。无论是凶残的阿比西尼亚人,还是野蛮的艾哈迈德·泽克部下,没有一个人来得及过问这两个人的去向,双方都打得热火朝天。

泰山在隐蔽的灌木丛中目睹了这场战争,眼前打得是如此激烈,恐怕很难脱身去追沃泊尔。

阿比西尼亚人绕成了一个圆形矩阵,把泰山藏匿的灌木丛和周围骑马奔驰不断呼喊的阿拉伯人全都围了起来,将士们冲锋陷阵,握着利剑疯狂厮杀。

从数量上来看,艾哈迈德·泽克的队伍似乎更胜一筹,虽然进程较慢,但毫无疑问,阿比西尼亚人的士兵被渐渐消灭了。对泰山来说,结果并不重要,他站在这里只有一个目的——那便是赶快逃离这血腥的战场,去追踪比利时人和他的小皮袋。

泰山在捕猎时看到沃泊尔那一刹那,还以为自己眼睛花了,他一直以为那个小偷早被狮子杀死吃了;但是在之后尾随的两天里,他始终注视着比利时人。之后,泰山不再怀疑这个人的身份,他就是沃泊尔!

泰山蜷缩在杂乱的灌木丛中,这里曾是他妻子悉心培育的灌木,可惜泰山什么都想不起来了。一名阿拉伯人和一名阿比西尼亚人在他面前舞刀弄剑,凶猛地向对方砍去。

阿拉伯人一步步击退了对手,受害者战马的马蹄差点踏在泰山身上。之后,阿拉伯人砍断了黑武士的头颅,尸体差点倒在泰山身上。

阿比西尼亚人从马鞍上滚下来时,泰山马上一跃而起,在受惊的野马还没回过神儿逃跑前,迅速骑在了它的背上。强有力地一把抓住缰绳,阿拉伯人瞬间目瞪口呆,他看到刚刚死去战士的马鞍上重新出现了一个敌人,这是怎么回事?

阿拉伯人惊讶地回过神儿来,这不是刚才那个人!泰山手里并没有利剑,背上还背着长矛和弓剪。阿拉伯人举起手中的剑刺向这个冒昧的陌生人,他瞄准了泰山的头,泰山一闪,躲过了攻击,这对他来说毫无杀伤力。之后,阿拉伯人感觉到另一匹马在靠近自己,有东西一直在他腿上蹭来蹭去,忽然,一只巨大的胳膊伸出来绕住他的腰,还没等他反应过来,就被敌人从马鞍上拽了下来,泰山把他当做人肉盾高高举起,在他同伴的包围中杀出一条血路,

珠宝之战 | 149

突破重围。

之后,泰山把阿拉伯人扔在人群身后的空地上,飞奔着穿过平原,朝森林另一边奔去。

激烈的战争持续了大概一个小时,直到阿比西尼亚人死的死逃的逃,这场战争才真正结束。阿比西尼亚人中有几个人逃脱了,其中就有首领阿卜杜勒·穆拉克。

大获全胜的阿拉伯人霸占了阿比西尼亚人挖出来的金锭子,此刻正等着他们的领袖归来。突然一个巨大的身影一闪而过,打断了他们手舞足蹈的喜悦。因为眼前出现了一个裸体白人骑着敌人的战马疾驰而去,手里还举着自己的同伴,全部人都惊呆了,嘴里碎碎念、谈论着白人超人的力量。他们中没有一个人熟悉"人猿泰山"这个名字,也不了解他那威震四海的名声。但事实上,他们还是认出了这个白色巨人就是丛林中那个凶残的敌人,阿拉伯人的恐惧感急剧增加,因为他们一直十分确定泰山已经在丛林里被枪杀了。

阿拉伯人自然而然地开始迷信,相信他们看到了死人的鬼魂,目光中充满了恐惧,期待着鬼魂可以早日回到那个废墟,回到他前阵子被袭击的家园。除此之外,这些阿拉伯人胆战心惊,窃窃私语,如果泰山回来发现他们夺走了他的金子,他一定会施加报复,前来复仇。

阿拉伯人越说越害怕,心中的恐惧感直线上升。而此时,河流下游的芦苇中,有一群赤身裸体的黑人战士隐藏在那里,注视着他们的一举一动。这些黑人从河对面的高地上听到了战火声,马上赶来。他们小心翼翼地走到河流边,蹚过小河,穿过芦苇丛,找到一个合适的位置隐匿起来,在这里,他们能够监视双方士兵的一举一动。

阿拉伯人们等待着艾哈迈德·泽克归来,一直等了半个多小时,可还不见人影儿。泰山鬼魂突然出没,这件事情一直萦绕在阿拉伯人心头,心中的恐惧不断瓦解他们对首领的忠诚与恐惧。最后,其中一人说出了所有人的愿望,他说不如骑马到森林里去寻找艾哈迈德·泽克吧。

"金子放在这里是安全的,"一个阿拉伯人喊道,"大家放心,我们已经杀光了阿比西尼亚人,现在没有其他人能把金锭子带走。我们一起骑马去找艾哈迈德·泽克吧!"之后大家没有一丝迟疑,立刻跳上马背,出发了。

过了一会儿,阿拉伯人疯狂地驰骋在平原上,消失于滚滚尘土中。一群黑人战士从河边芦苇丛的藏身之处爬出来,径直奔向那堆金锭子。

沃泊尔到达森林时,暂且是安全的,他甩开了艾哈迈德·泽克一段距离。但是阿拉伯人骑得很快,很快就赶上了他。蜿蜒狭窄的小路后面有一个恐怖的敌人穷追不舍,比利时人拼了命地向前跑。

沃泊尔听到身后艾哈迈德·泽克不住地大喊:"站住!站住!"但他毫不理睬,骑在气喘吁吁的马背上,对着流血的马腹两侧狠狠地踢了两脚,加速前进。往前走了两百码,一条折断了的树枝横在小路上。这对一匹马来说是一件再普通不过的小事儿了,马儿完全不在意它的存在;但此刻,他的马已经疲惫不堪,双脚沉重且倦怠,当树枝夹住马的前腿时,它一下绊倒了,狠狠地栽在地上。由于长期奔波,战马无法恢复体力,四仰八叉地躺在小路上,再也没有站起来。

沃泊尔从战马头部被甩了出去,向外滚了几码,之后,他连滚带爬地跑到马蹄边。死死抓住缰绳,努力拖着这野马让它站起

珠宝之战 | 151

来；但是这匹马不愿也没法再站起来，当比利时人咒骂并袭击它时，艾哈迈德·泽克出现了。

比利时人立刻停止了对这垂死野马所做的一切努力，他抓住步枪，整个人躲在受伤的野马后面，向即将到来的阿拉伯人开火。

沃泊尔子弹打得很低，击中了艾哈迈德·泽克马的前身，阿拉伯人马上停在了一百码外的位置，此时，沃泊尔正准备发射第二枪。

阿拉伯人从马背上跳下来，岔开腿站在地上，他看到比利时人隐藏在倒下的马匹后，占据了有利的战略地位，他马上效仿，躲在自己的战马后面，采取同样的策略。

两个人躲在各自的战马后面，交替不绝地互相射击，互相咒骂，而在阿拉伯人身后，泰山已经渐渐靠近森林边缘。他听到了一阵阵时有时无的枪战声，所以泰山决定放弃这个不确定还能跑多远的小马驹，转而选择更安全、更快捷的"林荫大道"，跳到树上的枝杈上继续前进。

泰山很快跑到了这条小路的一旁，在那里，他可以安全地俯视着这两个人相互的厮杀。两个人躲在各自的战马后，相互在马儿胸膛处微微抬起身，探出头，马上向对方发射子弹，然后迅速趴下，躲在这匹"避难所"后面，之后，又重新装上子弹，再探出头……不断重复着这个过程。

沃泊尔的弹药很少，这些弹药是在刚刚平原上战争爆发时，从阿卜杜勒·穆拉克第一个倒下的士兵身上临时取下来的。现在，他意识到，不久后就会耗尽最后一颗子弹，到时候只能任凭阿拉伯人摆布了——这种逆来顺受的滋味他再熟悉不过了。

面对即将到来的死亡及财富被肆意掠夺的威胁，比利时人绞尽脑汁，脑子里冒出一个又一个逃跑计划，而唯一一个值得尝试，或许有一线生机逃过此劫的办法就是能够找机会贿赂艾哈迈德·泽克。

沃泊尔用光了所有子弹,手里仅剩下最后一颗,趁着短暂的休战,他向对手大声呼喊。

"艾哈迈德·泽克,如果继续这愚蠢的战斗,只有真主安拉才知道,今天我们中的谁会把对方的尸骨留在这条小路上!你最想要得到我腰间的宝石,而我更渴望我的生命和自由,对我来说这些比珠宝重要得多。听我说,现在就让我们各退一步,各取所需,一起走向和平之路吧。我把这装宝石的小皮袋放在马的尸体上,你可以轻而易举地看到它;反过来,你也要把枪放在你的马上,背对着我。之后,我马上离开,把这袋珠宝留给你,你放我安全离开。艾哈迈德·泽克,我只想要生命和自由。"

阿拉伯人默默地想了一会儿,然后做出了回答。他的回答受到了目前处境的影响,因为艾哈迈德·泽克也只剩下最后一颗子弹了。

"我同意,今天就饶你一条狗命,你走吧,"艾哈迈德·泽克大声咆哮着,"把皮袋放在最显眼的地方。看!我把枪放下了,也背对你了,你走吧。"

沃泊尔从腰间取下鼓囊囊的小皮袋,依依不舍地摸着袋子里棱角分明的宝石。啊,如果能从中取出一点宝石来该多好啊!但是,艾哈迈德·泽克就站在那里,他那鹰一般带厉钩的双眼死死盯着比利时人,一清二楚地看着他的一举一动。沃泊尔感到非常遗憾,他把皮袋原封不动地放在马背上,然后拿起步枪,慢慢地沿着小路向后退,迅速退到一个拐弯处,成功地躲过了阿拉伯人的视线。

即使是这样,艾哈迈德·泽克也没有立刻追上去,因为他担心自己追上去后陷入困境,遭到比利时人的暗算。他的怀疑也不是毫无根据的，因为这位狡猾的比利时人刚从阿拉伯人的视野中走出来，就停在一棵大树后面，站在那里，沃泊尔仍然可以看到他的战马和小皮袋，之后举起步枪，对准那个重要位置，这可是上前拿宝石的必经之地。

但艾哈迈德·泽克并不是一个蠢货，他绝不会把自己暴露在一个无耻的盗贼和杀人犯面前。他带上自己的长枪，绕开小路，走进茂密的草丛中，趴在地上，用手和膝盖撑着慢慢地向前爬，一刻也没暴露在刺客的步枪下。艾哈迈德·泽克奋力前进，一直爬到敌人死马尸体对面。袋子就在小路不远处的马背上，在阿拉伯人视线之内。沃泊尔神经紧绷，焦急地等待着，整个人越来越不耐烦，他想知道为什么阿拉伯人还没有来索取自己的报酬。

不久，沃泊尔突然看到一个步枪的枪口神秘地出现在皮袋子上方几英寸的地方。在他意识到这是阿拉伯人狡猾的诡计前，艾哈迈德·泽克已经用自己的武器巧妙地勾住了皮囊的带子。紧接着，枪口迅速从他的视野转向小路一旁浓密的树叶中。

不一会儿，阿拉伯人便暴露了，沃泊尔看到了他的身体，不过仅仅有一平方英寸那么大块儿。沃泊尔根本不敢开枪，因为他不能保证这一发子弹可以百分百击中艾哈迈德·泽克。

艾哈迈德·泽克从丛林中撤退了几步后，咯咯地笑了。因为他确定，沃泊尔一定在附近等待机会射击，他非常笃定这小人没走，就仿佛他的眼睛已经穿透丛林看到比利时人藏匿的身影，看到他躲在树干后面全神贯注地抵着枪一样。

沃泊尔不敢向前迈出一步——他不知道艾哈迈德·泽克也没子弹了，所以一动不动地站在那里，手里紧紧握着步枪，眼睛盯着前面的小路，紧张得像只受惊的小猫。

但是，这幽暗的丛林中还有一个人看见了这个小袋子并认出了它，泰山在艾哈迈德·泽克头顶上方盘旋，紧紧跟着阿拉伯人，一起向前走，没有发出一丝声响。至于阿拉伯人，他发现前面的灌木丛越来越稀疏，便打算先停下来，打开袋子看看里面那些亮晶晶的宝石，想着想着便发出一阵窃笑。而泰山也停了下来，低下头直勾勾地盯着这袋宝石。

艾哈迈德·泽克舔了舔薄薄的嘴唇，吧唧吧唧嘴，然后轻轻地松开了绑在皮袋上的绳子，用一只手托住袋子，小心翼翼地倒出一部分宝石，倒在手掌上。艾哈迈德·泽克看了一眼手里的石头，便眯缝着眼睛，开始愤怒地咒骂，轻蔑地把这些小物件扔在地上。之后，他迅速把袋子里的东西全部倒出来，认认真真地扫视了每一块石头，然后把它们全部摔在地上，狠狠地踩了一脚，阿拉伯人破口大骂，脸上的肌肉不断抽搐，整个人像恶魔般狂怒不已，紧紧握着拳头，直到一个个指甲戳进血肉模糊的肉里。

泰山在上面惊奇地看着。他一直很好奇，很想知道皮袋里那些东西到底意味着什么！他很想看看阿拉伯人会用这些小石头做些什么，所以决定把袋子暂时留在阿拉伯人身边，以找到答案满足自己的好奇心，之后再扑向艾哈迈德·泽克，从他身上抢回小皮袋和漂亮的鹅卵石也不迟。可现在，泰山看到阿拉伯人把空袋子扔到一边，抓住他的长枪管气冲冲地走了，并且鬼鬼祟祟地穿过森林，沿着沃泊尔逃走的小径向前追去。

泰山看着艾哈迈德·泽克消失在他的视线后，便跳下来蹲在地上，用手捡起袋子里掉出来的小石头，当他第一眼看到散落的鹅卵石时，瞬间明白了阿拉伯人愤怒的原因，因为它们不是最初吸引泰山，并一直带在身上的那些闪闪发光的鹅卵石，而是一堆再普通不过的小石子。

Chapter 19

林中野兽

　　莫干比成功逃脱后，度过了一段艰难的时光。他走到了一个陌生的地方，找不到一滴水，食物也极其匮乏，在孤苦伶仃地流浪了几天后，他发现自己的力量日渐削弱，几乎一步都走不动了。

　　雪上加霜的是，他甚至没有足够的力气在夜间搭建简易的窝棚来躲避大型肉食动物的攻击，以保证自己的安全。白天，挖掘可食的树根和寻找水源也变得十分困难，这几乎耗尽他最后一丝体力。

　　一天，他在距离很远的地方，发现了几个死水潭，正是这几汪死水把他从死亡中救了回来；之后他跌跌撞撞地向前走，偶然间又发现一条河，河流旁硕果累累，结着各种各样的水果。

　　莫干比意识到前面还有很长一段路要走，还需要很久才能返回瓦兹瑞地区。所以他决定暂留此地，恢复恢复体力，等身体状况好些再继续上路。他知道，在这儿休息几天，身体一定会日渐强壮，并且他也很清楚若是拖着疲倦不堪、弱不禁风的身体坚持上路，也许就永远失去了重返瓦兹瑞的机会。

因此，莫干比围了一大圈荆棘护栏，在里面搭建了一个茅草屋，这样就可以在夜间安心入睡了。白天，莫干比可以在附近打打猎，捕杀一些小型肉食动物，补充能量，以便迅速恢复巨人般健壮的体格。

一天，莫干比外出打猎，从一棵树下走过时，一双凶狠的眼睛隐藏在大树的枝杈上。通红的双眼死死盯着黑人勇士，露出一副残暴多毛的面孔。

这双眼睛直勾勾地看着莫干比杀死了一只小型啮齿动物，然后他摇摇晃晃地盘旋在黑人上方，穿过森林，一路跟着他回到小屋。

树上庞大的怪物是查克，他好奇地看着毫无察觉的黑人，只是好奇而已，并没有任何厌恶不满的情绪。自从泰山给他穿过阿拉伯人的呢斗篷后，就激起了查克对"模仿"的渴望。此刻，类人猿满脑子想着怎样模仿大猿。尽管如此渴望，他还是把那个累赘的呢斗篷从身上扒下来扔得远远的，裹在身上实在太麻烦了，碍手碍脚的，实在没办法正常活动。

现在，查克开心极了，他看到这黑人穿的衣服很轻盈，并不是那么繁琐——一块腰布，几件铜制饰品和一件羽毛头饰。比起那种冗杂的长袍马褂，这些更符合查克的口味，即使穿着它们也可以很随意地在树枝或灌木丛中飞来荡去。

查克盯着莫干比吊在肩膀上的小皮袋，这小皮袋的带子很长，一直悬到屁股的位置，查克看着小皮袋在黑人屁股上晃来晃去，觉得好玩极了。袋子上装饰着羽毛和穗子，他幻想着自己也能把这个东西带在身上。于是，类人猿一直尾随莫干比，想伺机悄悄地把它偷过来。

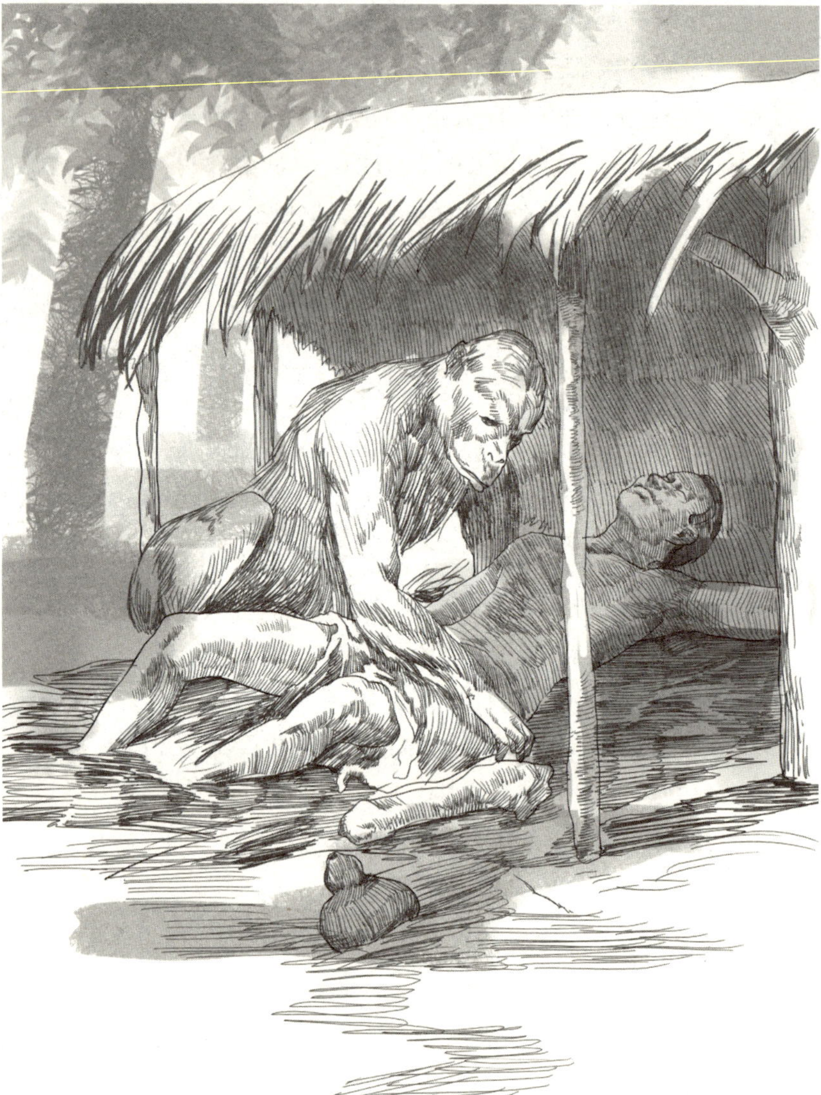

没过多久，机会就来了。白天，莫干比待在荆棘围栏里，很安逸也很安全。炎炎烈日下，他总是四仰八叉地躺在窝棚里睡觉。直到太阳落山，温度稍微低点后再出门找食物。

一个闷热的下午，查克站在大树上，看到黑人勇士昏昏沉沉地躺在窝棚里。之后，他兴奋地爬到附近的树枝上，"嗖"的一下跳进荆棘圈里。他利用自己特殊的丛林技能，解决了周围的树叶及草丛，它们并没有像平时那样沙沙作响；查克踮着脚慢慢走近黑人，没有发出一丝声响。

之后他站在黑人一旁，弯着腰仔仔细细地盯着他身旁的东西。尽管查克力大无穷，凶猛剽悍，但此刻脑子也是一片混沌，他不敢冒冒失失地挑起战争——这是一种潜在意识，是一种对人类奇怪的恐惧，即使是最强大的丛林生物也是如此。

若想不动声色地脱掉莫干比身上的腰布，简直是痴人说梦，来来回回折腾一定会把他吵醒的。目前看起来唯一能偷走的东西就是这根圆头棒子和黑人吊在肩膀上的小皮袋了。

查克心想这总比空着手回去好，于是一把抓住两个小玩意儿，撒腿就跑，急匆匆跳上刚才那棵树，穿过丛林逃跑了。查克全身上下每一根神经都表现出他害怕极了，他心中升起一股难以名状的恐惧感，那种与人类密切接触的恐惧感。若是受到人类攻击，查克失去理智被激怒，或者有其他类人猿在场帮助，查克都可以勇敢地面对人类，但是，刚刚只有他一个人——那完全是另外一回事儿——既没被激怒又没有任何帮手，所以查克内心十分恐惧。

莫干比一觉醒来，发现身上的小袋子不见了。他非常震惊，袋子怎么会不翼而飞呢？黑人勇士陷入深思，他开始回忆，之前躺下睡觉的时候，还把小袋子戴在身上呢——这一点确信无疑，莫干比记得很清楚，这袋东西硌到他的肋骨时，他也没有把它扯开扔到一边。没错,莫干比躺下睡觉的时候袋子就在身上,可它怎么忽然消失了呢?

莫干比疯狂地幻想着,是不是死去的战友或敌人的鬼魂飘回来了?不然打猎用的圆头棒子和小布袋怎么会不见了呢?正是这诡异的猜测才使莫干比发现东西不见后如此激动。但经过更加仔细严谨地排查后,摆在眼前的铁证,完美地解释了圆头棒子和小布袋消失的原因,打消了他所有迷信的幻想。

莫干比低着头,仔细观察,身边的草皮明显有被踩踏过的痕迹,上面留有一双巨大的、人一样的脚印,虽然不深,但仔细观察还是能捕捉到这些印迹。没错,有人来过!真相大白后,莫干比皱起眉头。他爬起来,在窝棚四周窜来窜去,仔细搜寻,看看还有没有什么蛛丝马迹。他爬到树上,想看看小偷是从什么方向逃跑的;但是,小心翼翼的查克只留下了一些零零星星极其微弱的痕迹,他一直都在树林中穿行,巧妙地躲过了莫干比的搜查。

通过这段时间的休养,莫干比体力渐渐恢复,精神状态也比以前好多了,他觉得是时候出发返回瓦兹瑞了。黑人勇士又重新找了一根棍棒,向河流反方向走去,一头扎进迷宫般神秘的丛林里。

丛林那头的塔格莱挣扎地撕扯简·克莱顿脚踝和手腕上的镣铐时,凶猛的狮子就躲在附近的灌木丛后注视着这两个人,慢慢向猎物逼近。

塔格莱一直背对着狮子,所以并没有看见一个巨大的脑袋从枝繁叶茂的草丛中探出来,狮子头部四周满是粗糙杂乱的鬃毛,可怕极了。塔格莱也不知道,背后的狮子正摩拳擦掌,两只强有力的后腿在黄褐色的肚皮下攒足了劲儿,准备突袭。塔格莱对即将到来的危险没有任何察觉,直到雄狮发出无法抑制的雷鸣般的咆哮,他才猛然发现身后的危险。

耳朵里的嘶吼声令塔格莱大吃一惊,他几乎没有回头,毫不犹豫地抛弃了地上失去知觉的女人,迅速向反方向逃走。但是塔格莱发现得太晚了,根本来不及逃跑,狮子猛地向前一扑,两只爪子结结实实地落在他宽阔的肩膀上。

就在塔格莱倒下的一瞬间,他心中一切的愤怒与凶残突然被唤醒,身体所有力量都服从于最强大的自然法则,即自我保护的法则。塔格莱转过身来,和可恶的肉食动物大干了一场,在这场殊死搏斗中毫不畏惧。那一刻,凶猛的狮子自己都为之一颤,开始担心这场恶战的结果。

塔格莱一把抓住狮子的鬃毛,发黄的獠牙深深埋进怪物的喉咙里,透过鲜血和毛发发出低沉的嘶吼。猿猴的咆哮声与狮子狂躁的怒吼混杂在一起,发出阵阵回响,打破了丛林里那一丝静谧。一些野生小动物瞬间从嬉闹中回过神儿来,恐惧地逃走了。

两个恶魔在草地上翻来覆去、撕扯搏斗,直到那狂躁的狮子,将后腿在其腹下猛蹬了一下,用尽全身力气将爪子深深扎进塔格莱的胸膛里。狮子在最后的挣扎中完成了逆袭,它看到生猛的对手血肉模糊,全身瘫软,终于松了口气。

狮子盯着自己脚下落败的敌人,之后迅速向四面八方张望,好像在寻找其他敌人的踪迹;但是,四周一片死寂,只有一个女人静静地躺在不远处。狮子将目光锁定在离它几步远的女人身上,之后又转过头把一只前爪放在塔格莱的尸体上,抬起头来,发出一声惊天动地的吼声,这吼声象征着野蛮的胜利。

过了一会儿,狮子站在原地,两眼恶狠狠地扫视眼前的空地,最后又将目光定格在女人身上。它喉咙里发出一声低沉的嘶吼,下颌一张一合,淌着口水,滴在塔格莱一动不动的脸上。

狮子两个黄绿色的眼珠子瞪得圆滚滚的,丝毫不眨巴一下。

林中野兽 | 161

可怕的双眼直勾勾地盯着简·克莱顿。雄狮挺拔傲岸的身姿突然蜷缩起来，露出阴险的面孔，踮着脚就像踩在鸡蛋上一般小心翼翼，野兽带着它魔鬼的面孔缓慢而轻柔地向简·克莱顿走去。

仁慈的命运使简·克莱顿免受恐惧的侵扰，她没有任何意识，没有任何紧张与不安，昏昏沉沉地躺在地上。她不知道狮子什么时候开始站在自己身边的；雄狮张大鼻孔使劲儿闻她身上的气味时，她也没有听到它嗅来嗅去的声音；她没有感觉到脸上散发出恶臭的热气，也没有感觉到从可怕的下颚滴落下来的口水离自己竟如此之近。

狮子抬起前爪，把女人翻了个身，之后又站起来，认真地盯着她看，似乎是在确认这女人到底是生是死。忽然，附近丛林里传来一些噪声，还夹杂着一丝特殊的气味，狮子马上注意到这些轻微的变化，它的眼睛没有再回到简·克莱顿身上。不久它就走开了，走到塔格莱的尸体旁，蹲下来，背对着那女人，把这只猿猴吃掉了。

就在这时，简·克莱顿慢慢睁开了双眼。她对这些丛林里的危险早已司空见惯，在恢复意识、看到这惊人的一幕时，她努力压抑内心的恐惧，保持镇定。她既没有大喊大叫，也没有抖动抽搐，直到看清视野范围内的每一处细节。

简·克莱顿看到狮子杀死了类人猿，现在在离她不到五十英尺的地方大口大口吞食着猎物；但是她又能做什么呢？她的手脚被束缚了，所以只能耐心地等待，直到雄狮把那猿猴吃光，等它消化完了，一定还会回到简·克莱顿身旁，这一点是毫无疑问的。除非，在这期间，有可怕的鬣狗冲过来，扑向简·克莱顿，或者其他一些在丛林中觅食的肉食动物冲过来。

简·克莱顿满脑子都是那些恐怖的画面，饱受折磨。忽然，她意识到手腕和脚踝上的镣铐不再束缚自己，没有任何捆绑的疼痛感了。然后她发现双手不再是捆在背上，而是自然分开，安然无恙地放在身体两侧。

简·克莱顿惊讶极了，她试着动了动手。天啊，奇迹竟然发生了？简·克莱顿这才肯定自己没被捆绑着。她悄悄地、无声无息地挪动着四肢。自由的，她发现自己整个人都是自由的！可简·克莱顿苦思冥想，依然想不通为什么会这样。是塔格莱，在他受到雄狮惊吓前，一直为了自己的邪恶目的而疯狂地撕扯简·克莱顿身上的镣铐，把它们全都砍断了。

一时间，简·克莱顿沉浸在欢乐和感恩之中，但这只是暂时的。这重获的自由，在近在咫尺凶狠无比的野兽面前又有什么用呢？如果是在不同的条件下，可以重获自由，那她一定会十分开心，好好把握这个机会；可现在，即使重获自由，她也几乎不可能顺利逃脱。

距简·克莱顿最近的一棵树在一百英尺以外，可她距狮子不到五十英尺。要想顺利爬到那棵安全的大树上，简直是白日做梦。毫无疑问，狮子一定会从中阻挠，它绝不会白白放弃这顿免费的午餐，不可能让她轻轻松松逃走。当然，还有另一种可能——这完全取决于巨兽那令人捉摸不透的脾气秉性。

若是雄狮已经吃得饱饱的，肚子都快胀开了，也许会无动于衷地看着女人离开；可是，简·克莱顿能赌得起这种几乎不可能发生的"一丝意外"吗？这一点她自己都十分怀疑。但另一方面，她也不愿放弃这渺茫的机会，毕竟是一线生机啊！

简·克莱顿仔细地观察狮子，雄狮并没有回头，所以也看不到她的一举一动。她想出了一个计谋，打算试一试。简·克莱顿远离狮子，默默地向离她最近的那棵树滚去，之后她停下来，再

林中野兽 | 163

次一动不动地躺在离狮子几英尺远的地方。

简·克莱顿屏气凝神,静静地躺在那里仔细观察雄狮;但野兽似乎并没察觉到身后的变化,没有任何反应。简·克莱顿鼓起勇气,翻了个身又向前翻滚,停下后又一动不动地躺在那里,凝望着野兽的背影。

简·克莱顿神经紧绷,一次又一次尝试,利用这个战术不断靠近大树,但狮子显然没有意识到它的另一个猎物正在逃跑。不久后,简·克莱顿离大树只有几步远,距离已经非常近了,可以抓住机会,大胆一跳爬到树上。她压抑着内心紧张不安的情绪,鼓起勇气再次翻身向前滚动,打算到达离大树更近的位置。当她翻身向前滚动时,狮子突然转过头来,眼睛直勾勾地盯着她。它看到女人从自己身边滚过,这时简·克莱顿也停下来了,她扭头望向狮子时,发现凶猛的怪兽正一动不动地盯着她,瞬间心跳加速、汗毛竖立,每一个毛孔都渗出冷汗。她绝望地意识到死亡之神渐渐逼近,此刻已是生命的尽头!

说来也奇怪,女人和狮子都纹丝不动,一直待了很长时间。野兽把头靠在肩膀上,一动不动地趴在地上,圆鼓鼓的眼睛盯着离它五十码远的猎物,简·克莱顿整个人僵硬地躺在地上,也同样看着残暴的野兽,大气都不敢喘一下,更别说四处乱动了。

过了一会儿,雄狮故意回到它那残羹冷炙旁边,但是它那敏锐的双耳依然时刻警惕着,阴险地听着身后女人的一举一动。简·克莱顿敏感的神经几乎要崩断了,全身瑟瑟发抖,她难以控制内心的压抑,甚至抑制不住地想要尖叫。

简·克莱顿意识到她不能再翻身滚动了,这可能会马上吸引狮子的注意,引来杀身之祸。她决定孤注一掷,最后试一次,努力爬上树,爬到低矮的树枝间。

简·克莱顿躺在地上,默默地积聚全身力气,然后猛然跳起,但狮子也几乎同时张牙舞爪地跳起来,喉咙里发出低沉的吼声,迅速扑向女人。

那些一生都在非洲狩猎的凶猛的肉食动物会告诉你,世界上几乎没有其他生物能比狮子跑得还快。对于凶猛的狮子来说,这种短距离奔跑的速度,和一个巨大的火车头全速前进时一样。所以,尽管简·克莱顿相对大树的距离较短,但在狮子惊人的速度面前,她成功逃脱的可能性几乎为零。

然而,莫大的恐惧竟创造了奇迹,虽然狮子已经快要扑到树上,前爪马上就要抓住简·克莱顿的靴子,可简·克莱顿却成功躲开了它的魔爪。狮子再次向女人扑上去时,简·克莱顿已经滋溜滋溜向上爬到它够不到的树枝上了。

雄狮气急败坏地在树下踱来踱去,仰天长吼;而简·克莱顿蜷缩着身子,吓得出了一身冷汗,气喘吁吁地窝在树枝上颤抖着。可算是逃过一劫!过度劳累、心惊肉跳的状态下,简·克莱顿再也不敢跳下去游荡在这阴森可怕的丛林里了,她心里清楚地知道穿过这个丛林到瓦兹瑞是多么危险!

傍晚时分,狮子终于离开了。那只被撕碎的猿猴的残骸依然杵在小路上,并没有马上被一群鬣狗围攻啃食。面对即将到来的深夜,简·克莱顿丝毫不敢轻举妄动,只能尽自己最大努力,伏在树枝上无聊地等待着,等待着黎明的到来。也许天亮后,她还有逃离这恐怖魔爪的可能。

劳顿与疲惫最终克服了她的恐惧,简·克莱顿靠在树干上,虽然不是很舒服,但相对来说还算安全,就这样慢慢进入沉睡状态。

简·克莱顿醒来时,太阳早已升得很高了,她低头看了看,并没有狮子和鬣狗出没。但那只猿猴的骨头已被剔得干干净净,

林中野兽 | 165

散落在地上，这说明几个小时前看似祥和平静的树下一定发生了一场动荡。

现在，简·克莱顿又渴又饿，肚子一直咕咕作响，整个人备受折磨。她意识到再不下去找食物真的会饿死在树上。最终，简·克莱顿鼓起勇气，跳下大树，重新踏上丛林之旅。

简·克莱顿从树上跳下来后，朝南走去，她相信南边就是瓦兹瑞平原。尽管她知道，曾经幸福的家园已经毁于一旦，如今只剩下一片废墟与无尽的荒凉，但还是希望越过广阔的平原，最终可以到达众多分散在其他地区周围的瓦兹瑞村庄，或者可以在路上偶然遇到那些不知疲倦的猎人们。

接近晌午时，远处传来一声枪响，简·克莱顿大吃一惊，她马上停下脚步，之后，"砰、砰"的枪声不绝于耳。这意味着什么呢？她脑海中浮现的第一幅画面就是阿拉伯侵略者与瓦兹瑞战士双方搏斗交火的场景；但是她并不清楚到底哪一方才能获胜，也不清楚身后到底是朋友还是敌人，所以她不敢走近，绝不能暴露自己，让敌人有机可乘。

简·克莱顿静静听了几分钟后，耳边传来的并不是嘈杂混乱的轰鸣声，她觉察到身后应该只有两三支步枪在战斗。

几经犹豫后，简·克莱顿还是决定不碰运气，不想再冒险靠近了。她爬到小径旁边大树隐蔽的叶子里，躲在那里屏住呼吸，静静地等待着可能出现的人。

枪声一响，简·克莱顿就听到男人的声音，虽然她听不清楚他们在说什么。之后，枪声停止后，她又听到两个人大声呼喊对方。然后又是一片静默，前面小路上的脚步声也渐渐消失了。不久后，一个男人走过来，走进简·克莱顿的视线里，他手里拿着一支步枪，眼睛仔细地四处扫视，观察着来时的路。

简·克莱顿看到他的瞬间，马上认出这个人，这就是最近在家里做过客的朱利·弗柯特。朱利·弗柯特飞快地跳到一旁，躲在小路旁边茂密的树林里。这时，简·克莱顿兴奋极了，想要大声呼喊他。但她很快反应过来，朱利·弗柯特一定是被敌人跟踪了，所以简·克莱顿急忙捂住嘴巴，保持沉默，唯恐分散了他的注意力，或者引来敌人找到他的藏身之处。

紧接着，一名身穿白色长袍的阿拉伯人蹑手蹑脚地沿着小径走过来，他几乎来不及隐藏自己，奋力追捕着敌人。简·克莱顿静静地躲在藏身之处，在这个位置恰好可以清楚地看到两人的一举一动。简·克莱顿认出了阿拉伯人，眼前的这个人就是暴徒的头目艾哈迈德·泽克，就是他带领侵略者袭击了她美好的家园，让其沦为悲惨的阶下囚。当她看到弗柯特，这位她自认为是朋友、盟友的人，举起步枪，眯着眼瞄准阿拉伯人时，简·克莱顿的心脏仿佛静止了一般，灵魂深处的全部力量都深切地祈祷着，祈祷弗柯特可以一枪击毙这个恶棍。

艾哈迈德·泽克在小路中间停了下来，他敏锐的眼睛扫视着视野范围内的每一丛灌木和每一棵大树，他高大的身影恰好是背信弃义的刺客弗柯特完美的靶子。忽然，"砰"的一声巨响，一股浓烟从比利时人藏匿的灌木丛中冒出，艾哈迈德·泽克跌跌撞撞往前走了几步，之后脸朝下，倒在路上。

沃泊尔看到艾哈迈德·泽克倒下后，跳出来，回到小路上。突然，上方传来兴奋的尖叫声，他整个人吓了一跳。沃泊尔急忙转过身去看是谁打破了此刻的宁静，结果竟是简·克莱顿，她轻轻地从附近的一棵树上跳下来，向前跑去，伸出手祝贺比利时人的胜利。

林中野兽

Chapter 20

再次被虏

尽管简·克莱顿此刻蓬头垢面衣衫褴褛，可艾伯特·沃泊尔依然感觉她非常可爱，他从没见过格雷斯托克夫人这副模样。现在，简·克莱顿正沉浸在偶遇老友、得以援救的快乐中，整个人兴奋不已，可这种希望似乎因沃泊尔的到来而更加渺茫了。

比利时人原本很担心格雷斯托克夫人是否会怀疑自己，也摸不清楚她到底知不知道自己参与袭击家园、关押蹂躏她的这些事情。但她如此真诚友好的问候很快打消了他的这一念头，比利时人瞬间茅塞顿开。简·克莱顿向沃泊尔娓娓道来，自从他离开后，自己遭遇的一切。其间谈到她丈夫的丧生时，简·克莱顿的眼睛蒙上了一层水雾，她无法抑制自己悲伤的情绪，眼泪不住地往外涌。

"这一切真是太让我震惊了，"沃泊尔说，"但我并不奇怪，这魔鬼的手段极其残忍，"他指了指艾哈迈德·泽克的尸体，"恶魔已经将魔爪伸向整个部落，残暴地发动恐怖袭击。你的瓦兹瑞勇士们要么被消灭，要么被驱逐出境，远离南方了。现在，艾哈迈德·泽克的部下霸占了你的家园——那里既没有防身之地，也不是正确的逃跑方向。听我说，现在唯一的希望就是尽快向北出发，赶在艾哈迈德·泽克死亡的消息传回去之前，赶回营地寻求留守士兵的帮助，然后想方设法让他们护送我们安全到达北方。

"我认为这是一个可行的计划，因为之前我与艾哈迈德·泽克也算有交情，在我知道这个人的本性之前，我曾是他的座上客；可当我偶然间发现他的恶行后，非常痛心，便背叛了他，但侵略者营地里的人并不知道这件事。

"走，我们赶快出发吧。那些追随艾哈迈德·泽克参与上次袭击的人马上就会赶来，得知他的死讯后肯定会马不停蹄地赶回营地，我们一定要赶在他们之前回到营地。这是我们唯一的希望，格雷斯托克夫人，如果我成功了，你一定要把全部信念都寄托在我身上。要相信，我一定会保护好你的安全。好了，你稍等我一下，我去阿拉伯人身上取回被他偷走的钱包。之后我们便动身出发。"沃泊尔快速走到尸体旁边，跪在地上，双手焦急地摸来摸去，寻找那袋珠宝。令他惊愕的是，摸了一圈都没有摸到珠宝袋，宝石竟不在艾哈迈德·泽克身上。他慌慌张张地站起身，沿着小路往回走，寻找丢失的小皮袋和里面的宝石。他尽管又在那匹死马的附近仔仔细细搜寻了一遍，还往两边的丛林里走了好几步，仍旧什么也没找到。沃泊尔困惑、失望，又无比愤怒，最后他无奈地回到女人身边。"算了，钱包不见了，"比利时人干脆地说，"也不能再耽搁了，我们必须在侵略者赶回之前到达营地。"

简·克莱顿丝毫没有怀疑比利时人的身份，也没有发现他计划中有任何猫腻，甚至都没有纠结于他对与侵略者为友这件事情似是而非的解释。于是，沃泊尔提出他的计划后，女人马上欣然接受，似乎看到了光明与希望，得到了安全的庇护一般。简·克莱顿转过身，和艾伯特·沃泊尔一起朝着之前被囚禁的敌方营地走去。

第二天傍晚，他们到达了目的地，两个人停在村庄大门前那块空地边上，沃泊尔对女人讲，他可能会与侵略者假装交谈出谋划策，但不论提出什么建议或意见，简·克莱顿一定要顺从并接受。

"我会告诉他们，"沃泊尔说，"在你逃出营地后，我成功逮捕了你，然后带你去见了艾哈迈德·泽克，那时他正带人与瓦兹瑞勇士进行一场殊死搏斗，便命令我把你押回营地，严加看守。然后迅速出发，押送你北上，以最好的价格卖给那个他指定的北方奴隶贩子。"

女人又一次被比利时人表面的坦荡所欺骗，但一想到又要走进侵略者那残暴恐怖的村庄，心里不禁战栗起来，但她自己实在想不到比同伴更好的办法了，所以只能不住地安慰自己，绝望的处境里必须要有特殊的应对计策，咬咬牙忍了！

沃泊尔紧紧抓住简·克莱顿的手臂，大胆地穿过空地向门口走去，边走边大声呼喊门口的哨兵。哨兵看到是沃泊尔，全都一脸惊愕地盯着比利时人。原本名誉扫地、被追捕的沃泊尔迅速狡猾地解除了他们的疑惑与警戒，就像欺骗简·克莱顿时一样，把他们哄得团团转。

门口的哨兵也高声回应了沃泊尔，然后惊愕地看着他带回来的囚犯。

比利时人立即去找了一位阿拉伯人，这位阿拉伯人在艾哈迈德·泽克不在时负责掌管营地里一切大小事务。他大胆的行径又一次打消了对方的怀疑，并使阿拉伯人接受了他这番虚假的谎言。最主要的是他带回了那个逃跑的女囚犯，这无疑给了其最强有力的支持。穆罕默德·贝德很快便与比利时人打成一片,要知道,半小时前他还在丛林里疯狂追杀沃泊尔呢!

简·克莱顿又被关进之前那个肮脏的小棚屋里。但是,这次的心境却完全不同,与之前毫无希望的监禁相比,她现在的心情明朗多了,因为她很清楚这只是弗柯特与自己计划的一部分,只是玩弄愚蠢侵略者的骗局而已。

哨兵站在门前,看守着囚禁简·克莱顿的小棚屋,她再次被这群暴徒捆绑起来;沃泊尔走进小屋,在她耳边低声说了些鼓励的话。之后就离开,返回穆罕默德·贝德的帐篷。沃泊尔一直在想,那些士兵发现艾哈迈德·泽克的尸体,再把他带回营地大概需要多长时间呢?他越想越害怕,如果没有同谋帮衬的话,计划很可能会以失败告终。

沃泊尔心想,就算自己在阿拉伯士兵们带着真相返回前安全离开了营地——可这除了多承受几天巨大的精神折磨,多过几天舒坦日子外,还有什么价值呢?这些阿拉伯士兵,对每一条路都再熟悉不过了,还没等到达海岸,很可能就被抓回来了。

沃泊尔心乱如麻,这些想法一个个掠过脑海,他慢慢走进帐篷,穆罕默德·贝德正盘着腿坐在地毯上抽烟。比利时人走过来时,他微微抬起头来。

"嗨,兄弟!"阿拉伯人说。

"嗨!"沃泊尔回答。

之后一段时间里,两人都没有再讲话。过了一会儿,阿拉伯人打破了沉默。

"你上次见到首领艾哈迈德·泽克时,他怎么样?他还好吗?"穆罕默德·贝德问道。

比利时人回答说:"他很好啊,完全不用担心,任何危险对他来说都不是什么事儿!"

"那就好。"穆罕默德·贝德点点头,嘴巴里吐出一股蓝色的浓烟。

之后,两个人又陷入沉默。

"那如果他死了呢?"比利时人问道,他决心要把真相说出来,并试图贿赂穆罕默德·贝德。

阿拉伯人眯缝着眼睛,身子略向前倾,两眼直直地盯着比利时人。"我一直都想不通,沃泊尔,你欺骗过艾哈迈德·泽克,他做梦都想杀了你!可你为什么还要回到这里,回到艾哈迈德·泽克的营地呢!我和艾哈迈德·泽克一起共事很多年了——可以说,我甚至比他母亲还要了解他。他从不原谅任何人——更不会相信曾经背叛过他的人,这一点我可以肯定!

"我想了很久,正如刚刚的分析,我几乎可以确定艾哈迈德·泽克已经死了,否则你永远不敢回到他的营地,除非你是一个无比勇敢的人,或者是个比我想象中还要愚蠢的傻货!并且,就算我之前证据不足,现在也已经从你口中得到了更多绝对性的证据。

"艾哈迈德·泽克已经死了,对吧?你不必否认。我不是他的母亲,也不是他的情妇,所以完全不用担心我会痛哭流涕,你只需要告诉我你为什么要回来?你到底想要什么?而且,如果你身上还带着艾哈迈德·泽克曾告诉过我的那袋珠宝,那你完全没有理由和我一起去北方,也没有理由和我一起瓜分白人女人的赎金和你袋子里的珠宝啊?"

穆罕默德·贝德眯起邪恶的眼睛,薄薄的嘴唇微微上扬,对着比利时人邪恶的面孔露出恶毒的笑容,就好像穆罕默德·贝德故意在沃泊尔面前咧嘴笑似的。

沃泊尔看着眼前的阿拉伯人,穆罕默德·贝德的态度让他有一丝安慰又有些许不安。他没想到阿拉伯人会如此轻松地接受了首领死亡的消息，甚至可以说有那么一丝洋洋得意之感，这令凶手沃泊尔如释重负；但穆罕默德·贝德似乎在觊觎这袋宝石，没错，他想分一杯羹。可他一旦知道这些珍贵的宝石早已不在比利时人身上时，沃泊尔也就大难临头了，现在这种状况他似乎已经猜到，比利时人手里早已空空如也！

此刻，沃泊尔若承认他丢失了珠宝，很可能会引起阿拉伯人的愤怒与猜疑，这将会丧失重新逃跑的机会。那么，他现在唯一的希望就是欺骗穆罕默德·贝德，令其相信，那些珠宝仍在他的手中，之后再重新寻找机会，开辟一条逃生之路。

沃泊尔一直在思考，是否可以设法与阿拉伯人一起向北进军，然后再途中找机会解决了穆罕默德·贝德——这非常值得尝试，并且目前看来，似乎也找不到别的办法摆脱困境。

"是的，"沃泊尔说，"艾哈迈德·泽克已经死了。之前阿比西尼亚人骑兵俘虏了我，但在之后艾哈迈德·泽克带兵与阿比西尼亚人作战时，我侥幸逃脱了；但我怀疑艾哈迈德·泽克的部下可能都牺牲了，他们努力寻找的金子被阿比西尼亚人抢去了。并且，阿比西尼亚人很可能正向营地进军，他们是梅内利克派来惩罚艾哈迈德·泽克部队的，因为阿拉伯人曾袭击过阿比西尼亚人的村庄。阿比西尼亚人是一支庞大的队伍，如果我们不赶快逃走，也将会遭遇与艾哈迈德·泽克同样的命运。"

穆罕默德·贝德静静地听着，他不知道这阴险小人说的话到底有几分真几分假；不过，这也恰好为他提供了一个合理的借口，放弃这个村庄，向北进军，所以此刻穆罕默德·贝德也不太愿意对比利时人过多盘问。

"如果我和你一起往北走，"穆罕默德·贝德问道，"一半珠宝和一半赎金就都是我的了?"

"没错。"沃泊尔回答。

"很好!"穆罕默德·贝德说,"我现在就下令,明天一大早出发!"之后他便起身要离开帐篷。

沃泊尔急忙伸手叫住穆罕默德·贝德,表现出一副若有所思的样子。

"等等,"沃泊尔说,"先商量一下,看看要带多少人随我们上路更合适。我觉得肯定不能带妇女儿童,这无疑会加重负担,很可能被阿比西尼亚人赶超。最好是挑选出你认为最英勇善战的一小队人马随我们出发,同时向外放风,告诉大家我们正在向东进军。这样,阿比西尼亚人赶来时,若有心追赶,就会被误导,向错误的方向出发。就算他们并不想追赶,也不知道我们就在前面,所以至少不会那么急速地向北行驶。"

简·克莱顿几乎一夜未眠,第二天早晨,昏昏沉沉中被监狱外嘈杂的声音吵醒。过了一会儿,弗柯特和两个阿拉伯人走进来。他们解开简·克莱顿脚踝上的镣铐,把她扶起来,紧接着也给她手腕解了绑。之后,她拿到了一块干面包,慢慢地走到微弱的晨光中。

简·克莱顿疑惑地看了一眼弗柯特,经过漫长而痛苦的奴役之夜,她的希望几乎早已消失殆尽。趁阿拉伯人走神儿时,沃泊尔迅速靠近女人,低声说了句:"一切按原计划进行。"这才使年轻女人心中又燃起一丝希望。

不久,简·克莱顿被抬到马背上,四周围满了阿拉伯人,他们护送女人穿过村庄的大门进入丛林,向西出发。半小时后,队伍转向北方,北方才是他们真正的进军方向。

一路上,弗柯特很少和女人说话,简·克莱顿明白,他是在执行计划,是为了成功地完成骗局,所以必须以一副俘虏她的姿态示人,而不是一个保护者。因此,尽管她看到欧洲人和阿拉伯首领之间如此友好,也没有丝毫怀疑。

沃泊尔的确表现出一副盛气凌人的样子,表面上几乎没有与女人有任何交谈;但简·克莱顿的身影却一直在他脑海里徘徊,挥之不去。一天下来,他至少偷瞟了简·克莱顿一百次,眼睛不住地向她的方向望来望去,尽情地享受着她的容貌和身材的巨大魅力,陶醉其中。沃泊尔对简·克莱顿的迷恋与日俱增,他疯狂地渴望占有她,这种欲望几乎达到一种痴狂的程度。

如果简·克莱顿或穆罕默德·贝德能猜出他们所谓的朋友或盟友的粗鄙想法,队伍表面的"和谐"会迅速土崩瓦解,乱成一团。

沃泊尔策划了许多暗杀阿拉伯人的计划,如果可以与其同住一个帐篷,那刺杀难度将会大大降低。但很可惜他没能找到机会和穆罕默德·贝德一起住同一间帐篷,所以现在必须另想法子了。

第二天,穆罕默德·贝德勒住马,拴在被俘虏的女人旁边。这是阿拉伯人第一次近距离接触这个女人,这两天,他可没闲着,头巾下狡猾的双眼,总是时不时地偷瞟,贪婪地盯着囚犯美丽的脸庞。

对简·克莱顿的暗自迷恋也不是两三天了,穆罕默德·贝德最开始有这种想法时,英国人的妻子已经落入艾哈迈德·泽克手中了;但那时,蛮横严厉的首领还活着,穆罕默德·贝德想都不敢想,更不敢奢求能满足这个愿望了。

然而,现在情况完全不同——只有一个处处被鄙视的基督徒走狗,横在自己和女人中间。把这个不值得信任的小人杀死,然后带走女人和珠宝,这简直不费吹灰之力!穆罕默德·贝德心想,若能占有这个美丽的女人,独享她的美貌与快乐,那么那些能换来的赎金简直不值一提。没错,他计划杀了沃泊尔,抢走珠宝,再把女人完好无损带回去。

穆罕默德·贝德在简·克莱顿骑马经过身旁时,把目光转向她,不由地赞叹:"多么美丽的女人啊!"他的手指攥着缰绳,一张一合——棕色皮包骨的手指多么渴望抚摸到俘虏光滑柔软的皮肤。

"你知道这个人会把你带到哪儿吗?"穆罕默德·贝德问身旁的女人。简·克莱顿一脸笃定地点点头。

"那你愿意成为一个苏丹黑人手中的玩物?"

女人挺直身子,把头扭开,没有再回答。因为她知道这只是弗柯特在阿拉伯人身上玩弄的诡计,简·克莱顿担心自己表现不出那种十足的厌恶与恐惧,很可能一不小心暴露自己。

"你完全可以摆脱这种命运,"阿拉伯人继续说,"我穆罕默德·贝德,可以拯救你!"说着说着就伸出一只棕色的手,用力抓住女人的右手,这一切来得那么突然,那么狂烈;这种野蛮的激情与欲望在他的行为中表现得如此明显,就好像已经张嘴把一切都说出来了一样。简·克莱顿愣了一秒,迅速从他手中挣脱出来。

"你这个禽兽!"简·克莱顿大喊一声,"离我远一点,滚开!否则我就喊弗柯特了!"

穆罕默德·贝德一脸怒容,向后退了几步。他那瘦削的上唇向上翘起,露出光滑洁白的牙齿。

"弗柯特?"他奚落道,"压根儿就没这个人儿,他叫沃泊尔。听好了,他就是一个骗子,一个小偷,一个杀人犯!沃泊尔曾在刚果杀死了他的上尉,之后逃到艾哈迈德·泽克这里来寻求庇护。他带领艾哈迈德·泽克把你的家园洗劫一空,还尾随你的丈夫,打算偷光他的金子。他告诉我,你天真地以为他是你的朋友、你的保护者,所以一直利用这一点来赢得你的信任,好轻轻松松把你带到北方,卖给苏丹黑人做妻妾。这下明白了吧,我穆罕默德·贝德才是你唯一的希望!"阿拉伯人甩下一堆话,让女人好好想想,之后径直向队伍前方走去。

简·克莱顿惊讶得目瞪口呆,她不知道穆罕默德·贝德的控诉里有几分真几分假;但至少这番话很大程度上让她降低了对弗柯特的信任度,令她心灰意冷。简·克莱顿陷入沉思,她开始回忆弗柯特过去的种种行为,怀疑在这充满敌人与危险的世界中,那唯一一根救命稻草、唯一的保护者到底可不可信。

行军途中的夜晚,总有一个专门的帐篷用来关押俘虏,就在穆罕默德·贝德和沃泊尔之间。一名哨兵守在门前,另一名在帐篷后面,大家都认为戒备如此森严,没有必要再给犯人手脚上镣铐了。

听到穆罕默德·贝德控诉的那天晚上,简·克莱顿在帐篷前坐了很长一段时间,呆滞地观察着营地的艰苦生活。她吃了穆罕默德·贝德的黑人奴隶送来的饭菜——一些木薯饼,一点普通的炖肉,炖的是一只刚死不久的猴子、几只松鼠,似乎还有昨天杀死的那匹斑马,这些都不加区分混乱地炖在一起。但曾经的美人早已沉浸在严峻的生存战斗之中,不在意这些细节。

女人的目光划过被践踏的林中空地,简·克莱顿毫无意识地从哨兵面前走过,两眼空洞无神,她不再捕捉眼前近距离的景物,也不再观望一望无际根本望不到头的丛林。简·克莱顿的目光穿过眼前的一切,她现在什么都看不到,眼里只有远处的庄园和幸福而安逸的生活,这使她悲喜交集,眼泪泉涌般夺出眼眶。她看见一个身材魁梧、肩宽体健的男人从远处的田野里骑马回来;她看见自己从灌木丛中抱着一捧刚剪下来的玫瑰,站在乡村门口满脸笑意地迎接他。可这一切都不复存在了,所有的一切都定格在过去的那场战火硝烟中,终结在那可恶残暴的侵略者的一把熊熊烈火中。简·克莱顿抽泣着,打了个寒颤,拖着这疲倦的身躯,转身回到她的帐篷里,走向床上那堆肮脏的毯子旁。她一头钻进毯子里,放声大哭,所有的辛酸与苦楚顿时直钻心头,直到"亲切"的困意来袭,简·克莱顿趴在床边睡了过去,至少这是种暂时的解脱。

简·克莱顿睡着后,一个人影从她右边的帐篷里溜出来走向门口的哨兵,在哨兵的耳边低声说了几句话。哨兵点点头,摸黑回到自己的帐篷里了。这个人又走到简·克莱顿的帐篷后面,对另一个哨兵也说了几句话,这个哨兵沿着前面的小路也走了。

把两个哨兵打发走后,这个人悄悄掀开帐篷的门帘,如一缕幽魂般悄无声息地钻进帐篷。

Chapter 21

全力出逃

沃泊尔躺在毯子上,翻来覆去睡不着。他满脑子都是隔壁帐篷里女人娇媚的身影,整个人沉醉于简·克莱顿无法抵挡的魅力中。除此之外,沃泊尔也注意到穆罕默德·贝德突然对这个女人产生了兴趣,通过观察,再以自己的标准稍加判断后,他已经猜到阿拉伯人对女人的态度会有很大的转变。

沃泊尔胡思乱想了一通,顿时心乱如麻,脑海中激起对穆罕默德·贝德狂妄的嫉妒;除此之外,他还有一种莫大的恐惧感,阿拉伯人很可能已经瞄准了手无寸铁的女人,企图卑鄙地占有她。沃泊尔认真思索,奇怪地推理一番后,他确信自己的计划与阿拉伯人完全相同,他把自己设想为简·克莱顿的保护者,穆罕默德·贝德也绝不例外;之后,他灵光一现,忽然想到如果穆罕默德·贝德向女人疯狂求爱,那势必会引起她极度的厌恶与恐惧,这个结果对自己来说再好不过了。

简·克莱顿的丈夫已经死了,沃泊尔觉得自己完全可以取代这个已死之人在女人心中的位置。并且他可以同简·克莱顿结婚——而穆罕默德·贝德是不会给女人这种承诺的,所以简·克莱顿一定会极其反感他邪恶的欲望,并毫不犹豫地拒绝穆罕默德·贝德。

不久,比利时人就成功地说服了自己,他完全相信俘虏不仅对他怀有深切的情意;而且从女性的角度出发,她会主动认可这份新生的感情。

沃泊尔越想越兴奋,被自己天真可笑的幻想冲昏了头。他一把掀开毯子,站起来,麻溜地穿上靴子,把子弹带和左轮手枪扣在屁股上,走到门口,掀起门帘向外望去。囚犯的帐篷门前竟然没有哨兵!这意味着什么?沃泊尔心想看来是上天在给自己机会啊!

沃泊尔走到女人的帐篷后面瞧了瞧,那里也没有哨兵!悬着的心瞬间落了地,大胆走向门口,掀开帘子钻进帐篷。

朦胧的月光照进帐篷里,四周稍显亮堂。帐篷的另一边,一个巨大的身影俯在毯子上。忽然,有些许窸窸窣窣的声响,另一个人受到惊吓忽然从毯子上爬了起来。慢慢地,沃泊尔的眼睛渐渐习惯了帐篷里昏暗的状态。忽然,他看到一个男人倚在床边,马上猜出了夜访者的真实身份。

沃泊尔怒发冲冠,心头笼罩着深深的愤恨与嫉妒。他刚抬起脚向床边走了一步,突然听到女人惊慌失措的哭喊声。原来女人发现一个男人正俯在自己身上,一眼认出是穆罕默德·贝德!紧接着,沃泊尔看到穆罕默德·贝德一把掐住女人的喉咙,把她扔在毯子上。

比利时人心中迅速燃起一股怒火——一种心头之物被掠夺强

占的怒火，他双眼涨得通红，眼珠子都快掉到地上了，胸中巨浪般地翻滚：不！穆罕默德·贝德绝不能占有她！简·克莱顿是我的，只能是我的！谁都不能剥夺我独享的权利！

沃泊尔飞快穿过帐篷，扑到穆罕默德·贝德背上。阿拉伯人虽然被突如其来的袭击吓了一跳，但也不至于不做反抗主动投降。比利时人狠狠掐住他的喉咙，但阿拉伯人也不甘示弱，用力扯开沃泊尔的手指。就在两个人打得面红耳赤、面面相觑之时，沃泊尔朝着阿拉伯人的脸，重重挥了一拳，穆罕默德·贝德整个人跌跌跄跄地后退了几步。如果他继续乘胜追击攻击穆罕默德·贝德，也许过不了多久，阿拉伯人就会跪地求饶；但是，他却选择从枪套中拔出左轮手枪这种极端的方式。也许一切都是命中注定，在那个特殊时刻，就不应该冲动地掏武器，就是因为掏手枪才给了阿拉伯人喘息的机会。

还没等沃泊尔解开枪套，穆罕默德·贝德就已经恢复元气，朝他奋力扑来，扭转了局势。沃泊尔又一次给了阿拉伯人一拳，但这次阿拉伯人反击了。两个人在帐篷里拳打脚踢，互相厮杀，不断试图打倒对方；而女人惊恐万分，目瞪口呆地缩在一角，静静地看着两个人决斗。

沃泊尔一次又一次地挣扎着拔出手枪，穆罕默德·贝德一次又一次地制止了他。他并没有料到会有这样的状况，除了一把长刀，并没有带其他武器，赤身裸体就走进了帐篷，穆罕默德·贝德在第一次间歇中气喘吁吁地站了起来。

"基督徒的走狗，"穆罕默德·贝德压着嗓子说，"看看我手里这把刀！看好了，你这个基督教的走狗，这是你生命中见到、感受到的最后一个东西！我马上就用它把你肮脏的心脏挖出来。如果你有信仰，你可以祷告了——祷告你一分钟内痛痛快快地死去。"

说完，穆罕默德·贝德凶狠地冲到比利时人面前，迅速把刀举过他的头顶。

阿拉伯人几乎要冲上来了，可沃泊尔还在不停地掏武器。沃泊尔绝望极了，眼看就要遭到穆罕默德·贝德的攻击了，忽然他急中生智，迅速溜到帐篷一边，伸出一条腿挡在阿拉伯人冲过来的方向。

诡计成功了，穆罕默德·贝德突然被脚下的障碍物绊了一跤，整个人重重地栽在地上，随后又立刻站起身来，重新准备战斗；但此刻，沃泊尔已经成功掏出左轮手枪，握在手里闪闪发光，直挺挺地站在阿拉伯人前面。

阿拉伯人冒冒失失地冲过来，这时"砰"的一声，尖锐的声音回荡在帐篷里，黑暗中划出一道耀眼的火光。穆罕默德·贝德在地板上翻来滚去，最后倒在了试图羞辱的女人床边。

枪声一响，营地里顷刻间变得一片嘈杂，战士们埋头乱窜、四处问询，想搞清楚到底发生了什么事。沃泊尔站在帐篷里，听到外面四处奔走的声音。

阿拉伯人死了之后，简·克莱顿站起来，伸出双手向沃泊尔走去。

"怎样感谢你才好呢，我的朋友！今天，我差点就相信了这个禽兽编的故事，他告诉我你是个背信弃义之人，还诋毁你的过去。我竟然差点相信他的鬼话，原谅我好吗，弗柯特。我现在知道了，在这片野蛮的土地上，是你保护了我，你是白种人，也是一名绅士。"

沃泊尔双手无力地垂在两侧。他呆呆地站在那儿望着女人，如鲠在喉，不知道该怎么回答她。女人天真地说穿了他的真实面孔，他还能怎么回答呢？

阿拉伯士兵正在外面四处搜查，到底是谁半夜鸣枪。那两名被穆罕默德·贝德派遣回去的哨兵率先提议到囚犯的帐篷里去看看。他们忽然想到，很可能是那个女人开枪击毙首领后逃跑了！

沃泊尔听到有人走过来，他想当然地认为，杀害穆罕默德·贝德的凶手一定会被当场处死，凶残野蛮的侵略者一定会撕碎杀害他们首领的基督徒。所以沃泊尔必须想办法将穆罕默德·贝德的尸体藏起来，推迟他们找到尸体的时间。

沃泊尔迅速把手枪放回枪套，疾步走到帐篷门口，掀开帘子，向正快速逼近的阿拉伯士兵走去。他认为自己很有必要虚张声势一番，之后嘴角强挤出一丝微笑，举起手来阻止他们进一步靠近帐篷。

"那个女人拒绝了，"沃泊尔说，"所以穆罕默德·贝德被迫向她开了枪。不过她没有死——只是受了点轻伤。好了，大家都散了，回去睡觉吧。穆罕默德·贝德和我会照顾这个囚犯的。"之后他转过身，又回到了帐篷里，那些侵略者们似乎很满意这个答案，开开心心地回去睡觉了。

沃泊尔回到帐篷，再次面对简·克莱顿时，发现自己的动机与几分钟前从毯子上拽起来的那个人完全不同。他与穆罕默德·贝德激烈地打斗，以及现在面临的巨大危险压得他喘不过气，走进帐篷那一刻，那股热辣的激情自然而然冷却下来了。沃泊尔知道现在的处境有多危险，帐篷里发生的一切到了第二天早上就会不可避免地败露。

除此之外，目前还有一股对女人十分有利的更强大的力量——沃泊尔曾经拥有的荣誉和骑士精神并没有完全从其性格中消失，尽管他现在如此颓废消沉，并且很久前就已经将这两样东西抛之脑后，但女人刚刚讲的话还是唤醒了他内心深处的荣誉与骑士精神。

这是沃泊尔第一次站在这女人的立场考虑问题,深深感受到了她内心的绝望与恐惧。他回头看了看,自己早已陷入耻辱的深渊,面对深情款待过自己的主人,回忆起曾经在那里享受过一丝快乐与安逸的庄园,沃泊尔深感自责。一个出身高贵的欧洲绅士,竟亲自将简·克莱顿美好的家园踏为废墟,亲手摧毁了她的幸福生活。

沃泊尔回想起自己所做的卑鄙之事,良心难安,他也不奢望可以完全弥补曾经的错误救赎自己;比利时人痛悔前非,此刻他只想放弃那邪恶的目的,放弃利用自己的权力与贪婪的邪念,绝不再伤害这个甜美无辜的女人。

沃泊尔站在那里,皱着眉头听士兵们陆续撤退的声音——简·克莱顿慢慢走近他。

"我们现在该怎么办呢?"简·克莱顿问,"明天早晨士兵们一定会发现的。"她指着穆罕默德·贝德的尸体,"等他们找到尸体时,一定会杀了你的。"

沃泊尔面无表情地站在那里,没有作答。过了一会儿,他突然转向女人。

"听我说,我有一个计划,"他喊道,"但这需要你坚韧的意志与勇气,事实证明,两者你都具备了,只是简·克莱顿,你可以再隐忍坚持一下吗?"

"你放心,只要有机会逃跑,我什么都能忍受!"简·克莱顿勇敢地笑着回答。

"你必须假装死亡,"沃泊尔解释道,"然后我明目张胆地把你带出营地。我会向哨兵解释,穆罕默德·贝德命令我把你的尸体扔到丛林。没错,这听起来似乎完全没有必要,而我要着重解释的是,穆罕默德·贝德对你怀有深切的热情,对于自己亲手杀害了你这件事始终无法释怀。所以他不想再看到你娇柔可怜的脸庞,实在不能忍受这具毫无生机的尸体无声的谴责。"

女人"噗嗤"一声笑了，举起手来示意沃泊尔不要继续往下说了。

"你疯了吗？"她问，"你以为哨兵会相信这些无稽之谈？"

"你并不了解他们，"沃泊尔回答，"尽管他们看起来很粗糙，并且有着无情的本质与邪恶的天性，但是他们内心深处仍存有一种浪漫主义情怀——你会发现，其实这种情怀遍布世界各地。就是这种浪漫，引诱男人过着放荡且罪恶的生活，计划会成功的——不要害怕。"

简·克莱顿耸了耸肩："好吧，那我们可以试一试——之后怎么办呢？"

"我先把你藏在丛林里，"比利时人接着说，"然后早晨再驾着两匹马逃出来，到丛林与你会合。"

"可是你怎么解释穆罕默德·贝德的死亡呢？"简·克莱顿问道，"士兵们一定会在你早晨逃离营地前发现尸体的。"

"我不需要解释，"沃泊尔回答，"这个问题只能留给穆罕默德·贝德自己解释了，我们无法解释，必须把这个问题留给他自己。这是一次很艰难的冒险，你准备好了吗？"

"嗯，准备好了。"简·克莱顿回答。

"不行，等一下，我得给你拿个武器，再准备一些弹药。"沃泊尔很快从帐篷里走出来。

不久，他又带了一支左轮手枪和绑在腰间的弹药带回来了。

"给，拿好！这次准备好了吗？"

女人长吁一口气回答："嗯，准备好了！"

"很好，过来，趴到我左肩上。"沃泊尔说着便跪下来，等待女人行动。

"趴在这儿别动,"他站起身来,说道,"现在,你的胳膊、腿、头都要自然下垂,记住你已经死了,千万不能动弹!"

过了一会儿,沃泊尔扛着一动不动的女人,走出营地。

为了防御饥肠辘辘的肉食动物攻击,士兵们在营地周围圈了一圈荆棘。几个哨兵在熊熊燃烧的火光中踱来踱去,看到沃泊尔缓缓走近时,一脸惊讶地看着他。

"你是谁?"一个哨兵大喊一声,"身上扛的是什么?"

沃泊尔掀起头巾,让眼前的家伙好好瞧了瞧。

"这是那个女人的尸体,"他解释说,"穆罕默德·贝德命我把她扔到丛林里去,因为他不忍心看到所爱之人惨白的面孔,再这样下去他会受尽折磨,无情地惩罚自己的。穆罕默德·贝德现在很痛苦——伤心欲绝。说实话,我真的很担心他想不开,很难阻止他走向极端——自杀。"

简·克莱顿全身松垮垮地搭在比利时人肩膀上,惊恐万分地等待阿拉伯人做出回答。她确信,士兵一定会嘲笑这个荒谬的故事,并且毫不费力就能揭穿弗柯特这幼稚的骗局,之后一定会马上逮捕他们俩。她趴在那里,绞尽脑汁地想办法,看看如何才能最好地帮助弗柯特在一两分钟内结束这场必然发生的战斗。

然后,简·克莱顿听到阿拉伯人的声音,他回答了弗柯特。

"你一个人去吗?还是我派一个人陪你呢?"阿拉伯人听到穆罕默德·贝德如此突然的情感爆发竟丝毫不感到意外,语气也没有任何变化。

沃泊尔回答:"不用麻烦了,我一个人去就行。"话音一落便从哨兵面前走过去,穿过狭窄的出口。

过了一会儿,沃泊尔扛着沉重的担子走进树林里,在安全躲过哨兵视线后,他把女人轻轻地放下来,发出低沉的声音:"嘘——

嘘——",示意简·克莱顿别出声。

之后,沃泊尔带着女人走进丛林深处,停在一棵大树旁,他耐心地在她腰间扣上了一个子弹带和左轮手枪,并帮助她爬上了低处的树枝。

"明天,"沃泊尔低声说,"只要明天我能躲开他们,一定会回来找你的。别害怕,勇敢点,格雷斯托克夫人——相信我,我们一定能成功逃跑的!"

"谢谢,谢谢你,"她压着嗓子答道,"你真的很善良,也很勇敢。"

沃泊尔没有回答,深夜的黑暗掩盖了他脸上泛开的红晕,听到这句话他羞愧极了。比利时人很快转过身,返回营地。哨兵站在岗位上,看到沃泊尔走进自己的帐篷;但是他并没有看见比利时人从帐篷后面的底部小心翼翼地爬行,偷偷溜进囚禁女人的帐篷里,现在躺在那里的是穆罕默德·贝德的尸体。

沃泊尔爬到帐篷后面,从底部的小缝儿里钻进去,慢慢走近尸体。他一刻也不耽搁,毫不犹豫地抓住死者的手腕,把尸体拖到刚刚进来的地方。沃泊尔双手和膝盖慢慢向后退,从刚刚的缝隙里向外缩,紧紧拖着冰冷的尸体。比利时人爬出帐篷后,躲在一边,仔仔细细地排查了视线所及之处——没有人看到他。

确定附近没人后,沃泊尔爬到尸体旁,把它举到肩膀上,冒着一切危险迅速穿过囚犯与穆罕默德·贝德帐篷间狭窄的小路。比利时人在丝质帐篷后面停下脚步,卸下重担,一动不动地待了几分钟,竖着耳朵听着四周的动静。

不久后,沃泊尔长舒一口气,确定没有人看见他之后,麻利地弯下腰,掀开帐篷底儿,托着穆罕默德·贝德的尸体慢慢往里面爬。他把尸体拖到阿拉伯人的毯子上。然后在黑暗中摸索,最后终于找到穆罕默德·贝德的左轮手枪。沃泊尔手里拿着武器,

全力出逃 | 187

回到尸体身边，跪在垫子一旁，右手攥着手枪塞在毯子下面，左手又捏着一堆密密麻麻的细布盖在左轮手枪上。然后在扣动扳机的同时，大声咳嗽了一声，以此掩盖枪声。

沃泊尔的咳嗽声几乎盖住了手枪"砰"的声响，帐篷外面的人估计觉察不到有人鸣枪。他又从毯子里取出武器，小心翼翼地放在穆罕默德·贝德右手里，将三个手指固定在枪柄处，食指扣在扳机内侧。之后，嘴角露出一丝冷酷的微笑。

沃泊尔在帐篷里待了一会儿，重新整理了一下乱七八糟的毯子，然后像进来时那样爬了出去，最后把帐篷底部重新固定住了。

比利时人又回到囚犯的帐篷，销毁了之前留下的证据，就算有人进来仔细检查，也看不出有人曾从帐篷底部爬走了。清理完所有痕迹后，他回到自己的帐篷里，把底部的缝隙固定好，安心钻进自己暖和的毯子里。

第二天早晨，穆罕默德·贝德的奴隶站在帐篷门口惊慌失措地呼喊他，沃泊尔被这嘈杂的声音吵醒了。

"快！快醒醒！"黑人惊恐万分，大声呼喊，"不好了！不好了！穆罕默德·贝德死了！穆罕默德·贝德自杀了！"

听到门口的呼喊声，沃泊尔迅速爬起来，一脸惊愕地坐在毯子上；但当他听到黑人说的最后一句话时，悬着的心可算落地了，脸上紧绷的肌肉渐渐放松，露出一丝宽慰的神情。

"什么？别慌，我来了！"沃泊尔应声回答，然后穿上靴子，起身走出帐篷。

比利时人怀着兴奋的心情和黑人们从四面八方跑向穆罕默德·贝德那丝质帐篷。沃泊尔走进去，发现许多侵略者都聚集在尸体四周，现在这具尸体冰冷又僵硬。

比利时人走到他们中间，在穆罕默德·贝德尸体旁停了下来。

他眉头紧皱,低着头默默地看了一会儿,然后又把目光转向阿拉伯人。

"谁干的?"他的语气里充满了威胁与指责,"到底是谁?说!是谁谋杀了穆罕默德·贝德?"

阿拉伯人突然炸开了锅,一阵突如其来的喧闹声回荡在帐篷里,他们一致反驳沃泊尔。

"穆罕默德·贝德不是被谋杀的,"他们齐声喊道,"他是自杀的!真主安拉可以证明我们的清白!"说着便指向死者手中的左轮手枪。

起初,沃泊尔还假装怀疑了一段时间;但最后,他分析确信,穆罕默德·贝德确实是自杀的,他在为那个白人妇女的死亡而忏悔,悲痛欲绝才会痛下狠手。而这一切,哪怕是日夜相随的战士们都不知道,他们不知道穆罕默德·贝德是多么爱那个女人。

沃泊尔亲手用毯子把穆罕默德·贝德的尸体裹起来,小心翼翼地将子弹撕裂、烧焦的织布叠起来,只有他知道,这些是配合他前一天晚上开枪时所用的道具。之后,六个强壮的黑人把尸体抬到营地的空地上,放进一个浅浅的坟坑里。当松散的泥土无声无息地盖在藏满秘密的毯子上时,艾伯特·沃泊尔再次长吁一口气——计划完成得甚至比他所期望的还要成功。

现在,艾哈迈德·泽克和穆罕默德·贝德都死了,侵略者们彻底失去了首领。大家简短地讨论一番后,决定返回北方,去拜访他们各自所属的部落。了解了阿拉伯人的打算后,沃泊尔宣布,他将前往东海岸。这群邪恶的侵略者知道比利时人身上没什么好觊觎的东西,于是就一致同意,放他走了。

比利时人坐在马背上,停在营地中间,看着他们一个接一个地骑马离开,消失在丛林中。沃泊尔激动不已,深深地感谢上帝,

全力出逃 | 189

终于逃离了他们邪恶的魔掌。

　　沃泊尔一直等着，听不到阿拉伯人的声音后，马上将马头转向右边，骑着马向丛林里走去，走向格雷斯托克夫人藏身的那棵大树。沃泊尔站在树下，用一种欢快、充满希望的声音喊道："早上好啊！"

　　但是没有得到任何回应，沃泊尔的双眼一直在上方浓密的树叶上来回搜寻，但仍看不到女人的身影。他焦急地跳下马，迅速爬到树上，站在那个位置，他可以看到所有的树枝。这棵树上空无一人——简·克莱顿无声无息地消失在丛林之中。

Chapter 22

重拾记忆

一颗颗小石子从泰山指尖划过,他的思绪又回到阿拉伯人和阿比西尼亚人为其无情战斗的那堆金色物体上。

泰山沉思着,那堆脏兮兮的金块子和之前口袋里漂亮的、闪闪发光的鹅卵石有什么共同之处呢?这些金块儿到底是什么?又从哪儿来?泰山整个人心神不宁,似乎潜意识里某些东西渐渐苏醒,他不由得联想,这些人枪林弹雨、誓死争夺的黄色东西是不是与自己的过去密切相关——那些东西是他的吗?

泰山努力回想过去到底发生了什么?他皱着眉摇了摇头,童年的记忆隐隐约约在脑海中缓缓闪现,紧接着是许多奇怪的面孔、人和事,但泰山感觉他们似乎与自己没什么关系;可是这些零零碎碎的片段一幕幕出现在泰山脑海里,即使支离破碎,也依旧无比熟悉。

泰山慢慢痛苦地努力回忆,试图记起过去发生的事情。他受伤的大脑渐渐恢复,受损的记忆功能也慢慢复原。

现在,泰山脑海中闪现出很多人的面孔,这是几周以来,他第一次对他们有一丝丝的熟悉感。但是,他既无法把这些人与过去的生活联系起来,也叫不出他们的名字。其中有一个美丽的女人,她楚楚动人的脸庞时常刺激泰山愈渐康复的大脑皮层,唤醒他沉睡的记忆。这女人是谁呢?她对泰山来说意味着什么?泰山似乎看到她出现在阿比西尼亚人挖金子的那个地方,但是,周围的环境与现在的状况大相径庭。

脑海里出现一幅画面,那里有一个庄园——还有许多其他建筑——有树篱、栅栏和鲜花。泰山眉头紧皱,十分困惑地琢磨着这个奇妙的问题。刹那间,他好像明白了事情的真相,得到了最完美的解释;然后,这幅画面逐渐消失在丛林里,在那里,一个赤身裸体的白人青年和一群毛茸茸的原始猿猴在一起欢歌载舞。

为什么偏偏记不起来了呢?泰山摇摇头,哀伤地叹了口气。但现在,至少他可以确信,某种意义上来说,埋藏金子的地方,他所追求的那种微妙的香气及对白人妇女的记忆,和他自己这三者间一定有什么神秘的联系。没错,三者被过去遗忘的回忆紧密地联系在一起。

如果女人属于那里,属于记忆中那个模糊的地方,那还有什么比那更好的去处可以寻找或等待她呢?没错,应该去那个平原找一找,这很值得一试。泰山把空袋子背在肩上,向平原的方向走去。

在森林外围,泰山遇见返回丛林寻找艾哈迈德·泽克的阿拉伯士兵。他迅速躲起来,让他们过去,然后又继续往那被烧焦了的庄园走去,那时,他几乎快要想起过去的事情了。

泰山穿越平原的旅程被一小群羚羊打断了,一望无垠的平原与和煦的微风完美结合在一起，为泰山提供了有利条件，他轻而易举地捕捉到猎物的气味，开始跟踪这群肥美的羚羊。泰山蠢蠢欲动，他偷偷摸摸地向前爬，紧紧跟着嘴边的肥肉，伺机迅速向前狂奔，这差不多耗费了他半个小时。傍晚时分，泰山在肥美的猎物旁安顿下来，舒舒服服地享受通过娴熟的技能、聪颖的智慧与强大的力量带来的盛宴。

泰山饱食餍足后，注意力也随之转移。他看到不远处有条清澈的小河，站起身晃晃悠悠地走过去，酣畅淋漓地畅饮了一番。夜幕渐渐降临，他已经能看到埋藏金锭子的地方，再沿着河流往下走，差不多还有半英里就能到。泰山希望在那里能遇见记忆中的女人，或者找到一些关于她身份及下落的线索。

对丛林生活的人来说，时间就像过眼云烟，他们对"时刻"没有什么特别的观念。在他们看来，除非出于恐惧、愤怒或饥饿才需要匆忙急迫的行动，否则他们更喜欢缓慢安逸的生活方式，这样心情也会更愉悦更舒适。尽管今天即将结束，可明天还有大把时光啊，明天起来后还可以继续赶路，并且泰山也非常累，很想躺下睡觉。

泰山爬到一棵树上，这里既安全又隐蔽，并且还非常舒适，他悠闲地躺在树上，附近有零星的猎人忙着追捕河岸边的野生动物，所以他丝毫不担心野生肉食动物出没，很快便陷入沉睡。

第二天早晨，泰山醒后感觉又渴又饿，从树上跳下来，走到河边打算狂饮一通。他叉着腰站在那里，看到贪婪的狮子正悠哉悠哉地舔水喝。泰山站在它身后的小径上，之后狮子忽然抬起头，目光穿过它那满是鬃毛的肩膀，怒视着这个闯入者，喉咙里发出一声低沉的嘶吼，恐吓并警告泰山。但泰山猜想这头野兽肯定已经酒足饭饱，不会轻易对他发动攻击。他稍微绕了一圈，继续往河边走，之后停在离那只黄褐色的野兽几码远的地方，观察片刻后，一头扎进水里。狮子又盯着这个人看了一会儿，紧接着，又转过身低头喝起了水，泰山和野兽都鲸吸牛饮，似乎完全忽视了对方的存在。

狮子先喝完了，它慢慢抬起头，石头般一动不动，目光呆滞地凝视着河对岸。没错，这就是狮子的一贯作风。它四平八稳地站在那里，棕色鬃毛在微风中缓缓飘动，那姿态看起来宛如一尊金色的青铜雕塑。巨大的肺里发出一声深深的叹息，狮子恍然回过神儿来。硕大浑圆的头部慢慢回转，直到黄色的眼睛定格在泰山身上，射出犀利而威严的光。野兽毛发直立，嘴唇愤怒地向上扬起，露出黄色的尖牙，又发出一声震动天地的吼声，连下颚都跟着颤动。随后，野兽之王威严地转过身，缓缓地沿着小路走进浓密的芦苇中，消失了。

泰山低着头，"咕咚咕咚"地喝水，但丝毫没有放松警惕，灰色眼睛散发出余光仔细观察着这只巨兽的一举一动，直到它从视野中消失。之后，他敏锐的耳朵也发现肉食动物已经渐渐走远了。

泰山解渴后，在河边偶然发现一些鸡蛋，拿起来狼吞虎咽地吃了个精光，这些东西对他来说还不够塞牙缝呢。之后，泰山继续上路，沿着小河上游，朝庄园的废墟走去，那儿就是昨天争夺黄金的战役中心。

泰山到达废墟后，惊愕地发现一堆堆黄色的东西全然消失。四周一片死寂，毫无生机，只能看到地上无数人马践踏留下的脚印。此时此刻，就好像成堆的金锭子全都蒸发在空气里，人间消失了一般。

泰山站在茫茫废墟里，头皮发麻，不知所措。他不知道该在哪里转弯，也不知道下一步该怎么办。一度迷茫，因为他看不到女人曾来过的任何迹象。泰山心想，金色的东西都已经不见了，如果女人和它们之间有关联，那她肯定也不会再回来了，这样的话，还在这儿等她岂不是竹篮打水？

泰山感觉身边的一切似乎都在躲着他——漂亮的鹅卵石，金色的物体，梦里的她和脑海中的记忆。泰山内心极度厌恶这种感觉，他决定返回丛林里去寻找查克，于是又朝着森林方向走去，一蹦一跳地迅速向前跑。他轻轻松松穿过平原，走到丛林边缘，像只小猴子般敏捷地钻进丛林里。

泰山漫无目的地在丛林里游荡，他自己也不知道该往哪儿走，只是毫无方向地奔跑跳跃，无拘无束地释放天性，希望能偶然发现一些与女人或查克有关的线索。

两天来，泰山一刻也没闲着，无论走到哪儿都尽情享受当下的安逸与快乐，他四处游荡、猎杀、吃喝、睡觉，随心所欲地沉醉于美妙的丛林生活。直到第三天清晨，一股马匹和人的香味扑鼻而来。他立刻改变方向，悄悄穿过树枝，顺着气味飘来的方向走去。

没一会儿，泰山就看到一个人失魂落魄地骑着马往东。眼前的场景立刻证实了他灵敏的嗅觉——没错，确实是一个人骑着马走来了，并且骑马的人正是偷了他漂亮鹅卵石的家伙！泰山迅速跳到最低处的树枝上，几乎紧挨着沃泊尔头顶，怒目而视，灰色的眼珠子犹如熊熊烈火般燃烧。

泰山"嗖"的一下猛地扑下去，比利时人顿时感到一个庞然大物撞在受惊的坐骑上。那匹马吓得长鸣一声，喘着粗气向前一跃。泰山巨大的双臂死死缠绕着骑手，转眼间沃泊尔就被巨人从马鞍上拽了下来，摔在狭窄的小路上，一个赤身裸体的白色巨人压在他胸前。

沃泊尔一眼就认出了偷袭者,瞬间脸色煞白,五官哆哆嗦嗦地扭曲变形,泰山钢铁般强有力的手指死死掐住他的喉咙。沃泊尔想呼救,想求饶,想恳求泰山饶他一命;但是,粗壮残酷的手指丝毫不给他喘息的机会,更别说蹦出一句话了。此刻,泰山只想用尽全力杀了他!

"鹅卵石呢!漂亮的鹅卵石呢?"泰山压在他胸脯上怒吼,"你偷那漂亮的鹅卵石做什么——你不知道这是我,我泰山的鹅卵石吗?"

之后,泰山稍稍松开了手指,恶狠狠地盯着沃泊尔,让他说出鹅卵石到底去哪儿了!沃泊尔几乎快要窒息了,泰山松手的那一刻,他狂咳不止,急促地吸气呼气、吸气呼气……最后,他终于缓过来了。

"阿拉伯人艾哈迈德·泽克把它们都抢走了,"沃泊尔哭喊着,"他一直穷追不舍,我为了保命只好放弃了那袋宝石。"

"你休想骗我!我目睹了全过程。"泰山回答说,"你给他的袋子里装的根本不是我的鹅卵石——里面装满了河底、岸边再普通不过的小石子!阿拉伯人也绝不稀罕这些破玩意儿,他看到这堆石头时,愤怒极了,把它们全扔了。我想要的是我的鹅卵石,那些亮晶晶的鹅卵石——说!它们在哪?"

"我不知道,我真的不知道。"沃泊尔全身颤抖地哭喊着,"我真的老老实实地交给艾哈迈德·泽克了,否则他一定会杀了我,我绝不会拿自己的性命开玩笑的。他答应我,只要把珠宝给他,他就会放我一条生路。不过几分钟后,他还是背信弃义,又沿着小路追杀我,所以我才找机会开枪打死了他;但是皮袋子并不在他身上,并且之后,我又在丛林中搜寻了一段时间,还是没有找到。"

"你没找到?我告诉你,我找到了!"泰山怒吼,"我看到的一堆破石头，一堆艾哈迈德·泽克厌恶地扔掉的破石头！那根本就不是我的鹅卵石，就是你把它们藏起来了！说！你到底把它们藏在哪儿了，否则我现在就杀了你！"泰山棕色的手指又紧紧地掐住沃泊尔的喉咙。

沃泊尔努力挣扎着，"天啊，我的上帝，格雷斯托克勋爵，"他尖叫道，"你不会为一把石头杀人的，你不会的，对吗？"

泰山的手指突然松动，灰色的眼睛渐渐迷离柔软起来，困惑地怔在一旁。

"格雷斯托克勋爵！"泰山重复了一遍，"格雷斯托克勋爵！格雷斯托克勋爵是谁？我以前在哪儿听过这个名字？"

"是你啊！伙计！你就是格雷斯托克勋爵！"比利时人喊道，"地震爆发的一瞬间，房屋倒塌，通道断裂，摧毁了通往地下房间的通道。当时，你和瓦兹瑞勇士正打算把金锭子运回平房，可也就是那时，一块坠落的岩石狠狠砸伤了你的头部，这剧烈一击击碎了你对过往的记忆。你是约翰·克莱顿，你是格雷斯托克勋爵啊——难道你都忘了吗？"

"约翰·克莱顿！格雷斯托克勋爵！"泰山重复道，之后又陷入了沉默。不一会儿，他双手托在前额，眼前一亮，目瞪口呆——似乎突然理解了比利时人的话。这个被遗忘已久的名字忽然唤醒了泰山尘封的记忆，他曾努力回忆过往的种种，现在，终于想起来了！泰山瞬间松开比利时人的喉咙，整个人跳了起来。

"上帝啊！"泰山喊道，"简！"他突然慌了神儿，转向沃泊尔，"我妻子？"他急迫地问着，"她怎么样了？庄园已经成了一片废墟，这你是你知道的。这一切都和你密切相关！是你跟着我去了欧帕城，是你偷了我漂亮的珠宝。你就是个骗子！不要试图说服我你不是！你就是个十恶不赦的骗子！"

"他不只是个骗子,他比骗子还要恶毒千万倍!"他们身后传来一丝声响。

泰山转过头,惊讶地看到一个身材魁梧的人站在离他几步远的地方,在他后面,是一些身穿制服的刚果黑人士兵。

"他是个杀人犯,先生。"军官接着说道,"我已经追踪他很长时间了,抓他回去受审,因为这个恶人杀害了他的上级军官。"

沃泊尔颤颤巍巍地站起来,绝望地看着眼前的一切,整个人脸色苍白,浑身发抖,即使在这迷宫般的丛林中,也无法摆脱这残酷的命运了。他本能地转身逃跑,但泰山伸出强有力的手掌,一把抓住了他的肩膀。

"等等,别跑!"泰山对这个阶下囚喊道,"这位先生想要逮捕你,我也是一样。现在,我抓住你了,也就代表他也有机会逮捕你。你现在只需要告诉我,我的妻子怎么样了?"

这位比利时军官好奇地盯着这个几乎赤身裸体的白色巨人。他注意到泰山身上的原始武器和奇怪的服装,并且其毫不费力地讲着一口流利的法语,这两者形成鲜明的对比。单看他的武器和服装是多么的原始落后,可这一口流利的法语又是最高文化的象征,所以他很难判别眼前这个奇怪生物的社会地位;但有一点,比利时军官很确定,他不喜欢这个人大言不惭地说出他能抓住囚犯这种大话。

"不好意思,"军官说完便向前走了一步,把手放在沃泊尔另一只肩膀上,"这位先生是我的囚犯,他必须跟我走。"

"现在他是我的。"泰山平静地回答。

军官转过身,向身后的士兵们招招手。一群身穿制服的黑人士兵迅速向前推进,挤过这三个人,迅速包围了泰山和他的俘虏。

"法律和执行权都在我这儿,"军官严肃地宣布,"我们不要惹麻烦，如果你对这个人有所不满，你可以同我一起回去，并在法庭上提起诉讼。"

"的确，朋友，你的合法权利毋庸置疑，"泰山答道，"不过你执行命令的权力是非常浅薄的——并不是坚如磐石。你现在持武装力量进入英国领土。请问谁授予你这个权利？授权逮捕这名男子的引渡文件又在哪里呢？并且你如何保证一定能带走他？你又怎样确保我不会带领一支武装力量阻止你返回刚果呢？"

比利时军官顿时火冒三丈，"你听着，我不想和一个赤身裸体的野蛮人争论，"他喊道，"除非你不想活了，否则别在这对我指手画脚！军士！过来，押走犯人！"

沃泊尔迅速把嘴唇贴向泰山的耳朵，"只要你把我从他们身边带走，我就带你去昨晚见到你妻子的那个地方，"他小声说，"离这儿非常近，只有几分钟的路程。"

这时，军士发出信号，士兵们蜂拥而至，迅速扑向沃泊尔，开始争夺犯人。泰山一把搂住比利时人的腰，就像夹了袋面粉一般把他夹在腋下，猛地向前一跃，试图突破层层警戒。泰山伸出右拳，狠狠砸向距离最近的士兵，一拳锤向他的下巴，然后顺势扔向他的同伴。紧接着从他们手中夺过一把把长杆步枪，开始对付那些阻挡他前进道路的家伙。面对泰山为自由而勇猛野蛮的攻击，黑人士兵们被打得头晕目眩，摇摆不定。

尽管士兵已经把两个人包围，他们也不敢开枪，害怕失手打到自己人。之后，泰山迅速穿过他们，躲进迷宫般的丛林里，然而这时，从后面偷偷溜过来的一个人，拿起步枪狠狠砸中他的头部。

刹那间，泰山倒下了，十几个黑人士兵一拥而上，重重地压在他背上。泰山恢复知觉后，发现自己和沃泊尔一样，被牢牢地绑住了。这位比利时军官通过自己的努力成功抓捕了犯人，非常开心,并且觉得如此轻松就搞定了两人,甚至有点沾沾自喜。泰山以无声的沉默来回应这群家伙,然而沃泊尔就不同了,他叽叽喳喳没完没了地高呼抗议,拼命辩解,他告诉比利时人,泰山是英国的贵族;但军官对此只是冷嘲热讽了一番,并警告他,还是识相点,留点力气到法庭上再为自己辩护吧。

泰山慢慢清醒,完全恢复意识后,发现自己并没有遭受重创,他们被带到前线,返回刚果边界。

傍晚,队伍停在一条小溪旁,搭起帐篷,开始准备晚餐。附近丛林里,一双凶狠的眼睛透过茂密的树叶,安静又好奇地注视着身穿制服的黑人士兵,观察他们的一举一动。浓密眉毛下的双眼,看到他们搭建了棚屋,堆起了篝火还准备好了晚餐。

队伍停下来后,泰山和沃泊尔一直悠闲地躺在一小堆背包后面;晚饭准备好后,士兵便招呼他们俩,走到一堆篝火旁,解开他俩手上的镣铐,让他们无拘无束地吃饭。

泰山站起来的一瞬间,躲在丛林里的那双眼睛,瞬间瞪得圆鼓鼓的,惊讶地发出一种低沉的嘶吼。泰山立刻警觉起来,刚要仰天回应,但又迅速地把嘴边的话吞了回去,害怕引起士兵们的怀疑,最后只是抿抿了嘴,陷入沉思。

泰山突然灵机一动,转向沃泊尔:"听好了,现在我要用一种你压根儿听不懂的语言跟你交谈,但你一定要假装很认真地在听我说话,偶尔也要模仿我的语言,咕咕哝哝回应我几句——能不能够成功逃脱就看你了,明白了吗?"沃泊尔笃定地点了点头。随后,同伴嘴里就蹦出了一连串奇怪的呓语,这乱七八糟的鬼话与狗的吠叫、咆哮声和猴子叽叽喳喳的喧闹声简直如出一辙。

附近的士兵惊诧地看着泰山,一些人听着这荒唐的语言捧腹大笑,而另一些人顿时黯然失色,明显是被泰山吓得不轻。泰山还在那里嘟嘟囔囔叫个不停时,军官慢慢走近两个俘虏,站在他们身后,一脸迷惑地听着这奇怪的对话。沃泊尔也含糊其辞地回应了一通,听到这啼笑皆非的"鸟语",军官再也忍不住了,满心好奇地向前走去,询问他们到底说的什么语言。

行军途中,泰山从军官的语言习惯和讲话水平就衡量出了这个人的文化程度,粗略估计后便知道该怎么应对这位比利时军官了。

"希腊语。"泰山解释道。

"怪不得呢,我听着就像希腊语,"军官回答说,"只不过我已经很多年没研究过它了,所以不是很确定。不过,我还是希望你以后能用我更熟悉的语言交谈。"

沃泊尔转过头去,露出一丝窃笑,对泰山低声说:"这稀奇古怪的语言对他来说就是希腊语——对我来说也是一样的。"

但其中一个黑人士兵对同伴嘀嘀咕咕说:"我以前在丛林里迷路时听到过这种声音,那些树上毛发浓密的人彼此交谈时说的就是这种语言,和现在白人讲话的声音一模一样。我觉得我们不应该带走他,他根本不是一个正常人——他是一个生性暴躁的生物,如果不把它放走,我们一定会倒大霉的!"说完,那家伙害怕地望向幽暗的丛林里。

同伴听完后,哈哈一笑就走开了。黑人士兵之后又跟其他人重复着刚才的对话,添油加醋地向他们讲述了这个恐怖的故事。不久后,可怕的黑魔法与离奇死亡的恐怖故事就硬生生围绕在泰山头上,并在营地里迅速传开。

昏暗的夜色中,一个毛发茂盛酷似人一样的生物游荡在幽暗的丛林深处,执行一些秘密任务。

重拾记忆 | 201

Chapter 23

惊魂一夜

简·克莱顿坐在和沃泊尔约定好的那棵树上静静地等着,内心备受煎熬,似乎这漫长的黑夜永远没有尽头。然而黎明前一个小时,一个骑士的身影忽然打破了这片死寂,简·克莱顿心中重新燃起希望。

这个人戴着长长的面巾,穿着松松垮垮的外套,整张脸和身材都裹得严严实实;不过,简·克莱顿很清楚,他就是弗柯特,因为他之前就伪装过阿拉伯人的样子,并且也只有他才知道自己的藏身之处,所以简·克莱顿非常笃定,迎面走来的就是弗柯特。

简·克莱顿看到有人骑马而来的那一刻,漫漫长夜的煎熬与疲惫瞬间消失了;她努力张望着,但却看不清其他东西。她没有看到白色头巾下的黑色面孔,也没有看到在这个领袖身后,还有一队黑人骑士沿着弯弯曲曲的小路鱼贯而行。简·克莱顿根本没注意到这些细节,顺着树干慢慢往下爬,喉咙里还发出欢呼雀跃的呐喊。

走在最前面的首领听到声响后忽然抬起头，吓得迅速勒住了马，竟有一个人在树上！他抬头的一瞬间，简·克莱顿看到是一张黑人面孔，是阿比西尼亚人阿卜杜勒·穆拉克，顿时惊慌失措，急忙缩了回去，拽着树枝向上爬。但是已经来不及了，这个人已经看见她了，并大声呵斥，让她下来。起初简·克莱顿一口回绝；但是，十几个黑人骑兵晃晃悠悠走过来后，阿卜杜勒·穆拉克命令一个士兵爬上去，把女人拽下来，她马上意识到自己的抵抗都是徒劳，然后慢慢爬下来，站在这个新的俘获者面前，以正义和人道主义的名义为自己辩护。

最近接二连三的磕磕绊绊都令阿卜杜勒·穆拉克非常恼火，打了败仗，失去了黄金，还丢了囚犯……这一切都令其心烦意乱，他没有心情调动情绪，温文尔雅地与女人交谈。事实上，即使在一切顺利的情况下，他也总是摆出一副冷冰冰、极其陌生的姿态。

阿卜杜勒·穆拉克一直很惆怅，当他返回祖国并向梅内利克复命时，一定会因任务失败受到严厉的惩罚，很可能会被革职降级甚至是被直接处死；当他看到眼前的女人时，突然灵机一动，心想可以把这温婉美丽的女人带回去献给君主，说不定可以缓和一下君主愤怒的情绪，甚至没准儿还会感激自己带回来了一个娇媚的外族女人呢！

简·克莱顿一口气控诉完后，阿卜杜勒·穆拉克简短地告诉女人，他会保护她的安全，但也必须带她去拜见君主。听到黑人首领的话，女人甚至都不需要再单纯地询问"为什么"，心里那一丝希望之火再次被扑灭。简·克莱顿面无表情，任凭自己被抬到一个骑兵的马背上。在新主人的带领下，开始一段新的黑暗旅程。她现在开始相信这一切都是命运，都是无法摆脱的命运！

与阿拉伯人大战一场后，阿卜杜勒·穆拉克元气大伤，不仅损兵折将，就连之前的向导也牺牲了。他自己对这个国家也不熟悉，整队人马已经偏离了正确路线。因此，自向北出发以来，几乎没有任何进展。此刻，他们正一门心思地向西奔去，希望能在附近发现一个村庄，找一个向导来引引路。但是，一路上从早走到晚都没有发现一个村庄，看来，这个愿望很难实现了。

士兵们沮丧极了，暂时驻扎在茂密的丛林里，饱受饥肠辘辘、口干舌燥的折磨。忽然，战马的嘶鸣声、狮子的狂吼声弥漫在棚屋四周，士兵们吓得丢了魂，瞬间声嘶力竭地呼喊求救。一时间，可怕的喧闹声与野兽的尖叫声混杂在一起，沸反盈天。不管是丛林里的士兵还是野兽，此刻都努力保持清醒，营地里值班哨兵的数量也增加了两三倍，以防止暴怒或饥饿的狮子突然来袭；除此之外，哨兵们还拼命加柴，熊熊烈火照亮了半边天。大家知道，这跳动的火苗比棚屋外延的荆棘更能防御野兽的攻击，是最有效的安全屏障。

夜深了，简·克莱顿仍翻来覆去睡不着，虽然前一天晚上已经度过了一个不眠之夜，可面对这种场景，困倦的女人仍无法安然入睡，一种近在咫尺的危险似乎笼罩在营地上方。首领和士兵们都神经紧绷，忐忑不安。阿卜杜勒·穆拉克来来回回折腾了十几次，躺下、起来、躺下、又起来……整个人心烦意乱地在嘶鸣的战马与噼里啪啦的火苗间踱来踱去。闪耀火光的映射下，女人可以清晰地看到他魁梧的轮廓，从他急促而紧张的动作中便猜出这个首领此刻非常焦虑、非常害怕。

狮子突然狂躁起来，怒不可遏地咆哮着，整片大地都为之一颤。战马焦急地发出恐怖的嘶鸣声，疯狂地晃动，试图挣脱身上的缰绳。一名英勇果敢的骑兵跳起来，冲向马群，一阵拳打脚踢，试图让这群恐惧发狂的家伙安静下来，可这份努力似乎是徒劳的。一头凶猛威武的雄狮，勇敢地扑向棚屋，庞大的身躯在火光的照耀下，光芒四射。一个哨兵迅速举起步枪，对着狮子疯狂射击，一颗颗铅制子弹接二连三射向疯狂的恶魔。

这一枪在狮子一侧擦出一道深深的伤痕，野兽痛苦万分，仰天长啸，这也唤醒了它头脑中所有的残酷与狂暴，但它强壮的身体和活力并未受到这发子弹的影响，依旧所向披靡。

狮子没有受到重创。正常情况下，它看到营地里熊熊燃烧的火焰一定会谨慎地原路返回；但现在，痛苦和愤怒充斥在它的脑海中，"谨小慎微"这一概念早已抛之脑后。它愤怒地发出一声震耳欲聋的吼声，轻而易举地越过层层障碍，扑进马群。

眼前发生的场景不可名状，全都融进一阵阵可怕的鬼哭狼嚎中。野狮猛然扑向一匹战马，奋力撕咬着，受伤的马儿瞬间尖叫嘶吼。几匹战马竭尽全力地奔腾撕咬，挣断缰绳，疯狂地冲进营地。士兵们迅速从床铺上跳起来，拿起步枪冲向警戒线。之后营地外的丛林中忽然钻出十几头狮子齐头并进，凶猛地冲向棚屋。

野兽们三三两两地冲进营地，荆棘圈起来的营地里瞬间炸开了锅，一个个士兵哀嚎谩骂，一匹匹战马嘶吼尖叫，他们全都奋力反抗，与这一头头绿眼睛的恶魔战斗着。

第一头狮子扑来时，简·克莱顿迅速爬起来，站在地上惶恐地看着周围残忍杀戮的场面。混乱中，一匹脱缰的野马把她撞倒，片刻后，狮子追捕受惊的猎物时又扯了她一把，简·克莱顿整个人头晕目眩地跌在地上。

步枪噼里啪啦的射击声和肉食动物的咆哮声混杂在一起，满身血迹的狮子狠狠地撕咬着，疯狂地拖着这些将死之人与不识好歹的劣马。狂奔的野兽和四处逃窜的战马早已令阿比西尼亚人乱了阵脚,"集体作战、团队协作"统统抛之脑后。此刻,大家都是为自己而战,为逃命而反抗——一片混战中,那个毫无防备的女人要么是被阿卜杜勒·穆拉克忘记了,要么是在这生死关头,压根不想再顾及她的安危了。无助的女人受尽折磨,这么短的时间里,她的生命就受到数次威胁,狮子的撕扯,马匹的撞击,惊慌失措的士兵疯狂的扫射。现在,已经没有逃脱的机会,黄褐色的野兽狡诈地将他们团团围住,露出黄色巨大的獠牙,锋利的尖爪,阴森恐怖的氛围下,所有人瑟瑟发抖地尖叫着。一头狮子一次又一次冲进受惊的人马中,肆意虐杀;偶尔会有个别战马,拼命逃窜,成功绕过盘旋的狮子,跃过营地,逃进丛林;但对于士兵和女人来说,这样的逃跑方式完全不可能。

营地里子弹乱飞,一匹被击中的战马直挺挺地倒在简·克莱顿身旁;一头狮子跃过这只苟延残喘的畜生,扑向一名黑人士兵,两只爪子死死按住他的胸部。这名男子杵着步枪,狠狠砸向野兽硕大的头颅,但最后还是倒下了,狮子得意洋洋地将他踩在脚下。

这名士兵尖叫着,软弱无力的手指抓着野兽竖起的鬃毛,拼命推开那龇牙咧嘴的血盆大口,但这一切都是徒劳。狮子低下头,一头埋进那张恐惧扭曲的脸,锋利的獠牙一进一出,满嘴鲜血。之后,野兽转过身,拖着它那一瘸一拐、血肉模糊的身躯穿过死马的尸体。

狮子的前爪踉踉跄跄地踩在野马尸体上,在距离女人几步之遥的地方慢慢走开。女人瞪大眼睛缩在一边,一直恐慌地盯着狮子,心脏似乎已经跳到嗓子眼儿。

地上一动不动的尸体似乎激怒了狮子,它拼命地摇晃着死尸,愤怒地咆哮着,对死去的、毫无知觉的家伙咆哮着。最后失望地放弃了,扔下它,抬起头来寻找其他鲜活的猎物,来发泄自己的暴脾气。野兽黄色的眼睛死死盯着柔弱的女人，抿合的嘴巴突然张开，露出可怕的尖牙，喉咙里发出令人惊悚的吼声，瞬间蜷伏在这个新猎物身上。

此刻，比利时人的营地里一片死寂，泰山和沃泊尔被牢牢绑在一旁。两个哨兵紧张兮兮地走来走去，两双眼睛时常望向幽暗的丛林，警惕地观察着周围环境。现在，除了泰山，其他人都耷拉着困倦的双眼，睡着了。他坐在那儿，默默地用尽全身力气撕扯手腕上的镣铐。

泰山手臂和肩膀细腻光滑的棕色皮肤下，一块块肌肉拧成一团，爆发出强大的力量。青筋暴起，太阳穴两侧血管向外迸出，他用尽全身力气努力挣脱——一条小链锁断了，不一会儿又断了一条，接二连三发出"咔嚓"声，最后，整条镣铐都被扯断了，一只手完全自由了。忽然，丛林里传来一声低沉的嘶吼，泰山马上停下来，一动不动地呆在那里，瞬间安静得如一尊刚硬的雕像，他竖起耳朵，扩大鼻孔，努力接收眼睛望不到的远处传来的讯息。

营地外茂密的草丛中又传来一丝神秘的声响。一个哨兵突然怔住了，迅速扭头望向幽暗的丛林。他整个人颤颤巍巍，头顶卷曲的毛发瞬间僵硬直立，嘶哑着嗓子对同伴说："你听到了吗？"他问道。另一个人慢慢靠近，颤抖着问："听到什么？"

紧接着，又传来一阵奇怪的声响，随后营地里也响起类似的声音。哨兵急忙凑在一起，注视着声音传来的方向。

他们发现，声音就是从营地对面的一棵树上传来的，但他们丝毫不敢靠近，内心的恐惧将他们吞噬，舌头似乎都吓得僵住了，一个字都说不出来，更别说大声呼喊同伴求救了——他们只能冷冰冰地站在原地，注视着那棵树，寻找那蠢蠢欲动的丛林幽灵。

不一会儿，一个模糊笨重的身影从树枝上跳下来，轻轻松松地跳进营地。一个哨兵迅速恢复理智,全身肌肉紧绷,大声尖叫唤醒沉睡的士兵;他惊慌失措地跳到闪烁的火堆旁,拽起一捧火把扔向恶魔。

比利时军官和黑人士兵听到声响后,立刻从毯子上跳起来,冲出去。火焰扑面而来,照亮了整个营地,这些被惊醒的人看到眼前恐怖的一幕,大惊失色,急忙向后撤退。

围墙的另一边,十几个高大魁梧、毛茸茸的身影在树下隐约可见。那个白色巨人已经挣脱了一只手上的镣铐,此刻,他挣扎着跪在地上,呼唤凶猛剽悍的夜间访客,这些可怕的生物喉咙里发出野兽般的嘶吼与咆哮,各种恐惧的声音混杂在一起,振聋发聩。

沃泊尔努力爬起来,坐在地上。他看到慢慢走近的类人猿,看到这一张张野蛮的面孔,顿时惊慌失色,不知该庆幸还是惶恐。

查克带着一群类人猿咆哮着向泰山和沃泊尔冲去。比利时军官急忙命令士兵向入侵者开火,但是黑人们却退缩了,他们心底里极度害怕这些毛发浓密的怪物,他们相信这个可以召唤丛林野兽的白色巨人绝不是普通的人类。

比利时军官恼怒地拔出武器,"砰"的一声,开了一枪。泰山害怕这声音会影响他胆小的朋友们,便急忙督促他们加快脚步,完成任务。

几只猿猴听到枪声,慌了神儿,立刻转身逃跑;但查克和其他六个类人猿依旧步履蹒跚地向前走,在泰山的引导下,抓起泰山和沃泊尔,逃离营地,钻进幽暗的丛林。

士兵们受到军官的威胁与辱骂,不得不鼓起勇气向正在撤退的猿猴开火。黑人们此起彼伏地发射子弹,凌乱散漫地狂扫一通。尽管如此,还是有子弹击中了丛林里那些毛茸茸的救援者。没错,是查克,一枚子弹击中了将沃泊尔扛在肩上的查克,没走几步,他就踉踉跄跄地跌倒了。

不久后,查克又站了起来;但比利时人从他趔趔趄趄的脚步中,猜出它一定受了重伤。查克远远落在了其他猿猴后面。几分钟后,泰山发现查克还没赶来,便命令大家停下来等一会儿,原地待命。过了一会儿,查克才慢慢赶来,一步一摇;最后,身上的重担和创伤彻底压垮了它,查克又一次跌倒了。

查克倒下时,沃泊尔也猛地栽了下来,他脸朝下扑在地上,猿猴身体的一部分也重重地压在他身上。就在这时,就在这个位置,比利时人感觉到有东西靠在他的手上,他的手仍然被绑在背上,所以不能马上扯下来一看究竟——但他很清楚,那绝不是猿猴毛茸茸身体的一部分。

沃泊尔用手指轻轻抚摸它,一只手几乎能把它握在手里,这是一个柔软的小袋子,里面装满了细小坚硬的颗粒。沃泊尔惊讶地倒吸一口冷气,满脑子疑问。不可能啊,这怎么可能在他身上——可这就是那个皮袋子啊,千真万确!

沃泊尔瞬间躁动了,双手攥紧小皮袋儿,努力从查克身上拽下来;但手上的镣铐严重限制了他的活动范围,虽然已经成功地把袋子塞在自己的裤腰里,但不论他怎样努力都扯不开系在查克身上的带子。

泰山坐在附近,忙着解开另一只手上的镣铐。不一会儿,他把镣铐扔到一边,站起来,走近沃泊尔,跪在他身旁,仔细检查猿猴的伤势。

"已经死了,"他叹息道,"实在太可惜了——它是一个了不起的家伙。"之后,泰山转向沃泊尔,帮他扯开手上的镣铐。泰山先把沃泊尔双手松了绑,然后又帮他解开脚踝上的镣铐。

"不必了,剩下的我自己可以,"比利时人说,"我身上还有一

惊魂一夜 | 209

把小折刀,他们搜身时,并没发现这个小玩意儿。"就这样,他成功摆脱了泰山的注意,四处乱动,假装寻找小刀,之后又打开刀子偷偷割断了挂在查克肩膀上的小皮袋,然后迅速把它从腰间掏出来,揣进衬衫里,捂在自己胸前。悄无声息地搞定一切后,他站起来,慢慢走向泰山。

沃泊尔又一次起了贪念。比利时人感觉现在不会再有什么危险,泰山已经记起了简·克莱顿,他现在一门心思扑在寻找妻子上,并且他也相信这袋珠宝已经凭空消失。这一切都是给了自己最好的掩护,想着想着他便暗自窃喜。不过这小皮袋怎么会落在查克手里呢?沃泊尔很纳闷儿,类人猿什么时候抢到它的呢?除非是它亲眼目睹了自己与艾哈迈德·泽克的战斗,看到阿拉伯人带走这个袋子后,把它从他身边夺走了;沃泊尔一脸疑惑,这袋子里装的可是欧帕城的珠宝,所以他非常感兴趣这件事的来龙去脉,绞尽脑汁地思忖着。

"好了,现在你可以履行你的承诺了。"泰山瞥了一眼沃泊尔,"带我去你最后一次见到我妻子的地方。"

泰山紧紧跟在比利时人身后,缓慢穿行于夜深人静的丛林中。泰山心里狂躁极了,他很恼火沃泊尔如此缓慢的行走速度;但是没办法,比利时人不能像他肌肉发达的同伴那样敏捷地飞窜在树丛间,所以他们只能一步一个脚印地缓慢前进。

猿猴们跟在两名白人男子身后,晃晃悠悠地走了几英里;但很快便对这项活动失去了兴趣,当有一个类人猿停下时,另外的猿猴们也纷纷停了下来,绕成一团。它们坐在空地上,蓬松杂乱的眉毛下,一双双圆溜溜的眼睛注视着前方,看着两人稳步向前的身影,渐行渐远,直到完全消失在茂密的小路上。之后,一只猿猴在树下找了块舒适的林间空地儿,悠闲地仰在那里放歇,其他猿猴也开始效仿，怡然自得地享受丛林静谧的生活。而沃泊尔和泰山则继续赶路，身后的猿猴消失了，他们丝毫不感到惊讶，也并不为此担心。

两人急急忙忙地向前走，已经甩开猿猴们有一段距离了。这时，不远处传来阵阵狮子的咆哮声。不过，泰山急于赶路，并没有很在意这熟悉的声音。然而，一支步枪噼里啪啦的声音紧随其后，接着是马儿的嘶鸣声，还混杂着一群狮子的嘶吼与接连不断的射击声。这些声音都从同一个方向传来，泰山瞬间慌了，开始担心附近人的安危。

"一定是有人遇难了，就在那边，"他转向沃泊尔，"我得去救他们——他们很可能是友人。"

"没错，你的妻子很可能也在那里，处境一定很危险。"比利时人表现出一副信誓旦旦的样子。自从他再次拥有这个小皮袋后，便开始对泰山产生莫名的恐惧与猜疑。他现在满脑子都是想方设法地逃跑，摆脱泰山的控制。他知道，泰山是自己的救世主，可他也不想一直沦为泰山的阶下囚啊！

听到比利时人的猜测，泰山顿时惊慌失措，整个人像被鞭子抽打一样钻心地疼。

"天啊！"他喊道，"她一定在那里，狮子正在攻击他们——就在营地。我可以从马群的尖叫声中分辨出来——没错，是那里！这声音是一个将死之人发出的最后一声痛苦的惨叫。不行，你待在这儿，我一会儿再回来找你。现在我必须先去营地解救他们！"之后，"嗖"的一声，他轻捷地跳上树，飞快地穿梭于树林中，未发出一丝声响，最后，消失在无尽的黑夜里。

比利时人在原地站了一会儿，嘴角掠过一丝狡黠的微笑。"什么？待在这儿别动？"他自言自语着，轻蔑地反问自己，"待在

惊魂一夜 | 211

这儿等着你回来抢我的珠宝?不不不,这不可能的,朋友,我可没有那么蠢!"之后,沃泊尔转身向东,穿过一棵垂悬的葡萄藤,从他同伴的视线中消失了——永远消失了。

Chapter 24

重返家园

泰山在树林中疾驰而过，阿比西尼亚人与狮子争斗的声音越来越清晰。咆哮、尖叫、枪击、哭喊声一直萦绕在耳边，这一切都使他更加确定，不远处的人们正处于水深火热之中。

营地里漫天火光，透过中间的大树清晰地照进丛林。片刻后，泰山高峻的身影停在一根悬伸的树枝上，俯瞰着下面血肉淋漓的惨景。

泰山的目光迅速扫视了整个营地，一眼便看到了女人，此刻，她站在一匹死马的尸体旁边，颤抖地盯着眼前凶猛的狮子。

泰山看到这悲惨的画面，凶狠的狮子蜷伏在那里，蓄势待发，正要猛扑上去。他几乎就在狮子头顶的树枝上，赤身裸体，没有任何武器。但他一秒都没迟疑——立即行动。

简·克莱顿心灰意冷，彻底绝望了。面对如此猛兽，她无动于衷地站在那里，等待野兽庞大的身躯扑上来，把她狠狠摔在地上，

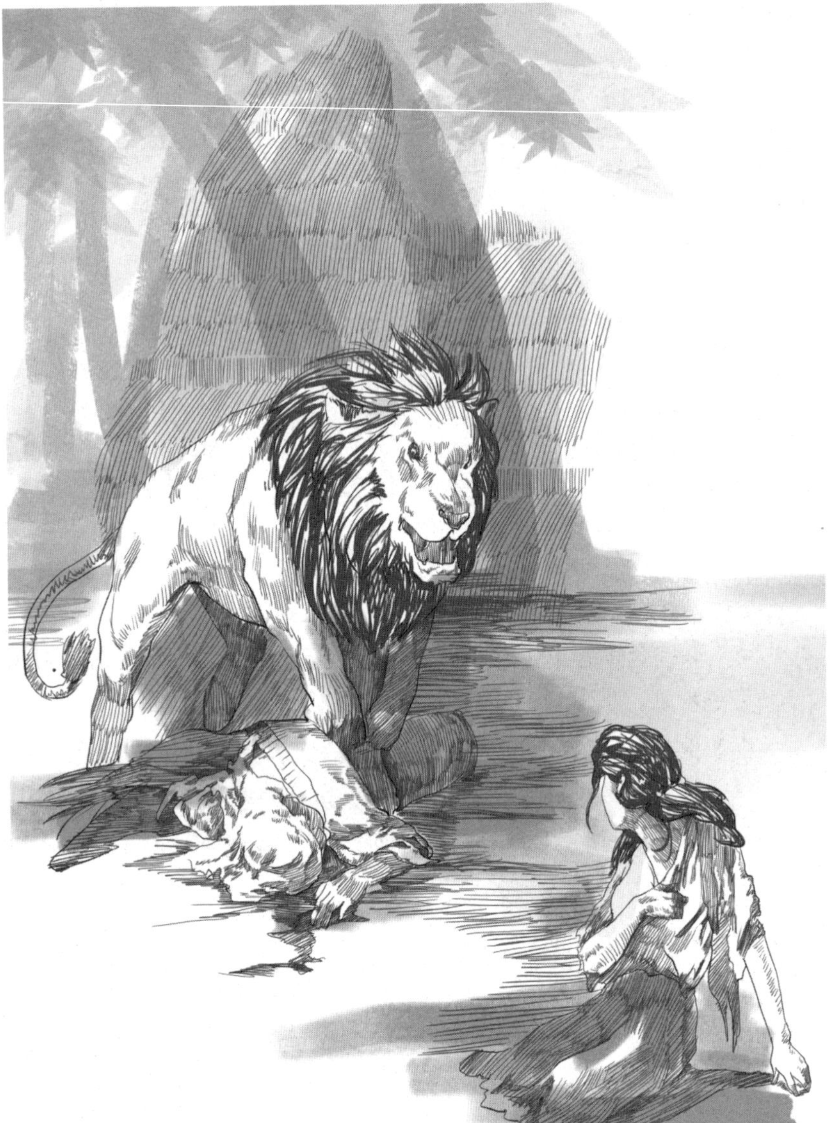

等待那残忍的魔爪和狰狞的毒牙带来的短暂折磨，她相信"仁慈"的不省人事将永远结束她的悲伤与痛苦。

此刻，简·克莱顿已经失去任何求生的欲望，是啊，企图逃跑有什么用呢？还不是要面对同样的结局，迎接同样的厄运！狮子一定会猛扑上来，再从背后把她狠狠地拖回去。所以她现在一脸漠然，甚至眼睛都懒得闭，绝望地盯着狮子凶神恶煞的面孔。就在野兽扑来的那一瞬间，她突然看到一个古铜色、高大魁梧的身影从悬垂的树枝上一跃而下。

简·克莱顿瞪大眼睛，惊诧、疑惑地看着这个死而复生的幽灵。她傻傻地站在那里，忘记了狮子的存在——忘记了自己正在遭受生命危险——一切都抵不过眼前的奇迹。简·克莱顿惊讶地张开嘴巴，手心紧紧地贴在胸口，身体前倾，朦胧的双眼深情款款地看着她"死去的"伴侣。

简·克莱顿看到那健壮的身躯跃过狮子的肩膀，像一头巨大的、有生命力的猛兽一般，猛烈撞击着跳跃的狮子。她发现野兽刚要扑过来，自己就被一把扯到一边。她立刻意识到，没有任何一种无生命的幽灵可以拥有比野兽更强大的力量，可以与狂野的狮子抗衡！

"泰山，是我的泰山，他还活着！"她又惊又喜，嘴唇不住地抖动，喜悦之情瞬间涌向心头。可转眼间，她看到自己的丈夫赤手空拳地与野兽搏斗，没有任何武器与防备；她还看到狮子已经回过了神儿，此刻正打算疯狂地复仇，瞬间焦急万分。

泰山脚下是狮子刚刚猎杀的阿比西尼亚人士兵，旁边还有一把他们丢弃的步枪，泰山迅速扫视了一下地上残留的防御武器，马上发现了这支枪。狮子蜷缩后腿，积蓄力量站了起来，张牙舞爪地扑上去，想要抓住这个鲁莽的家伙，撕碎这个胆敢对它的猎

重返家园 | 215

物指手画脚的家伙！就在这时，一颗坚硬的子弹在空中飞速旋转，直勾勾地戳进狮子前额。

普通人面对如此凶残的野兽很可能连枪都不敢开，更别说瞄准猎物一枪致命了。但泰山狂野、放荡不羁的少年经历使他充满野性，毫不畏惧地向狮子头部开了一枪，子弹"砰"的一声击碎了它的头骨，穿进野蛮的大脑。

狮子嗷嗷直叫，瞬间倒地，一命呜呼。简·克莱顿欣喜若狂地扑向丈夫，热泪盈眶，泰山轻轻抚摸女人的脸颊，温柔地将她拥入怀中。但之后他马上回过神儿来，现在还不能懈怠，四周依旧危机重重。

狮子们都在猛扑狂跳，竭尽全力地追捕猎杀对象。那些惊慌失措的马儿绕着松散的缰绳，从围栏的一边拉到另一边，来回逃窜。存活下来的士兵们仍苟延残喘地挣扎着，四处扫射，但在这些猛兽面前，他们的努力根本不值一提。

看着眼前的场景，泰山明白，再不撤退就只有死路一条。他轻轻抱起简·克莱顿，把她扛在宽阔结实的肩膀上，麻利地跳到树上。目睹这一过程的黑人诧异地看着这个几乎一丝不挂的巨人，之前他就是从那棵树上神秘地跳下来，现在又轻轻松松地跳上去，带着他们的俘虏莫名其妙地消失了。

士兵们看到囚犯被劫走了，马上试图阻止泰山，不过，这些人并没有那样做。对他们来说，目前最重要的就是自卫，贸然向俘虏开枪就会白白浪费一颗子弹，这是非常愚蠢的行为，没准这颗宝贵的子弹下一秒就击中了疯狂的野兽呢。

因此，泰山并未受到任何阻挠，轻轻松松地从营地里溜了出来。营地里战火连天，厮杀哀嚎的声音一直回荡在耳边，直到走了很长一段距离后，声音才渐渐平息。

看到简·克莱顿的那一瞬间，泰山近期所有的恐慌与悲伤都烟消云散；现在，他满心欢喜地同妻子一起返回沃泊尔等候的地方。他决定原谅比这个比利时人，并帮助他成功逃亡。但他们回来后发现沃泊尔不见了，泰山在四周大声呼喊，却没有得到任何回应。泰山确信沃泊尔是故意躲开他的，并且他不想再让妻子受苦受累，遭遇任何危险与不测，于是便打算不再深究、追查失踪的比利时人。

"简，他承认了自己所有的罪行，"泰山说，"善恶有报，我们不必穷追不舍，总有一天他会为自己的恶行付出代价的。"

两个人像两只回程的信鸽，手牵手走向他们曾经美满幸福的家园，尽管现在已是一片荒凉与废墟。不过，他们相信用不了多久，那些辛勤乐观的瓦兹瑞勇士就能将一切恢复原状。勇士们若是看到主人和女主人的归来一定会非常诧异，非常开心，因为他们一直以为泰山与简·克莱顿都已经不幸丧生。

返程途中，泰山和妻子经过了艾哈迈德·泽克的村庄，他们看到村庄的栅栏和乡土小屋被烧焦的遗迹，现在还冒着浓浓的熏烟，没错，这是愤怒顽强的敌人复仇的痕迹，是他们留下的无声的证据。

"是瓦兹瑞战士干的！"泰山冷笑一声。

"愿上帝保佑他们！"简·克莱顿喊道。

"巴苏里和战士们应该就在前面，离我们没多远。"泰山说，"简，欧帕城里搬来的金子被抢了，宝石也丢了；但庆幸的是，我们还拥有彼此，我们还有瓦兹瑞——我们有爱、有忠诚，还有深厚的友谊。和这些比起来，金子和珠宝又算得上什么呢！"

简回答说："没错，泰山。如果可怜的莫干比还活着该有多好，他带领战士们拼了命保护我，最后都英勇牺牲，奉献了自己宝贵的生命。"

重返家园 | 217

泰山和妻子穿越在熟悉的丛林里，安静地向前走着，怀着复杂的心情，悲喜交加。走了将近一个下午，临近傍晚，泰山隐约听到不远处传来丝丝低声耳语。

"我们很快就能赶上瓦兹瑞勇士了，简。"泰山说，"我听到他们的声音了，就在我们前面。我猜他们正在准备扎营过夜呢。"

半小时后，两个人走到一群勇士身旁，这些是巴苏里为复仇召集的人马。人群中还有一些被掳的妇女，勇士们把她们从艾哈迈德·泽克的村庄里解救了出来。人群中还有一个无比熟悉的身影——一个高大的黑人，站在巴苏里一旁。天啊，是莫干比，简一度以为他已经被烧死在平房的废墟中了。

所有人都感慨万千，大家欢聚一堂，一直狂欢到深夜。唱歌、跳舞，阵阵欢笑声唤醒了忧郁的丛林，重逢的喜悦弥漫在幽静的丛林中。大家一遍又一遍地讲述着各种冒险故事，讲述着如何一次又一次与野蛮的猛兽和凶残的恶人作战。不知不觉，天渐渐亮了，巴苏里还在讲述他和几位战士是如何目睹阿卜杜勒·穆拉克带领的阿比西尼亚人与艾哈迈德·泽克带领的阿拉伯人之间的夺宝之战。并且，当胜利者骑马离开时，他们又是怎样机智地偷偷溜出芦苇，搬走了珍贵的金锭子，把它们藏在任何人都找不到的地方。

从大家讲述的故事中，从与比利时人相关的片段里，艾伯特·沃泊尔的恶人嘴脸、邪恶的目的已暴露无遗。所有人都对他憎恨至极，不住地诅咒谩骂，只有格雷斯托克夫人还对他存有一丝敬仰与赞美，即使她也很难接受比利时人这些令人发指的行为，但她无法抹灭其骑士精神与荣誉精神，因为比利时人确实曾拯救她于危难之中。

"每个人灵魂深处都埋有正义的种子，"泰山说，"简，是你自己的美德，在那一瞬间唤醒了这个堕落的人，激发了他内心深处的正义。在比利时人解救你的过程中,他重新找回了自己。有一天,当他面对上帝时,这也许会抵消一些他曾犯下的罪行。"

简·克莱顿深吸一口气,虔诚的地念道:"阿门!"

几个月过去了,瓦兹瑞辛勤的劳动者已经重建了格雷斯托克荒废的家园,并用欧帕城的黄金重新布置了一番。非洲大农场又开始了简单美满的生活,一切都和沃泊尔与阿拉伯人入侵前一样。人们也渐渐忘却了昨天的痛苦与危境。

几个月以来,格雷斯托克勋爵第一次感到轻松愉快,第一次想尽情享受假日,于是组织了一场盛大的狩猎活动,犒劳忠实的劳动者,也可以借此机会,庆祝伟大工程的正式竣工!

狩猎活动非常成功,从开始到结束差不多有十天。十天后,一个满载的狩猎远征队开始返回瓦兹瑞平原。泰山、格雷斯托克夫人、巴苏里和莫干比并排骑在队伍前列,谈笑风生。这是一种熟悉而美妙的感觉,他们来自不同种族,但都真诚聪颖;他们拥有共同的兴趣爱好,并且互相尊重,互相扶持。

简·克莱顿的马在丛林一处开阔的空地上忽然嘶鸣一声,被一件藏在草堆里的东西吓了一跳。泰山敏锐的目光迅速扫视草丛,好看看到底是什么令马儿惊慌失色。

"这儿有什么东西?"泰山坐在马鞍上摇摇晃晃地喊道,过了一会儿,四个人看到一个人的头骨和一堆白白的人骨。

泰山弯下腰,从这个人可怕的遗物中取出一个皮囊。他摸着这小皮囊,里面的东西轮廓分明,瞬间大吃一惊。

"欧帕城的珠宝!"泰山惊讶地举起袋子大喊一声,之后又指着脚下的白骨,"这,这是比利时人沃泊尔的遗骨!"

莫干比哈哈大笑:"打开看看吧,布瓦纳。"他大声喊着,"你会看到这皮囊里到底装的是什么——你会看到比利时人拿生命换来的是什么！"说完，他又开始放声大笑。

"什么？你笑什么呢？"泰山问。

"哈哈哈。"莫干比回答说，"我逃离阿比西尼亚人的营地前，拿砾石填满了比利时人的皮囊。把他从你那儿偷来的珠宝都带走了，只留下了那些没用的石头。不过很可惜，我在丛林睡觉时没看好宝石，又被别人偷走了，这真是奇耻大辱；但至少比利时人也没捞到什么好处——看吧，你打开皮囊就知道怎么回事了。"

泰山解开皮囊口上紧紧系着的带子，把里面的东西慢慢倒出来，倒在他的手掌上。莫干比惊呆了，眼睛瞪得圆鼓鼓的，死死地盯着手心里的小颗粒，其他人则哇哇直叫，既惊叹又疑惑。因为泰山从这锈迹斑斑的、饱经风霜的皮囊里倒出了一串闪闪发光、晶莹剔透的宝石。

"欧帕城的珠宝！是欧帕城的珠宝！"泰山忍不住惊呼，"不过，沃泊尔又是怎么得来的呢？"

现在，已经没有人能回答这个问题了，因为查克和沃泊尔都死了，再也没有人知道这究竟是怎么回事儿。

"可怜的家伙！"泰山叹了口气，跳上马鞍，"这就是命，即使他死后，这一切还是物归原主了，所以，是谁的就是谁的，再争再抢都没用的——就让他的罪孽连同这堆白骨一起埋葬在广阔的平原吧！"